KB156308

재산의 풍경:

근대영국소설의 배경과 맥락

이 저서는 2007학년도 연세대학교 학술연구비의 지원에 의하여 이루어진 것임

재산의 풍경:
근대영국소설의 배경과 맥락

윤혜준 지음

한국문화사

재산의 풍경: 근대영국소설의 배경과 맥락

1판 1쇄 발행 2013년 3월 29일
1판 2쇄 발행 2020년 10월 20일
1판 3쇄 발행 2021년 8월 30일

지 은 이 | 윤혜준
펴 낸 이 | 김진수
펴 낸 곳 | 한국문화사
등 록 | 제1994-9호
주 소 | 서울시 성동구 아차산로49, 404호(성수동1가, 서울숲코오롱디지털타워3차)
전 화 | 02-464-7708
팩 스 | 02-499-0846
이 메 일 | hkm7708@hanmail.net
홈페이지 | http://hph.co.kr

ISBN 978-89-6817-038-6 93840

■ 머리말

문학이 예술이며 예술은 '고상'하고 심지어 '신성'할 수 있다는 낭만적 관념은 매력적이긴 하나 적어도 영국 소설 생산 및 소비라는 수 세기 째 번성하는 산업에 적용하기에는 적절치 않다. 근대 영국 소설은 처음부터 세속적 현실을 다룰 뿐 아니라 독자의 손에 쥐어지기를 열망하는 책 상품이었다. 그러기 위해 최초 작가들은 가급적 '현실' 같고 '실화 같은' 말투와 이야기를 꾸며내는데 열중했다. 근대 영국 소설 및 근대 사실주의 소설의 원조로 인정받을 만한 『로빈슨 크루소』(*Robinson Crusoe*)의 1719년 초판본 제목은 "요크 출신 뱃사람 로빈슨 크루소의 생애와 이상하고도 놀라운 모험"이다. 표지 하단에는 "본인이 직접 썼음"(Written by Himself)을 선언한다. 오늘날 독자들의 눈에는 '요크 출신 뱃사람 로빈슨 크루소'의 무인도 모험이 비현실적으로 비추긴 하지만 18세기 초 당시 독자들에게는 매우 그럴법한, 현실이었으면 좋겠다고 생각하는 내용이었다. 그렇게 믿고 싶은 독자들에게 '본인이 직접 썼음'의 문구는 현실감을 고양시켰을 것이다. 또 다른 원조 근대영국소설인 『파멜라』(*Pamela*, 1741)의 제목은 "파멜라, 또는 보상받은 미덕. 한 아름다운 젊은 아가씨가 부모에게 보낸 일련의 친숙한 편지들"이다. 작가는 "편집자"로만 신원을 밝힌 채 뒤로 숨은 채, 이 편지들은 파멜라 본인의 실제 육필 편지들이라고 선전한다. 영국소설을 이렇듯 '사실'을 파는 '현실감'을 거래하는 장사였다. 그렇다면 실제 현실, 소설의 역사적 배경과 정황을 파악하는 것이 근대 영국소설 이해의 빼놓을 수 없는 조건이 될 것이다. 이 책은 이러한 인식의 결과물이다.

근대영국소설의 배경과 맥락이 되는 역사 현실을 탐구하기 전에 먼저 이 책에서 사용하는 중심 명사들에 대한 설명이 필요하다. 먼저 제목에 제시한 '근대영국소설'이란 말은 '현대영국소설'에 반대되는 개념이다. 그런데 '근대'와 '현대'는 둘 다 영어로는 'modern'이다. 흔히 'modern'을 '근대'로 이해하며, 이를 경제, 정치, 법률, 사상의 '딱딱한' 차원에서 논의할 때는 '근대성'(modernity)이란 말을 선호하고, 'modern'을 '현대소설'이나 '현대예술'의 영역에 국한하고자 할 때는 '모던'이나 '모더니즘'이란 외래어 표기로 그 '실험성'을 살리고자 하는 것이 우리말의 용례이다. 이 용례에 따르면, '현대영국소설'은 '모더니즘'(modernism)의 형식실험을 주도한 1882년생들인 동갑내기 버지니아 울프(Virginia Woolf)와 제임스 조이스(James Joyce) 이후 작가들의 작품을 지칭하는 개념으로 대개 사용된다. 울프와는 달리 조이스의 작품은 더블린과 아일랜드 역사에 대해 어느 정도 알아야 감을 잡을 수 있는 세계이고 조이스의 『더블린 사람들』(*Dubliners*)는 영국소설의 사회적 사실주의의 영향권에 들어와 있긴 하지만, 이 책에서 다루는 잉글랜드 주류의 사회사와는 상당한 거리가 있기에 이 책의 영역에는 포함시키지 않았다. 하지만 '근대'와 '현대'를 구분해 놓은 것은 작품들을 모아서 꽂아놓을 책장을 지정한 것 이상 큰 의미는 갖지 않는다. '현대'의 '모던'한 실험도 '근대(성)'의 한 단계 및 에피소드이기에 'modern'은 '근대'로 옮기는 것이 사실에 보다 근접한 용례이다. 그렇긴 해도 편의상 기존의 관행을 따라, 이 책에서 거론하는 '근대영국소설'은 근대적인 사실주의 소설이 등장한 17세기말에서 18세기초 기간부터 시작해서, 자유출판시장이 급속히 성장한 18세기, 활자 인쇄매체 시장의 전성기인 19세기에 활동한 작가들의 작품으로, 국내 출판사의 '세계문학전집' 시리즈에 번역, 포함되었거나 대학 강단에서 교재로 사용하는 작품들을 지칭한다. 이 시대의 전형적인 영국소설들은 두툼한 책에 촘촘한 글씨가 꽉 차 있는 묵직한 책들이다. 하지만 국내 출판계나 대학 강단(특히 학부 강의실)이 선호하는 근대영국소설들은 불가피하게 분량의 제약을 받는다. 500쪽에서 1,000쪽에 이르는 방대한 분량의 장편 소설들은 번역자들이나 독자들 모두 아무래도 회피하는 경향이 있다. 그러다 보니 상대적으로 얇은 편인 작품들을 쓴 작가들의 작품이나 긴 작품들을 쓴 작가들의 상대적으로 짧은 작품들이 국내독자들이나 학생들에게는 친숙하게 다가올 것이다. 이 책에서도 이러한 작품들을 주로 예시의 대상으로 삼았다.

국내에서 비교적 잘 알려져 있고 자주 읽히는 편인 근대영국 소설의 작가들로는 18세기에는 대니얼 디포(Daniel Defoe), 새뮤얼 리차드슨(Samuel Richardson), 헨리 필딩(Henry Fielding), 19세기에는 제인 오스틴(Jane Austen), 브론테자매(Charlotte Brontë, Emily Brontë), 찰스 디킨스(Charles Dickens), 조지 엘리어트(George Eliot), 토마스 하디(Thomas Hardy), 조지프 콘라드(Joseph Conrad) 등을 들 수 있다. 이들의 작품은 그 배경이나 소재가 실제 현실과 밀접한 연관성을 갖고 있기에 영국의 사회사를 어느 정도 알아야 제대로 이해할 수 있다. 반면에 공상의 요소가 강한 '고딕' 소설이나 현실을 초월하는 가상을 설정한 공상과학 소설들은 굳이 이 책에서 거론하지 않았다. 대중적인 인기가 높고 강의실에서도 즐겨 채택되는 작품들이지만 딱히 '배경'과 '맥락'에 대한 이해가 필요한 것이 아닌 이들 작품들이기 때문이다. 가령 조나산 스위프트(Jonathan Swift)의 『걸리버 여행기』(*Gulliver's Travels*), 매리 셸리(Mary Shelley)의 『프랑켄슈타인』(*Frankenstein*), 로버트 루이스 스티븐슨(Robert Louis Stevenson)의 『제킬박사와 하이드씨』(*Dr Jekyll and Mr Hyde*), 오스카 와일드(Oscar Wilde)의 『도리언 그레이의 초상』(*The Picture of Dorian Gray*), 브램 스토커(Bram Stoker)의 『드라큘라』(*Dracula*) 등이 이 범주에 해당된다. 반면에, 사회사적인 가치가 매우 크지만 번역이 되지 않아 국내 독자들이 접할 일이 없거나 학부생들에게도 읽힐 일이 별로 없는 작품들 또한 배제했다. 예를 들어 스코틀랜드 역사의 한 단면들을 심오하게 파헤친 월터 스코트의 『미드로시언의 심장』(*Heart of Mid-Lothian*), 산업혁명기 스코틀랜드 에이셔 지방의 변화를 생생히 기록하고 있는 존 골트(John Galt)의 『교구 연대기』(*Annals of the Parish*), 공장도시 맨체스터의 노동자들을 심층적으로 다룬 엘리자베스 개스켈(Elizabeth Gaskell)의 『매리 바튼』(*Mary Barton*)은 그 내용의 역사적 가치에도 불구하고 이 책이 염두에 둔 작품 목록에는 포함되지 않았다. 요컨대, 이 책에서는 국내 학계 및 출판계에서 유통되는 '근대영국소설'들을 염두에 두고 18, 19세기 영국 잉글랜드 지역 중심부의 경제, 사회, 문화적 조건과 특징들을 주제별로 기술하였다.

국내출판물 중에서 18, 19세기 근대영국소설의 배경을 통합적으로 영국사 연구 성과들에 기대어 소개한 단독 저서는 없다. 가장 근접한 선례를 찾는다면 학생들의 참고서로 사용될 법한 책으로, 근대영미소설학회에서 1999년에 공저로 편찬한 『18세기 영국소설 강의』와 『19세기 영국소설 강의』의 「개관」 장들이 있다. 이중 후자의 예를 보면, 19세기 영국의 문학사, 정치사, 사회사의 일반적인 측면을 주석 없이 일반화하고 있다는 점에서 학술적인 신빙성이 떨어진다. 그러다 보니 사회사적 기술의 정확성이 문제가 된다. 예를 들어,

> 영국소설과 관련하여 상류계층에서는 젠트리the gentry 계층이 특히 우리의 주목에 값한다. 빅토리아 시대 전체를 통하여 과연 누가 신사계층에 속하는지가 중요한 문제로 되어왔다. 그 까닭은 일차적으로 산업혁명의 성공적인 진행의 결과 많은 사람들이 일정한 부를 축적하게 되었기 때문일 것이다(김영무 23-24)

이라는 진술은 "젠트리" 계층은 농업자본주의와 뗄 수 없는 집단으로서 막연히 "신사계층"과 동일시 할 수 없으며, "산업혁명의 성공적인 진행"으로 "일정한 부"를 축적한 것과 젠트리 계층은 일차적으로는 별개의 문제임을 무시하고 있다. 필자도 참여한 바 있는 이 저서들이 매우 의지할만한 든든한 참고서이다. 하지만 근대영국소설에 대표작들에 초점을 맞춰놓은 보다 정확한 사회, 경제사에 대한 세밀한 소개의 필요성, 또한 인위적으로 18세기와 19세기를 나누어놓은 학계의 관행을 벗어난 같은 문명적 조건의 결과물들인 이 시대의 제도와 관행에 대한 통합적인 논의의 필요성은 세기가 바뀐 지금도 여전히 남아 있다.

이 책은 영국사의 연구 성과를 영국소설 독자들에게 선별적으로 전해주려는 것이 그 의도이지만, 영미 현지의 문학연구서들에 의존한 바는 거의 없다. 오늘날 학자들이 자주 인용하는 전문적인 연구서들은 특정 작가(또는 작가군)과 특정 주제를 연결해야 출간되고 주목받기 마련이니, 사회, 문화, 경제사 전반에 대한 소개를 담은 책들은 나오기 힘든 환경이다. 영국소설의 배경을 중시하는 경우에도 철학이나 사상사를 선호하는 경향이 있다. 로크의 경험론(Ian Watt의 *The Rise of the Novel*) 다윈의 진화론(예컨대 Gillian Beer의 *Darwin's Plot*)이나 산업화에 대한 지식인들의 대응(예컨대 Catherine Gallagher의 *The Industrial Reformation of English Fiction*)나 결혼/섹슈얼리티(예컨대 Nancy Armstrong의 *Desire and Domestic Fiction*), 아니면 참신하지만 대표성이 미미한 감옥에 대한 논의들(John Bender의 *Imagining the Penitentiary*) 등을 거론한 저서들이 잘 알려져 있다. 학부생들이나 교수들이 즐겨 사용하는 참고서로 리차드 앨틱(Richard Altick)의 『빅토리아인과 그들의 사상』(*Victorian People and Ideas*) 같은 (1974년에 나온) 저서가 있으나 이 책 역시 제목부터 '사상'(ideas)을 지나치게 강조한다. 그러나 이는 연구자들의 관심사를 반영할지는 몰라도 실제 영국 사회소설들의 실상과는 거리가 멀다. 영국사회는 사상을 깊이 탐구한 심오한 작가들을 예나 지금이나 별로 환영하는 분위기가 아니다. 괴테, 톨스토이, 도스토예프스키, 토마스 만 같은 '사상가' 겸 지식인인 소설가나 '사상' 논쟁이 작품을 관통하는 작품들은 영국 문단에서 주목을 받은 경우는 거의 없다. 가장 지적인 배경이 넓고 깊은 편인 조지 엘리어트의 소설도 이 점에서는 예외가 되지 못한다. 서술자의 '지적인' 논변이 그녀의 작품을 특징짓는 요소 중 하나이긴 해도, 정작 그녀의 소설들이 다루는 주제는 부동산(estate), 상속, 파산, 결혼과 재산의 증감이라는 전형적인 영국사회소설의 고정 메뉴들을 대개 벗어나지 않는다. 그녀의 『플로스강의 물방앗간』(*The Mill on the Floss*)은 딸로 태어난 존재의 비애도 다루긴 하지만 작품의 드라마를 결정짓는 요인은 물방앗간 사업의 파산이라는 경제적 '비극'이다. 그녀의 대표작 『미들마치』(*Middlemarch*) 역시 딸로 태어난 이상주의자가 현실 속에서 느끼는 갑갑함이 플롯의 한 축을 이루긴 하지만 미망인의 소유권 계승 및 재산권 행사, 유언장의 엄청난 법률적 구속력이라는 친숙한 주제에서 이탈하지 않는다. 근대 영국사회 및 근대 영국소설의 생산자와 소비자들은 공리주의건 진화주의건 급진주의건, 그 자체로 '돈이 안 되는' 그 어떤 '주의'나 '사상' 그 자체에 진지한 관심을 표명하지 않았다.

근대 영국소설의 일차적인 관심사는 소유권의 창출, 이전, 승계, 상속 및 소유권 분쟁이라는 민법의 세계이다. 근대영국의 사상사는 그 자체로 별개로 다뤄야할 중요한 연구영역이긴 하나, 사상사건 문학사건, 일단 근대영국의 지배적인 '주의'는 지극히 현실적이고 물질적이며, 이해관계를 적절히 관리하는 수단으로서의 법률적 합리성에 의존한다는 점을 간과할 수 없다. 이 책의 필자는 이러한 인식에 의거해서 근대영국소설을 이해하는 데 필수적인 지극히 현실적이고 물질적인 '배경'과 '맥락'을 그 핵심적인 측면에 초점을 맞추어 기술하고자 했다.

본 저서는 역사적 '맥락'과 '배경'을 '문학'의 부차적인 차원으로 평가하지 않는다. 역사 일반에서 문학을 비롯한 예술사를 떼어내는 것은 그 자체가 흥미로운 시도일뿐더러 해당 분야의 학문적, 담론적 독립성을 강화하는 데 기여하겠지만, 문학의 역사를 추상화하고 신비화할 소지가 많다. 이것은 문학이 처해 있는 역사의 실상을 파악하는 게 목적이라면 전적으로 신뢰할 담론은 아니다. 예를 들어 '현대소설'의 실험적인 작가들이 진기한 작품들을 지어내는 동안에도 '근대소설'적인 기법에 만족하는 '전통적인' 소설들은 (가령 국내 출판계에서 사뭇 놀라운 생명력을 유지하고 있는 서머싯 모엄[Somerset Maugham]의 작품들) 계속 만들어지고 소비되었으며 상당한 영향력을 미치고 있었다. 다른 한편, '현대소설'은 현대 이전의 시대에도 등장한다. '근대영국소설'에 포함되어야할 18세기 작가 로렌스 스턴(Laurence Sterne)의 『트리스트럼 섄디』(*Tristram Shandy*)보다 더 파격적인 실험소설을 '현대소설' 중에서도 찾아보기 쉽지 않다. 소설은 소설가들이 지은 작품이고, 소설가들이 예술가인한 독특하고 기발난 발상과 문체를 작품에 담아내고자 할 것이다. 그것을 음미하고 설명하고 분석하는 일이 문학연구의 통상적인 업무임을 부인할 이유가 없다. 그러나 근대영국소설은 몇몇 개인 작가의 천재성의 산물이기도 하겠지만, 집필, 출판, 판매, 서평, 수용, 재출판 등 작품 생산 및 재생산의 전과정을 염두에 둔다면 이들 소설은 한 시대, 한 사회, 한 문명, 그것도 근대사회를 선도한 대영제국 중심부를 비춰주는 '거울'이자 역사적 단층을 보여주는 표본이기도 하다. 이들이 물려준 전통을 자기 것으로 누리거나 주장하는 영미학계와 달리, 재산과 상속 같은 현실의 물질적인 문제를 중심에 둔 예술인 근대영국소설을 비롯한 서구문명의 제반 성과들을 '손님'으로 들

여와서 ‘우리 것’으로 만들어오는 과정에 있는 대한민국 서양학에게 부여된 책임은 좁은 의미의 문학사에 안주해서 개별 작품과 작가의 위대한 기묘함을 예찬하고 상술하는 데 머무는 것으로 완수될 수 없다. 소설과 소설 ‘밖’ 현실의 역사를 함께 바라보고 조명할 때에야 영문학을 비롯한 서양학이 이 땅에서 존재할 이유를 입증할 수 있을 것이다. 이를 위해 이 책은 의도적으로 소설 ‘밖’의 역사를 집중 조명했다. 소설 ‘밖’에서 바라보는 소설 ‘안’의 세계를 보다 객관적으로 인식하려는 시도가 보다 균형 잡힌 문학연구에게는 반드시 필요하다고 생각하기 때문이다.

그 다음으로 ‘영국’이란 이름은 어떠한가? 비교적 명확한 지리적, 국가적 단위를 지칭하는 말 아닌가? 하지만 이 말 역시 ‘근대’ 못지않은 애매성을 품고 있음을 인지할 필요가 있다. ‘영국’은 ‘英國’을 중국어식으로 읽을 때 ‘잉꾸어’ 즉 ‘잉글랜드’ 소리를 만들어내기에 정착된 한자어이다. 훈민정음을 사용해서 ‘England’를 엄연히 ‘잉글랜드’로 쉽게 표기하고도 남음이 있음에도 불구하고, 한자를 숭배해온 시대의 끝물인 19세기말 동아시아에서 이 어색한 중국식 표기법이 곧바로 유통되고 말았다. 오늘날 한국에서 통용되는 ‘영국’은 크게 두 가지 용례가 있는데, 이를 편의상 ‘올림픽’의 용례와 ‘월드컵’의 용례로 나눌 수 있다. 올림픽의 경우 영국은 ‘United Kingdom of Great Britain and Northern Ireland’, 축약해서 ‘Great Britain (GB)’ 단일팀으로 출전한다. 올림픽 뿐 아니라 유엔 등 각종 국제 정치 무대에서도 마찬가지로 ‘영국’은 이 ‘연합왕국’을 지칭하지, ‘영국’이란 말 그대로 ‘잉글랜드 국’만을 지칭하지는 않는다. 반면에, 월드컵이나 유러피언 컵 같은 국제축구 무대에서는 이 ‘연합왕국’이 다시 각 민족 및 지역 단위로 분리되어서, 잉글랜드, 웨일즈, 스코틀랜드, 북아일랜드로 따로따로 출전한다. 이 경우에 한해서 언론매체에서는 ‘영국’이 아니라 ‘잉글랜드’를 공식 칭호로 사용한다. 잉글랜드가 연합왕국의 중심세력이자 지리적으로 가장 큰 지역이니 '잉글랜드=영국=연합왕국'으로 보는 시각은 잉글랜드 입장에서는 별 문제가 될 게 없을 것이다. 반면에 잉글랜드의 옛 적대세력이자 경쟁 상대였던 스코틀랜드나 식민지 지배의 복잡한 역사가 배어있는 주변부 지역들인 웨일스나 북 아일랜드 입장에서는 이러한 용례가 달가울 수 없다. 그렇긴 해도 소설과 출판 세계에서는 '잉글랜드=영국=연합왕국' 등식을 받아들이지 않을 수 없다. 잉글랜드, 그것도 잉글랜드의 중심인 런던 출판시장의 영향력이 절대적이었기 때문이다. 출판계에 있어서 스코틀랜드의 수도 에딘버러의 역할도 18세기말과 19세기 초에는 상당히 중요해지긴 했으나, 런던과 남부 잉글랜드의 문화적인 헤게모니가 워낙 강력했기에, 에딘버러가 런던의 경쟁자일 수는 없었다. 일반적인 문학사 및 영문학연구에서 '잉글랜드=영국=연합왕국'의 등식을 채택하는 것은 편리할뿐더러 나름대로 타당성도 없지 않다. 그러나 역사적 배경을 소개하는 이 책에서는 이 등식을 '영국소설'이라는 용어를 사용할 때는 따르지 않을 수 없으나, '영국' 또는 '영국 전 지역'은 '연합왕국' 전체를 지칭하는 이름이고, 그렇지 않을 경우, '잉글랜드' 또는 '잉글랜드와 웨일스'로 해당 지역을 제한하여 언급할 것이다.

마지막으로, '소설'에 대해 언급하자면, 우리말에서 '소설'은 영어의 'novel'이 아니라 단편소설, 즉 'fiction'이나 'short story'를 지칭하는 용례가 더 일반적임을 먼저 지적해야 할 것이다. 단편소설 모음을 '소설집'이라고 하고 영어의 'novel'에 해당되는 경우에는 굳이 '장편소설'이란 말을 따로 쓴다. 각 언어권마다 소설을 지칭하는 말들이 다소 차이가 있는 것은 문학평론가들이나 학자들의 선택 사항일 수도 있다. 하지만 철저한 상업 출판시장이 그야말로 '보이지 않는 손'으로 작품의 생산과 유통을 지배한 영국의 경우, 소설을 'the novel'로 지칭한 의미는 분명했다. 즉, 'the novel'이란 '사실'을 칭하지만 '사실상' 허구인 애매한 책들을 분류하는 책 시장의 개념이었다. 이러한 용례가 정착된 것은 'the novel'로 분류할 만한 책들이 출판계에서 주목할 만한 비중을 차지하게 된 이후, 대략 19세기 전반부라고 할 수 있다. 원래는 말 그대로 '참신한 것', 또는 '참신한 뉴스'라는 의미에서 '참신한 이야기'로 의미가 확대되다가, 처음에는 관사 없이 'novel'로 쓰이다가 19세기 중반부에 이르면 'the novel'로 용법이 확정되었음을 『옥스포드 영어 사전』(*Oxford English Dictionary*)의 예문들을 보면 알 수 있다. 그 전까지는 'history', 'memoir', 'life', 'romance' 등의 말이 소설 작품 제목 표지나 광고문에 등장했다. 작품과 출판사마다 각기 판촉에 가장 유익한 방향으로 해당 책 상품을 명명했던 것이다. 19세기에 진입한 후 영국에서 'the novel'이 하나의 뚜렷한 장르로 굳어지게 된다. 그때부터 'the novel'은 가상의 세계를 지어낸 서사들이긴 하나 실제 현실과 흡사하게 닮아있고, 지극히 현실적인 관심사와 깊이 연관된 주제들을 다루는 책들로 인식된 것이다. 물론 하나의 예술작품들로서는 현실의 제약들을 다소 간소화하거나 개연성과 우연의 일치를 최대한 강화하여 독자들의 '희망' 내지는 '환상'에 맞춰주는 '유토피아'적 요소가 소설의 한 축을 이루었다. 최초의 소설 중 하나인 『로빈슨 크루소』를 실제 탐험기로 첫 독자들이 받아들였던 것은 그 서사를 뒷받침하는 사실적인 디테일들 덕분이기도 했지만 무엇보다도 이러한 이야기가 '실제 현실'이기를 바라는 대중적인 정서의 투사 때문이기도 했다. 소설 문화가 무르익은 19세기 중반에 나온 『제인 에어』도 여자 가정교사 주인공이 결국엔 고용주와 (비록 그가 맹인이 된 후이긴 하지만) 결혼하여 '마님'의 자리에 오른 것으로 이야기가 마무리되는 것도 이러한 (여성) 독자들의 집단적 '환상'의 투사와 무관하지 않을 것이다. 그렇긴 해도 이러한 '환상'이 구현되는 공간은 돈과 법과 관습이 지배하는 철저히 현실적인 공간으로 그려진다. 현실성을 극단까지 끌고 간 『로빈슨 크루소』에서조차도 난파선이 제공하는 다양한 도구와 물품들의 상세한 목록과 이들 물품과 자원을 어떻게 합리적으로 활용할 것인가라는 지극히 현실적인 문제 해결이 이야기의 '흥미'를 유지하는 데 결정적으로 기여한다. 말하자면 영국 근대 소설은 '현실성의 환상'을 파는 문화상품이었다고 정의할 수 있다.

현실성의 환상을 파는 영국 소설은 출판물 시장의 고정적인 영역을 차지한 채 오늘날에도 『해리 포터』 시리즈의 어마어마한 상업적 성공이 증언하듯 출판계의 주요 상품유형으로 정착했다. 또한 소설 창작, 소설책 제작 및 판매는 그 '발생기'부터 오늘날까지 전적으로 시장의 논리를 따랐기에, 소설 생산 및 소비는 '시장'을 무시한 고독한 '천재'의 기묘한 '예술세계'를 장려하는 분위기와는 거리가 멀 수밖에 없었다. 아무리 천재적이고 뚜렷한 소신이 있는 소설가라고 해도 '시장'에서 통용되는 내러티브나 소재, 문체를 구사하지 않고는 책이 만들어지거나 팔리지 않을 것임을 잘 알았다. 소설을 소비하는 층들의 관심, 의식, 성향, 계층 등에 맞지 않을 경우, 소설 원고가 애초에 출간될 가능성도 희박했다. 20세기 초에 실험소설을 지어낸 버지니아 울프는 남편 레너드 울프와 직접 출판사(호가스 출판사[Hogarth Press])를 만들어 운영했고 제임스 조이스의 소설들은 런던은 물론이요 더블린에서도 출판사를 찾지 못해 심한 고생을 한 점은 18, 19세기는 물론이요 20세기 초까지 영국 출판시장이 얼마나 상업적인 논리에 지배받았는지를 증언한다. 다른 나라 소설들은 몰라도 근대영국소설을 이해하려면 개인 작가의 '예술관' 못지않게, 아니 이에 앞서 소설시장 소비자들의 삶과 통념, 당대 사회의 특이한 조건들, 즉 그 '배경'과 '맥락'을 이해해야할 필요가 있다. 이러한 영국소설 생산과 소비의 철저한 세속성, 상업성, 물질성을 강조하고자 근대영국소설의 배경과 맥락을 다룬 이 책을 '재산권의 풍경'이라고 명명했다.

■ 차례

도표목록

1장 기후

문학은 인간이 지어낸 인간들에 대한 이야기들이다. 인간이 아닌 동물이나 식물, 자연을 주인공으로 택한 이야기도 이들을 의인화하여 '인간'인 듯 다루기 마련이다. 동식물이나 광물은 물론이요 인간의 삶을 구속하는 여러 요소 중에서, 음식과 주거 공간의 중요성을 뺄 수 없다. 흔히 '의식주'로 인간생존의 기본 요소들을 표현할 때는 '의복'이 맨 앞에 나오긴 하지만, 최초의 근대영국소설로 인정받는 디포의 『로빈슨 크루소』가 증언하듯이, '식'과 '주'에 비해서 '의'는 상대적으로 덜 중요하다. 무인도에서 크루소는 먹거리를 확보 및 재생산하는 데, 그리고 안전하고 편안하게 거주할 수 있는 거처를 마련하고 유지하는 데 대부분의 노동시간을 할애한다. 그런데, '의'는 물론이요 '식'과 '주'를 결정하는 가장 중요한 요인은 무엇일까? 그것은 기후이다. 만약 영국 본토라면 크루소의 옷차림을 보면 "겁에 질리거나 웃음보를 터뜨릴 것이 분명했을 터"이지만, 열대지역 섬에 난파된 그는 섬에서 얻을 수 있는 자원으로 그곳 기후에 대처할 최선의 방법을 강구한 복식을 택할 수밖에 없었다. 그의 옷차림이 기괴하기는 하다.

내 머리에는 염소 가죽으로 만든 큼직하지만 별 형체랄 것은 없는 모자를 썼는데, 뒤쪽으로 햇빛을 막을뿐더러 빗물이 목으로 흘러내리는 것을 막도록 덮개를 내려놓았으니, 이곳 기후에서는 비가 옷 속을 타고 맨살로 스며들어오는 것처럼 해로운 일이 없었다.

나는 염소 가죽으로 만든 짧은 외투를 입고 있었는데 끝이 대략 내 허벅지 중간쯤까지 내려왔고 같은 재료로 만든 무릎까지 오는 반바지를 입었으니, 이것은 늙은 숫염소 가죽으로 만들었는데 그 녀석의 털이 양쪽으로 쭉 늘어져서 마치 판탈롱 바지처럼 종아리 중간까지 내려왔으며, 양말과 신발이라고 할 만한 것은 없었고, 그걸 뭐라고 불러야 할지 모르겠으나 내 다리 위를 덮는 반장화를 한 켤레 만들어서 신었고 끈으로 다리에 묶어놓았으나, 내 옷차림이 대체로 다 그렇듯이 아주 모양은 야만적이었다.[1)]

이러한 복장 뿐 아니라 크루소의 '식'과 '주'는 그의 선택이나 취향과 상관없이, 섬의 지구상의 위치와 그 위치에 해당되는 기후가 결정한다. 크루소는 열대지방 무인도에서 발견한 염소나 거북이를 사냥하는 단계에서 염소를 키워서 잡아먹는 목축으로 나아가고, 난파선에서 우연히 가져온 곡물씨앗을 뿌려서 풍부한 일조량과 강수량 덕분에 밀농사를 지어서 빵을 만들어먹는다. 또한 섬에 넘쳐나는 포도를 따다 건포도를 만들어 먹는다. 가끔 고향에서 마시던 맥주가 생각나기는 하지만 도저히 만들어 볼 도리가 없으니 포기한다. 그가 사는 집도 짐승이나 '야만인'의 공격을 피할 수 있는 안정성을 고려하여 우기의 폭우와 건기의 뜨거운 해를 피하는 동굴 앞에다 천막을 이어서 집을 만든다. 일손이 없어서 모든 것을 혼자 해야 하기에 "내 작업이 지극히 품이 많이 들어갔다는 점" 뿐만 아니라 기후 그 자체가 그의 생활방식을 결정한다. "해가 중천에 떴을 때 극심한 열기 때문에 밖에 나갈 수 없었기에 저녁 한 네 시간 정도가 내가 작업

---

1) 대니얼 디포(Daniel Defoe), 『로빈슨 크루소』(*Robinson Crusoe*), 윤혜준 역 (서울: 을유문화사, 2008) 215-16.

을 할 수 있는 시간의 전부였다는 점도 감안해야 할 것이다'[2]라고 크루소는 토로한다.

기후는 크루소의 가상의 무인도에서뿐만 아니라 실제 현실 세계의 지역 및 국가의 문학 및 문화예술의 성격을 결정하는 중요한 요소이다. 『로빈슨 크루소』를 비롯한 영국소설들이 만들어지고 소비된 영국의 기후와 영국문학의 관련성에 대한 연구는 극히 드물기는 하지만, 이와 관련해서 몇 가지 상식적인 추론을 하기는 어렵지 않다. 날씨가 늘 화창하고 일조량이 많은 지역에서 사람들이 각자 골방에 들어앉아서 두꺼운 장편소설을 몇 달씩 붙들고 읽고 싶어 할까? 반대로, 날씨가 걸핏하면 빗방울이 뿌리고 여름 한 철을 빼고 나면 해가 일찍 지고 늦게 뜨는 대체로 어둡고 축축한 나라에 사는 사람들이 매일 밤 오페라나 연극을 보러 극장에 나다니길 즐길까? 만약 아테네 기후가 걸핏하면 비가 오는 고약한 날씨가 특징이라면 아테네의 야외무대에서 비극이 탄생하기는 어려웠을 것이다. 반면에 러시아의 혹독하고 기나긴 겨울날씨를 견디는 데는 톨스토이와 도스토예프스키의 장대한 장편소설들이 큰 힘이 되었을 법하다. 기후와 문화의 관계를 너무 획일적으로 일반화할 수는 없지만 기후가 춥고 우중충한 북부 유럽으로 갈수록 두꺼운 장편소설들이 많이 생산되고 소비되었다고 할 수 있다. 반면에 지중해 연안의 남부 유럽에서는 수시로 광장에 모여드는 시민들을 상대로 제작되는 악극과 오페라 같은 공연물이 문화상품의 주종을 이루었다. 일년 내내 춥고 겨울에는 아예 햇빛을 볼 수 없는 아이슬란드는 '사가'(saga)로 불리는 장편 서사문학으로도 유명하다. 지금도 아이슬란드 인구는 우리나라 서울의 한 자치구 인구에도 못 미치는 32만 정도에 불과하지만 인구 1인당 서점 수가 세계에서 가장 많고 1인당 출판물의 수도 세계에서 1위이며, 인구의 약 10%는 평생 책을 한권은 저술하

---

2) 『로빈슨 크루소』 166.

여 출간할 정도로 아이슬란드 사람들은 '문학'으로 추운 기후를 이긴다.[3] 영국은 아이슬란드보다는 훨씬 남쪽에 있지만 위치는 한반도 보다 훨씬 북쪽이기에 겨울 일조량은 매우 적다. 또한 걸프 연안에서 흘러오는 난류가 영국 섬 주변을 지나가기에 날씨는 북방 지역인 것 치고는 한국 겨울보다 더 따듯하지만 대신 일년 내내 시도 때도 없이 비가 내린다. 20세기 후반 영국의 평균 기온은 다음과 같다.[4]

〈표 1〉 영국(잉글랜드와 웨일즈)의 월평균 기온, 1951-1990 (섭씨 ℃)

1월	4.9
2월	4.8
3월	6.2
4월	7.6
5월	13.4
6월	16.5
7월	17.3
8월	17.1
9월	14.8
10월	12.6
11월	7.5
12월	5.3

기온만 보면 살기에 아주 적당한 이상적인 나라로 생각될 수 있다. 그러나 비가 문제이다. 근대영국소설의 '전성기'인 19세기, 전, 중, 후의 세 해를 뽑아서 연평균 강수량을 측정한 결과는 다음과 같다.[5]

---

3) http://en.wikipedia.org/wiki/Iceland.

4) Bamber Gascoigne, *Encyclopedia of Britain* (Basingstoke: Macmillan, 1993) 629.

5) http://www.metoffice.gov.uk/hadobs/hadukp/data/monthly/HadEWP_monthly_qc.txt

〈표 2〉 영국(잉글랜드와 웨일즈)의 월평균 강수량, 1800, 1850, 1900
(밀리미터 mm, 소숫점 생략)

	1800	1850	1900
1월	117.6	60.4	118.0
2월	20.4	56.7	131.7
3월	50.7	19.8	30.7
4월	103.2	89.1	43.7
5월	75.5	67.6	46.6
6월	26.7	42.0	85.2
7월	9.1	108.2	48.1
8월	55.7	66.2	112.0
9월	112.2	72.3	31.8
10월	93.8	63.5	104.6
11월	145.8	93.0	99.2
12월	91.0	62.2	123.6
연간강수량	901.7	801.0	975.2

6월이나 7월에 해가 가장 길고 비도 제일 적게 오기는 하지만, 위의 표에서 1850년대 7월 날씨가 보여주듯, 그것도 늘 그런 것은 아니다. 날씨는 온화한 편이지만 하늘에서 빗방울이 수시로 떨어지는 영국 섬의 의식주는 이러한 기후의 제약을 받기 마련이다. 또한 문화생활도 기후적 조건에서 자유로울 수 없다.

요컨대 영국 날씨는 공연물 보러 다니기 보다는 집에서 책 읽기 좋은 조건이다. 런던을 중심으로 연극무대가 셰익스피어의 시대부터 오늘날까지 웨스트엔드의 연극 및 뮤지컬 극장들까지 꾸준히 이어져오고 있긴 하지만 그것은 '런던'이라는 국제도시의 활발한 문화적 혼종성과 밀접한 관련이 있지 영국 전체적으로는 예외적인 면이 있다. 우중충한 날씨에다 겨울에는 오후 4-5시면 깜깜해지는 잉글랜드 중부와 북부, 이보다 더 해가 짧고 비는 더 많이 오는 스코틀랜드에서는, 밤늦게까지 노동에 시달리지 않는 사람들이라면, 각자 집안에 들어앉아 긴긴 밤을 지새우기에 이야기가 끊이지 않는 장편소설들이 아주 제격이었을 것이다. 오늘날은 텔레비전이 문학시장을 상당히 잠식했다고 하기는 하지만 여전히 책을 많이 읽고 긴 책을 마다하지 않는 것이 영국출판계 및 독서 문화의 특징이다. 최근에 전 세계를 사로잡은, 각 권이 700 페이지는 족히 될 『해리포터』(*Harry Potter*) 시리즈가 좋은 예이다. 영국의 축축하고 침침한 날씨는 영국문학을 번성하게 만든 필수적인 요인은 아니겠으나 그 기여도가 적다고도 할 수 없다.

그런데, 최근 과학적인 측정기술과 이론을 역사적 기록과 접목시킨 '기후사'(climate history) 연구자들은 영국섬 및 북부 유럽의 기후가 늘 지금과 같이 비가 많이 오고 일조량이 적었던 것은 아니었다고 한다. 예를 들어 8세기부터 11세기까지 이어진 스칸디나비아 '바이킹'들의 침공은 당시의 '지구 온난화'와 직접적인 연관성이 있다고 한다. 이들은 북해의 얼음이 줄어들어 항해가 원활해지자 '따듯한' 영국 섬으로 내려와서 맘껏 약탈을 할 뿐 아니라 아예 정착을 해서 살았다.[6] 게다가 잉글랜드 남부지방에서는 일조량이 풍부해서 포도를 재배해서 포도주를 만들어 마셨다는 기록도 있다. 대체로 바이킹들의 침략 겸 이주가 극심하던, 그리고 이들의 후예인 프랑스의 노르망(Norman은 '노르웨이인'이란 뜻) 기사들의 정복, 이주, 지배권 확보가 진행되던 11세기에서 13세기까지 잉글랜드의 여름 평균 기온은 20세기 잉글랜드의 평균보다 1도 정도 높았으리라는 설도 있다.[7] 12, 13세기의 이러한 '온난화'는 영국은 물론 유럽 전 지역에서

---

6) H. H. Lamb, *Climate, History and the Modern World* (London: Routledge, 1995) 174.

7) 같은 책, 179-80.

사람들의 활동량을 증가시켰고, 소위 '12세기 르네상스'(Twelfth-century Renaissance)로 불리는 중세 고딕 문명의 만발(오늘날 대학의 원조들은 이때 태어났고 웅장한 고딕 성당들도 이 시기에 세워지기 시작한다)과 멀리 중동까지 원정을 가서 전쟁을 벌이는 십자군 전쟁을 부추겼다.

그러다 1300년 이후 다시 기후가 추워지자 중세의 전성기가 점차 쇠퇴기로 접어들었다. 흑색병(Black Death)으로 인한 인구의 급감, 교황청의 분열, 영국에서는 백년전쟁 종식 후 영국왕실의 프랑스 영토 상실과 '장미전쟁'(the War of Roses) 등으로 점철된 혼란의 시대 14세기에 유럽 기후는 전반적으로 다시 추워지고 강수량이 많아진다. 강수량의 증가로 인해 흑색병 등의 질병은 더 쉽게 퍼졌고 작황에도 영향을 주어서, 유럽 여러 지역에서 기근이 발생한다.[8] 이렇듯 중세 말기의 뒤숭숭한 시대 상황을 만드는데 기후의 변화도 한몫을 거들었던 것이다.

다시 급격한 기후 변화가 진행된 시기는 근대로 넘어가는 시발점인 16세기 중반부이다. 1500년대 중반부터 급격히 추워져서 1700년대 초까지 유럽의 기후는 소위 '소규모 빙하기'라고 할 정도로 고대 빙하기 이후로 가장 추운 수준을 유지했다. 이는 알프스 계곡의 빙하의 확산 및 축소 정도를 측정하여 추정할 수 있다.[9] 이 '소규모 빙하기'는 저온이 일관되게 유지된 것이 아니라 기후가 급작스럽게 변하는 양상으로 나타났기에, 갑자기 어떤 해는 더웠다가 이내 다시 추워지곤 했다. 이러한 기후는 낮은 온도 그 자체뿐 아니라 급격한 온도 변화로 인해 농사짓기에 몹시 불리한 환경을 만들어냈던 것이다.[10] 영국의 경우, 가장 비옥한 농토가 많은 잉글랜드 지역에서조차 1555-1556년 작황이 극히 안 좋았다. 이러한 환경은 이제껏 비교적 평탄하게 농사를 짓고 있었던 많은 잉글랜드 농사업자와

8) 같은 책, 181-82, 195, 199-200.
9) 같은 책, 212-14.
10) 같은 책, 229-31.

농민들에게 상당한 충격을 주었다. 이렇듯 안정된 농업을 기대하기 어려운 상황이 이어지자, 영국인들은 결혼을 늦추었고 그 결과 인구가 감소했다. 불안정한 날씨로 인한 농업생산의 감소, 이로 인한 인구 감소의 패턴은 대략 1730년대까지 이어진다.[11](인구 문제는 아래 2장, 「인구」 참조)

그러나 '소규모 빙하기'의 가장 극심한 영향을 받은 지역은 영국 섬의 북쪽 스코틀랜드이다. 잉글랜드보다 농토나 목초지의 질이 떨어지는 스코틀랜드에서 농업과 목축업은 늘 취약할 수밖에 없었다. 게다가 기온이 급격히 떨어지고 강수량이 늘어나 일조량이 부족해지는 악조건이 가세하자 스코틀랜드 경제는 심각한 위기에 직면한다. 이러한 배경이 스코틀랜드인들이 1600년대 초, 북부 아일랜드 얼스터(Ulster) 지방으로 대거 이주하게 된 동인 중 하나이다.[12] 그런데 마침 잉글랜드 처녀 여왕 엘리자베스(Elizabeth) 1세가 자식이 없이 죽자 다음 승계순위였던 스코틀랜드 왕 제임스(James) 6세가 웨스트민스터로 내려가서 잉글랜드의 제임스 1세로 등극하게 된다. 이렇게 해서 '연합왕국'(United Kingdom)이 탄생한다. 같은 시기에 이미 아일랜드의 더블린을 비롯한 동부 지역을 지배하고 있던 잉글랜드는 이제껏 상대적으로 독립성을 유지하던 얼스터의 맹주 오닐(O'Neill) 가문을 제거하고, 북부 아일랜드의 식민지화를 본격적으로 추진한다. 그러나 정작 크게 아쉬울 게 없는 잉글랜드에서는 굳이 북부 아일랜드까지 이주하려는 사람들이 별로 나서질 않았다. 반면에 기후변화로 인해 고향에서 살기가 어려워진 스코틀랜드인들은 기꺼이 기후조건이 상대적으로 좋은 얼스터로 이주했다. 이것이 단순한 '이주'가 아니라 토착세력들을 무력으로 몰아내고 인위적으로 새로운 이주민들을 정착시키는 과정이었기에 그 갈등과 폐해는 상당했다. 이러한 강제 이주를 '사람을

11) 같은 책, 228-29.

12) 같은 책, 220.

심는다'는 의미로 "plantation"이라고 불렀으나, 그 실상은 '식물'을 심는 것처럼 자연스런 현상과는 거리가 매우 멀었다. 그 '식민'의 역사는 오늘날까지 수 백 년간 이어지는 '북아일랜드 사태'의 시발점이었다.[13] 물론 이러한 피비린내 나는 역사에 대해 기후에게 책임을 돌릴 수만은 없겠으나 기후의 급작스런 변화도 중요한 역할을 했음은 부인할 수 없다.

북부 유럽의 기후가 다시 점차 온화해진 것은 1700년대 이후이지만, '소규모 빙하기'의 모습으로 일시적으로 돌아가는 유형이 18-19세기 근대 시대 내내 반복되다가, 19세기 말에 이르러서야 지속적으로 비교적 온화한 기후로 안착한다. 18세기 초까지 소규모 빙하기의 모습들은 심심치 않게 나타났다. 1716년 런던의 템즈강이 겨울 내내 꽁꽁 얼자, 시민들이 얼음 위에서 미끄럼을 타며 노는 데 맛을 들인 통에 겨울철이 대목인 런던 극장들이 텅텅 비기도 했다. 이 해의 기온은 그 전해 12월에서 2월까지 평균이 0.8도, 3월에서 5월까지 평균이 8.0, 여름인 6월에서 8월까지 평균이 15.0, 9월에서 11월까지 평균이 9.2에 불과했다(이것이 얼마나 추운 날씨인가는 위의 <표 1>, 「20세기 후반부 월 평균 기온」과 비교해 보면 알 수 있다). 반면에 1723-1724년과 1730년 기온은 각기 매우 온화했고, 그 덕에 런던 공연 산업도 호황을 누렸다. 1722년 12월에서 1723년 2월까지 평균 기온은 3.1도, 1723년 9월에서 11월은 10.6도, 1723년 12월에서 1724년 2월까지 평균 기온은 5.2도였다. 1729년 9월에서 11월까지 평균 기온은 11.6도, 1729년 12월에서 1730년 2월까지 평균 기온은 4.6도였다. 이렇듯 일시적으로 기후가 온화해진 해들이 없지 않았지만 대체로 계절과 연도에 따라 변화의 폭이 상당히 컸다. 외부활동이 왕성한 여름철이라고 해도 날씨가 늘 따듯하지는 않았다. 1725년 런던 여름 평균 기온은 13.1 도에 불과했다. 대체로 18세기 내내, 영국 섬에서 날씨가 비교적 좋

13) R. F. Foster, *Modern Ireland: 1600-1972* (London: Penguin, 1989) 143-60.

다는 잉글랜드에서도 여름철 가장 더운 날에도 기온이 20도를 넘어가는 법은 거의 없었다.14)

18세기 전반부가 소위 '소설의 발생' 및 인쇄물 출판시장의 고속 성장기와 겹친 것은 이렇듯 '소규모 빙하기'의 잔재가 남아서 날씨를 쌀쌀하게 만든 것과도 전혀 무관하지 않다. 해가 일찍 지는 겨울은 물론이요 여름도 여름 같지 않으니 야외에서 지내는 시간보다는 실내에서 보내는 시간이 많고, 실내 소일거리로 독서만한 것도 없었을 것이다. 최초의 근대소설 중 하나인 디포의 『로빈슨 크루소』가 등장한 1719년에서 또 다른 발생기 소설의 기념비인 새뮤얼 리차드슨(Richardson)의 『파멜라』(*Pamela*)가 나온 1740-1741년까지의 잉글랜드 지역 평균 기온은 다음과 같다.15)

〈표 3〉 '소설의 발생' 기의 잉글랜드 계절별 평균 기온

연도	겨울	봄	여름	가을
1719	3.8	7.8	16.7	9.8
1720	4.0	7.5	14.7	9.5
1721	3.8	7.2	15.2	9.7
1722	4.5	8.0	14.7	10.4
1723	3.1	9.4	15.3	10.6
1724	5.2	7.8	15.5	9.4
1725	3.7	8.0	13.1	9.7
1726	3.1	8.7	16.0	10.3
1727	3.7	9.3	16.2	10.0
1728	3.3	9.3	16.4	9.7

14) http://www.metoffice.gov.uk/hadobs/hadcet/ssn_HadCET_mean.txt; Lamb, *Climate, History and the Modern World,* 243-45.

15) http://www.metoffice.gov.uk/hadobs/hadcet/ssn_HadCET_mean.txt

1729	1.7	6.7	15.9	11.6
1730	4.6	9.1	15.2	11.8
1731	2.5	8.3	16.2	11.8
1732	4.7	8.8	15.7	10.6
1733	5.0	9.0	16.5	9.5
1734	6.1	9.5	15.5	9.3
1735	4.1	8.5	14.8	10.3
1736	5.0	8.7	16.6	10.6
1737	5.6	9.1	15.7	9.7
1738	4.7	8.9	15.5	9.7
1739	5.6	8.0	15.3	8.8
1740	-0.4	6.3	14.3	7.5
1741	2.8	6.9	15.8	11.2

계절에 따라 기후가 급격히 변하는 편은 아니니 일하기 좋은 기후이기는 하지만, 대체로 선선한 날씨가 계속 이어진 이러한 패턴이 '일' 뿐 아니라 '독서'에도 유리하리라는 추론을 할 수 있다. 18세기를 거치며 소설의 길이가 증가하고 소설의 내용도 심화되는 등 소설의 양과 질이 발전한 것은 '중간계층'의 '가치관'과 '이념'에 소설이 부합했다는 기존의 학설만으로는[16] 설명되지 않는다. 두꺼운 소설을 사서 읽는 문화소비 패턴을 돈벌이와 합리성을 추구하는 이들 중간계층이 굳이 선택할 필연적인 이유가 있을까? 오히려 이윤 추구로 '분주한', 말 그대로 '분주함'이란 뜻의

16) Ian Watt의 *The Rise of the Novel: Studies in Defoe, Richardson and Fielding* (London: Pimlico, 2000 [초판 1957]), ch.1에서는 John Locke의 경험주의 인식론, Michael McKeon의 *The Origins of the English Novel 1660-1740* (Baltimore: Johns Hopkins University Press, 1987) ch.2에서는 Francis Bacon의 경험주의적 과학철학과 중산계층의 가치관을 연결한 바 있다.

'비즈니스'(business)에 매진하는 이들에게 '시간은 돈'이다. 따라서 문화생활에 있어서도 최대한의 효율성을 추구하는 편이 더 유익할 것이다. 실제로 '비즈니스 정신'이 아무런 족쇄 없이 활개 친 미국에서는 수백 페이지짜리 긴 장편소설 대신, 잡지에 수록되는, 포우(E. A. Poe)의 유명한 공식대로, "그 자리에 앉아서 다 읽을 수 있는"(to be read at a single sitting)[17] 짧은 단편소설이 전형적인 창작물로 정착되었다. 반면에 18, 19세기 내내 영국에서는 잡지에 등장하는 픽션은 단편이 아니라 1년이나 그 이상 기간 동안 연재 되는 장편이 주종을 이루었다(연재소설에 대해서는 아래 10장 「출판시장」 참조). 처음부터 단행본으로 나오는 책들의 부피 또한 만만치 않았다. 이것은 혼자 집에서 '여가'를 책과 함께 보내는 문화가 없다면 생각할 수 없는 문학생산 빛 소비 유형이다. 독자들을 집으로 보내는데 기후가 한 역할을 했다고 생각할 근거는 충분히 있다.

기후와 영국소설을 연관 지은 연구는 영문학 연구자들에게서는 극히 드물긴 하지만, 구체적인 작품들의 연관성 여부가 기후학자들의 논의에 포함되는 사례가 두 개가 있다. 첫째는 매리 셸리(Mary Shelley)의 『프랑켄슈타인』(*Frankenstein*)이다. 1816년, 이 소설을 짓던 해에 매리 셸리가 머물던 제네바 지방을 비롯해서 유럽 전역은 일 년 내내 몹시 춥고, 강우량이 많았던 해였다. 유럽 대륙에서 1316년, 1675년 등과 함께 기온이 가장 낮았던 해로 기록되는 1816년에 매리 셸리가 으스스한 고딕 소설 『프랑켄슈타인』을 썼다는 점은 우연한 일만은 아니다.[18] 이 소설 첫 부분

17) Edgar Allan Poe, "The Philosophy of Composition", *The American Tradition in Literature*, 5th edition, ed. Scully Bradley et al. (New York: Random House, 1981) 456.

18) Emmanuel Le Roy Ladurie, *Times of Feast, Times of Famine: A History of Climate since the Year 1000,* trans. Barbara Bray (London: George Allen, 1972) 64-65.

과 마지막은 북극 지방에서 전개된다. 빅토르 프랑켄슈타인과의 그의 피조물 '괴물'이 서로 원수지간이 되어 벌이는 추격전의 무대가 북극지방이다. 이 작품의 겨울날씨는 영국 겨울과는 차원이 다른 대륙의 사나운 영하 추위이다. 매리 셸리가 영국에서만 살았다면 실감나게 그려내기 어려운 기후인 것이다. 유럽대륙의 19세기 초 '소규모 빙하기'는 19세기 중반까지 이어지다가 1843년에서 1852년 사이에 점차 상대적으로 온화한 겨울로 변하게 된다.[19]

두 번째 예는 찰스 디킨스(Charles Dickens)의 『크리스마스 캐럴』(*A Christmas Carol*)이다. 이 작품은 정작 겨울이 따듯해지기 시작한 1843년에 나왔으나 작품 속 크리스마스는 몹시 춥고 눈보라가 몰아치던 1810년대의 12월 기후에 맞춰져 있다. 아마도 1810년대에 성장한 디킨스의 뇌리에 이 추운 겨울날씨가 깊이 각인되었다고 추론할 수 있다.[20] 디킨스가 겪은 첫 9번의 크리스마스는 런던 기후로서도 사뭇 예외적이었다. 1812년부터 1819년 사이 10년은 1690년대 이후 잉글랜드에서 가장 추운 기간이었다. 이 추운 날씨는 어린 디킨스에게 '추운 크리스마스'의 냉랭한 런던 길거리라는 인식을 각인시켰을 것이다.[21] 이 기간의 잉글랜드 지방 겨울 평균기온은 다음과 같다.[22]

---

19) Le Roy Ladurie, *Times of Feast, Times of Famine,* 229.

20) Colin Matthew, "Introduction: The United Kingdom and the Victorian Century, 1815-1901", *The Nineteenth Century: The British Isles: 1815-1901* (Oxford: Oxford University Press, 2000) 24.

21) Lamb, *Climate, History and the Modern World*, 249.

22) http://www.metoffice.gov.uk/hadobs/hadcet/mly_cet_mean_sort.txt

〈표 4〉 디킨스 유년기(1812-1819)의 잉글랜드 겨울철 및 12월 평균기온

년도	겨울철 평균	12월 평균
1812	3.7	1.7
1813	3.1	2.8
1814	0.4	4.3
1815	3.7	2.3
1816	2.4	3.1
1817	4.7	2.5
1818	3.2	3.6
1819	4.1	1.4

정작 『크리스마스 캐럴』이 출간된 1843년 12월 평균 기온은 무려 7.4 노나 된다. 그러나 이 작품에서 묘사되는 다음과 같은 크리스마스 풍경은 이렇듯 따듯한 겨울과는 전혀 다르다.

> 춥고 썰렁하고 뼛속까지 얼얼하고 안개까지 자욱한 날씨이다 보니, 바깥 쪽 공터에서는 사람들이 숨을 헐떡거리며 오가면서 가슴에 손을 비벼대며 길바닥 포장 돌에다 언 발을 쿵쿵 굴려서 녹이는 소리가 들려왔다.... (중략) ... 소방전은 고독을 즐기게 내버려뒀기에 넘치던 물이 시무룩하게 굳었다가 인간혐오주의적인 얼음으로 바뀌어 있었다.[23]

소환전이 "인간혐오주의적인 얼음"으로 바뀔 정도로 추운 12월 날씨는 1819년이나 1812년에는 해당되지만 1840년대에는 맞지 않는다.

이 두 가지 사례보다는 덜 직접적이긴 하지만, 1870년대와 1880년대에 여름에 비가 많이 오고 일조량이 부족했던 점이 영국 농업의 쇠퇴를 가속

---

23) 찰스 디킨스(Charles Dickens), 『크리스마스 캐럴』(*A Christmas Carol*), 윤혜준 역 (현대문학, 2011), 15, 25.

화시켰기에, 토마스 하디(Thomas Hardy)의 시골 소설들의 음울한 분위기의 배경이 되었다는 지적도 할 수 있다.[24] 시골의 문제는 아래 3장 「시골」에서 다루기로 하자.

24) Matthew, “Introduction: The United Kingdom and the Victorian Century, 1815-1901”, 23.

2장 인구

'인구'로 번역되는 'population'이란 말이 사람의 수를 의미하게 된 것은 그리 오래 전 일이 아니다. 이 말의 원래 뜻은, '인간이나 생명체가 살고 있는 지역'이라는 공간 개념이었다. 이 공간적 개념이 '어떤 지역의 인간 등 생명체의 분포 정도'를 의미하는 말로 추상화된 후, 특정 지역의 생명체, 주로 동식물의 총 수를 지칭하는 수리적 개념으로 진화했다.[1] 이 말이 인간의 수를 지칭하는 의미로 정착되는 과정에는 1798년에 초판이 나온 토마스 맬서스(Thomas Malthus)의 『인구론』(*Principles of Population*)이 결정적인 기여를 했다. 인구조사가 공식적으로 시작된 시점도 18세기에서 19세기로 넘어가는 국면이다. 체계적인 인구조사(census)는 1800년 '인구조사법'(Census Act)이 제정된 이후부터 본격적으로 실시되었다. 18세기 내내 영국 인구가 경쟁국인 프랑스에 비해 줄고 있는지, 아니면 늘고 있는지 여부에 대해 논란과 우려가 이었던 것이 이 법 제정의 배경이었다. 이미 1753년에 토마스 포터(Thomas Potter)가 매년 정기 인구조사법을 발의한 바 있으나, 이것이 사생활의 자유를 침해하고 경쟁국들에게 귀중한 정보가 노출될 위험이 있다는 이유에서 반대에 봉착했다. 1800년에는 이러한 반론이 많이 수그러들었기에 인구조사법은

1) *Oxford English Dictionary*, http:www.oed.com

통과되었고 1801년 3월 10일에 전국적으로 인구조사가 국가의 책임 하에 실시되었다.[2] 그 이전에는 살아있는 사람의 수를 헤아리는 방법이 출생신고와 사망신고를 서로 대조하는 것이었다. 출생과 사망 중에서 사망 쪽이 더 신빙성이 있었다. 모든 신생아가 적법한 결혼에서 태어난 게 아니었던 반면(이 문제는 5장 「결혼」에서 살펴보기로 하자), 사망의 경우에는 사망여부, 사인과 정황을 국가가 보다 정확히 밝힐 수 있었고 또한 그래야지만 각종 민, 형사상 문제를 예방할 수 있었다. 예를 들어 오늘날 통계학의 '아버지'로 추앙되는 윌리엄 페티(Sir William Petty)의 『다섯 편의 정치수학 에세이』(*Five Essays in Political Arithmmetick*, 1687)에서 런던 인구를 계산한 다음과 같은 대목을 보면 근대초기의 인구계산법에서 '사망자'가 수행한 결정적인 역할을 알 수 있다.

> 나는 서로 나란히 붙어 있고 둘 다 건강한 해였던 1684년과 1685년이 매장 건수에 있어서 놀랍게도 비슷하다는 점을 발견했다. 즉, 1684년에는 23,202건이었고 1685년에는 23,222건으로, 둘의 평균은 23,212이다. 게다가 신생아 등록은 1684년에는 14,702이고 1685년에는 14,730이기에, 이를 매장 건수 평균인 23,212에 30을 곱하면 (런던에서 30명 중 1명이 죽는 다는 가정 하에), 살아있는 사람의 수는 696,360이 된다.[3]

이와 같은 계산법을 동원해서 페티는 런던 등 특정 지역의 인구는 추정해낼 수 있었으나 이와 같은 방법으로는 국가 전체의 인구까지 계산하는데는 한계가 있었다. 국가의 예산을 풀어서 가가호호 방문을 하며 살아있는 사람들과 만나면서 일일이 계산하는 인구조사가 19세기부터는 본격적

2) John Cannon ed. *The Oxford Companion to British History* (Oxford: Oxford University Press, 2002) 182.

3) Sir William Petty, *Five Essays in Political Arithmmetick* (London, 1687) 67.

으로 가동되었고 그 결과 이 시대의 인구변화의 추이를 정확히 알 수 있다. 그러나 학자들은 영국의 경우, 상당히 많은 믿을만한 자료들이 보존되었기에, 이들을 모아서 현대수학에 의존해서 그 이전 세기의 인구도 어느 정도 신빙성 있게 측정해 놓았다.

인구의 증감은 영국소설이 다루는 결혼 문제와 연관성을 갖는다. 인구는 또한 소설 및 기타 출판물의 수요층의 규모와도 직접적인 관련이 있다. 이런 점에서 18세기 전반부, 영국(잉글랜드)의 인구는 급속한 속도로 팽창했고 이는 새로운 문화상품인 사실주의적 소설의 독자층 증가와도 무관하지 않을 것이기에, '소설의 발생'의 배경을 이루는 조건 중 하나이다.

18세기의 시작점인 1701년 영국(잉글랜드)의 인구는 대략 5,100,000명이었다. 18세기 중반인 1751년에는 같은 지역 인구가 무려 5,800,000으로 증가했다. 한 세대가 조금 넘은 시기에 인구가 7.28% 늘어난 셈이다. 영국의 그 이전 시기 내지는 같은 시기 유럽의 다른 나라에서는 이러한 급속한 인구 증가는 식료품 부족과 이에 따른 각종 부작용을 야기했을 것이지만, 영국에서는 이러한 인구증가 추세가 기근, 폭동 같은 파국을 야기하지 않은 채 계속 이어져서, 19세기가 시작되는 1801년에는 인구가 무려 8,700,000에 이른다.[4] 한 세기 만에 1.7배만큼 인구가 증가한 것이다. 여기에 북미대륙으로 이민 간 영국인들의 규모까지 포함시킬 때, 18세기의 실제 영국 인구는 훨씬 더 많이 늘어났다고 할 수 있다. 1660년에서 1700년 사이 북미주 영국 식민지의 인구는 세 배 증가해서 40만에 육박했고, 미국 독립전쟁 때까지 그 증가추세는 멈추지 않았다. 이러한 급격한 인구증가는 출산 뿐 아니라 이민 덕분이었음은 쉽게 추론할 수 있다. 상식적으로 인구 증가는 가임기 여성들의 결혼비율이 높지 않다면 가능하지 않은

---

4) Martin Daunton, "The Wealth of the Nation", *The Eighteenth Century: 1688-1815,* ed. Paul Langford (Oxford: Oxford University Press, 2002) 143-44.

일이다. 18세기에서 19세기로 넘어오는 1801년에는 40대 초반 미만 여성 중 미혼 비율은 7% 정도에 머물렀다. 아울러 여성의 초혼 연령도 19세기 초에는 18세기 평균에 비해 약 2.5세 정도 낮아진 23세였다.[5] 잉글랜드 지역의 12개 교구(즉, 최소 지방행정 단위)들의 초혼 평균 연령을 계산한 아래 표를 보면, 남성과 여성 모두 초혼 나이가 젊어지고 있음을 알 수 있다. 특히 아이를 낳는 주체인 여성의 경우 연령이 젊어지는 추세가 더 현저하다.[6]

〈표 5〉 잉글랜드 12개 교구의 초혼 연령

1675-99	남 27.7	여 26.6
1700-24	남 27.6	여 26.9
1725-49	남 27.4	여 25.7
1750-74	남 26.5	여 25.3
1775-99	남 26.1	여 24.7
1800-24	남 25.5	여 23.7

이전 세대보다 결혼을 더 빨리 하고, 상대적으로 보다 많은 여성들이 결혼하는 분위기에서 아기들의 생존율이 높아졌기에, 인구는 순조롭게 증가할 수 있었다.

영국이 근대사회로 변모하던 시기인 17세기 중반부에서 19세기 중반부까지 약 200년간 잉글랜드 인구변동을 계산한 통계를 제시하면 다음과 같다(처음에 지적했듯이 1801년 이전 인구 수치는 공식 인구조사에 의거

5) Barry Cunliff et al. *The Penguin Atlas of British and Irish History* (London: Penguin, 2001) 144.

6) E. A. Wrigley, "Marriage, Fertility and Population Growth in Eighteenth-Century England", *Marriage and Society: Studies in the Social History of Marriage*, ed. R. B. Outhwaite (London: Europa Publications, 1981) 147.

한 것은 아니다).[7]

〈표 6〉 잉글랜드 총인구 및 변동, 1651-1851

(1) 총인구(단위: 백만)
(2) 10년전 대비 인구증감율
(3) 10년전 대비 연평균 인구증감율

	(1)	(2)	(3)
1651	5.228		
1661	5.141	-1.66	-0.17
1671	4.983	-3.07	-0.31
1681	4.930	-1.06	-0.11
1691	4.931	0.02	0.00
1701	5.058	2.58	0.26
1711	5.230	3.40	0.34
1721	5.350	2.29	0.23
1731	5.263	-1.63	-0.16
1741	5.576	5.95	0.58
1751	5.772	3.52	0.35
1761	6.147	6.50	0.63
1771	6.448	4.90	0.48
1781	7.042	9.21	0.89
1791	7.740	9.91	0.95
1801	8.664	11.94	1.13
1811	9.886	14.10	1.33
1821	11.492	16.25	1.52
1831	13.284	15.59	1.46
1841	14.970	12.69	1.20
1851	16.736	11.80	1.12

7) Wrigley, "Marriage, Fertility and Population Growth in Eighteenth-Century England", 139.

위의 <표 6>이 선명히 보여주듯, 18세기 중반까지는 17세기 중반 인구 수준을 대체로 유지하다, 18세기 후반에 뚜렷한 증가세로 진입하여 1851년 인구는 1651년 인구의 3배에 달하게 된다. 1651년의 5백여만 인구도 1600년대 시발점보다는 확연히 증가한 수치이다. 이보다 앞선 16세기 하반부의 인구증감을 살펴보면, 물론 이 시기는 18, 19세기 인구 측정보다는 훨씬 덜 정확하겠지만, 대략 다음과 같이 추정된다(잉글랜드 기준).[8)]

〈표 7〉 잉글랜드 총인구, 1525-1601 (단위: 백만)

1525	2.26
1541	2.77
1551	3.01
1561	2.98
1581	3.60
1601	4.10

두 표를 종합해서 보면, 본격적인 근대시기에 진입한 18세기 중반 이후와 달리, 1500년대부터 1700년대 초까지 인구가 증가하기는 했으나, 그 양상이 지속적인 증가세만을 유지한 것이 아니라 일시적으로 (1550년대나 1650-80년대처럼) 감소하거나 정체되기도 했음을 알 수 있다. 하지만 1731년 이후 1851년까지 잉글랜드의 인구는 지속적이고 꾸준한 증가세를 보인다. 앞서 말했듯이 1751년에 최초의 공식적인 인구조사를 시도했으나 실현되지 않았지만, 만약 실행했다면, 영국전역에 사는 인구가 약 5천 8백만명 내외로 집계되었을 것이라 한다. 이는 20년 전인 1731년에 비해 약 50만 명 증가한 수치이었을 것이다.[9)] 이러한 증가세는 18세기

8) John Guy, "The Tudor Age (1485-1603)", *The Oxford Illustrated History of Britain,* ed. Kenneth O. Morgan (Oxford: Oxford University Press, 2009) 224.

9) Paul Langford, "The Eighteenth Century (1688-1789)", *The Oxford Illustrated*

후반부에도 꾸준히 이어졌음을 위의 표는 보여준다. 소위 '소설의 발생'이 본격적으로 전개된 것이 18세기 중반임을 상기할 때 이러한 인구증가의 덕을 소설을 포함한 출판물 시장이 보았다고 추론할 여지는 없지 않다.

17세기 중반 이후 영국 인구가 꾸준히 증가한 원인은, 다른 역사 현상들과 마찬가지로, 몇 가지 요인이 서로 결합된 복합적인 것이다. 인구 증가와 같은 거대한 사회사적인 변화는 한 가지 인과관계로만은 설명되지 않는다. 가장 원초적으로는 자연환경, 즉 기후도 한 가지 요인이 될 것이다. 앞서 1장 「기후」 장에서 설명한 대로 '소규모 빙하기'로 인한 변덕스런 날씨가 이따금씩 다시 돌아오기는 했으나, 적어도 잉글랜드 곡창 지대에서는 대체로 매년 일정한 추수를 기대할 수 있는 안정된 기후가 유지되었다는 점을 인구증가의 중요한 원인 중 하나로 꼽을 수 있다. 동시에 농업생산과 인구증가의 규모가 서로 균형을 유지했다는 점도 중요했다. 17세기 하반기 이후로 잉글랜드에서는 작황실패로 인한 기아는 없었다. 즉, 매년 먹고 살만큼의 농사를 지을 수 있었다는 말이다. 또 다른 중요한 차원은 물론 인간의 '생산'이니 인구는 결혼과 밀접한 관련성을 갖기 마련이다(결혼 문화에 대해서는 5장 「결혼」 장 참조). 잉글랜드의 경우, 결혼당사자들이 충분한 경제적 자원을 확보한 후에 결혼하는 관례가 근대 시대에 들어와서 정착된다. 17세기 하반기부터 인구와 식량의 균형을 유지할 수 있었던 점은 이러한 '신중한' 결혼 문화와 밀접한 연관성이 있다.[10] 인구증감의 측면에서 결혼의 의미는 신생아 출생 및 생존의 문제로 집약된다. 경제적으로 충분히 '준비된' 부부일수록 아이를 적정 규모로 나아서 잘 키울 것이기에, 합리적인 결혼은 인구증가에 기여할 수도 있지만 오히려 인구를 정체시킬 수도 있다. 그런데 인구증가와 출산의 상관관

History of Britain, 377.

10) John Morrrill, "The Stuarts (1603-1688)", *The Oxford Illustrated History of Britain,* 287-88.

계를 고려할 때 이를 결혼을 통한 적자 출산만으로 제한해서 생각하는 것은 18세기 영국의 실상과는 맞지 않는다. 즉 결혼한 남녀의 외도와 혼전, 혼외정사를 통한 임신출산도 빼놓을 수 없는 요인이다. 위의 <표 5>에서 보았듯이 초혼연령대가 어려지는 것과 아울러, 혼외정사로 나온 사생아 출산도 급속도로 증가했다. 초혼 나이가 늦어질수록 남녀모두 '몸을 사려서' 결혼을 통하지 않은 임신을 피하는 경향이 있지만, 초혼 나이가 빨라지면, 젊은 유부녀가 외도를 하다 혹시 임신을 할 경우, 유전자 감식을 통한 친자확인이 불가능하던 시대이기에, 이를 적자로 위장할 수 있었다. 본 남편의 아이이건 아니건, 위에서 살펴본 1701년과 1751년 인구의 큰 차이는 가임연령기 여성의 결혼 비율이 높아진 것과 직접적으로 상관이 있다. 인구 대비 혼인 건수의 비율은 1670년 이후 18세기 말까지 꾸준히 또한 가파르게 증가했으며, 이는 그대로 인구 증가에 반영되었다.[11)]

이상으로 살펴본 도표들에 나타나듯, 18세기 중반부부터 19세기 전반부까지 인구는 지속적으로 증가했다. 이는 일차적으로는 출생률이 꾸준히 인구증가를 보장할 수준을 유지했다는 말이다. 그러나 출생률뿐 아니라 유아 사망률도 인구증가에 중요한 요인일 것이다. 18세기 초만 하더라도 전염병으로 인해 유아들이 한꺼번에 사망하는 경우들이 이따금 있었다. 위의 <표 6>에서 1721년 잉글랜드 총 인구가 5,350,000이었으나 1731년에는 5,263,000인 것은 1720년대에 천연두와 독감등의 전염병으로 숱한 영유아들이 한꺼번에 세상에 나오자마자 곧 떠난 정황과 직접적인 연관성이 있다.[12)] 1731년 잉글랜드 총 인구는 17세기 중반 수준을 밑돌 정도이다. 하지만 1730년대 이후로는 유아 사망률은 낮게 유지되고 출생률은 높은 수준으로 이어지다가, 1876년에 최고점에 이른 후 점차 떨어지지

11) Wrigley, "Marriage, Fertility and Population Growth in Eighteenth-Century England", 146, 155.

12) Langford, "The Eighteenth Century (1688-1789)", 366.

시작한다. 1801년, 최초의 공식적인 인구조사로 집계한 영국 전 지역 인구는 잉글랜드 8백 30만, 스코틀랜드 1백 63만, 웨일스 58만 7천, 아일랜드 5백 22만이었다. 이는 1750년 후 반 세기동안 영국섬 전체 지역의 인구가 25% 증가한 수치이다. 지속적인 유아 사망률 감소, 유아기 생존자들의 출산비율 증가, 농업생산력 증가 등의 요인들이 합쳐져, 영국 전지역 총인구는 1780년에서 1831년 사이 반세기 동안 2배로 늘어난다.[13)]

〈표 8〉 영국 전 지역 인구, 1780-1851 (단위: 백만)

	1780	1801	1831	1851
잉글랜드	7.1	8.30	13.1	16.92
웨일스	0.43	0.59	0.91	1.06
스코틀랜드	1.4	1.63	2.37	2.90
아일랜드	4.05	5.22	7.77	6.51
영국 전체	12.98	15.74	24.15	27.39
(총인구 중 잉글랜드인구 비율)	54.7%	52.7%	54.2%	61.8%

영국 지역 중 유일하게 인구증가세가 역전된 지역은 아일랜드이다. 1851년 아일랜드 인구가 1831년 인구보다 적은 이유는 아일랜드 농민들의 주식인 감자농사가 대규모 풍해로 파괴되어 발생한 대기근(the Great Famine)때문이다. 감자풍해가 직, 간접적인 원인이 된 영양실조, 아사, 콜레라로 인해 1845년에서 1850년 사이 약 1백만명의 아일랜드인들이 사망했다. 그리고 이러한 기아가 야기한 집단적 공포에 사로잡힌 아일랜드

---

13) Martin Daunton, "Society and Economic Life", *The Nineteenth Century: The British Isles: 1815-1901,* 66; Christopher Harvie, "Revolution and the Rule of Law (1789-1851)", *The Oxford Illustrated History of Britain,* 425. 1780년 수치는 추정치임.

농민들은 대거 이민길에 나서게 된다. 1845년에서 1855년 사이 약 2백만명 이상이 조국을 떠나 미국 등지로 이민을 가게 된다.[14) 악명 높게도 당시 영국 중앙정부 안에서는 이러한 사태에 적극 개입하는 대신 차제에, 이를 맬서스의 『인구론』의 시각에서 식민지 아일랜드의 '잉여인구'를 해결하고 산업화를 촉진할 호기로 간주하는 시각이 지배적이었다.[15)

아일랜드의 처참한 대기근과 처절한 이민행렬에도 불구하고 나머지 지역의 인구는 안정적이고 지속적으로 증가하였다. 아일랜드 지역 인구감소를 충분히 만회할 만큼 영국 전지역 총인구는 1851년에는 1831년보다 3백만명이 넘게 늘어났다. 이러한 인구증가는 대기근 시기의 아일랜드인뿐 아니라 19세기 내내 영국 전지역에서 상당수의 사람들이 이민을 떠났음을 고려할 때 더욱 더 놀라운 일이다. 1821년부터 1911년 사이, 약 1천 7백만 명이 영국열도에서 빠져나갔다. 이들이 가장 선호한 목적지는 기후나 문화가 비슷하고 친척이나 친지들이 이미 정착해 있으며 여행거리가 상대적으로 가까운 편인 미국과 캐나다였다. 이 기간 동안 총 이민자의 57%에 해당되는 9천 6백만은 미국으로, 20%에 해당되는 3천 4백만은 캐나다(당시 명칭은 "영국령 북아메리카British North America")로 갔다. 1890년에 미합중국에 사는 유럽계 (백인) 인구가 6천 3백만명으로 집계되었는데, 이들 중 3백만 가량이 영국열도에서 태어난 이민 1세들이었다. 이들을 지역별로 나누면 앞서 말한 대기근 등의 영향으로 미국으로 건너간 아일랜드 출신이 1,872,000명으로 가장 많고, 잉글랜드와 웨일즈 지역 출신이 1,009,000, 스코틀랜드 출신이 242,000이었다. 이렇듯 북미대륙이 영국열도 이민자들의 대부분을 흡수했으나, 엄청난 여행거리를 아랑곳하지 않고 호주와 뉴질랜드까지 가는 수고를 마다하지 않은 사람들도 무려

---

14) Foster, *Modern Ireland: 1600-1972,* 324; Harvie, "Revolution and the Rule of Law (1789-1851)", 451.

15) Foster, *Modern Ireland, 1600-1972,* 327-28.

2백 3만(전체 이민자의 13%)명이나 되었다. 나머지 90만명(5%)은 남아메리카 등 기타 지역으로, 70만 명(4%)은 남아프리카를 선택했다.[16)]

이민과 근대영국소설을 연관시키면 즉각 떠오르는 이야기가 죄수신분으로 강제로 호주(당시 이름은 "뉴 사우스 웨일스New South Wales")로 끌려가서 거기서 큰 돈을 벌어와 핍을 도와준다는 디킨스의 『위대한 유산』일 것이다. 유죄판결을 받은 확정범들을 호주로 데려와서 이들의 노동력에 의존해서 새로운 식민지를 건설하던 관행은 호주 역사 초기인 1790년대와 1800년대에 집중된다. 1810년 이후로는 자유계약 노동자들의 이민이 점차 더 큰 비중을 차지했고, 이미 와 있던 유배형 죄수들도 사면되어서 별 제약 없이 시민으로 활동하며 식민지 건설에 참여하는 사례들이 상당히 많았다.[17)] 디킨스가 이 소설의 플롯을 구상하며 역사 공부를 철저히 했다고 하기는 어렵다. 『위대한 유산』의 배경이 되는 연대는 이 작품이 출간된 1860-61년이 아니라 훨씬 전인 19세기 초에 맞춰져 있기는 하지만 소설이 마지막 장면에서 주인공 핍의 나이가 기껏해야 30대 중반이고 소설이 연재되는 '현재' 시대로 근접한 시점에서 작품이 끝나는 것으로 본다면, 어린 시절 매그위치와의 만나는 사건은 1820-30년대에 벌어졌다고 봐야 할 것이다. 그때 탈출에 실패한 매그위치가 뉴사우스 웨일스로 끌려가서 거기서 큰돈을 벌었지만 여전히 본국으로 돌아올 수 없는 가석방 처지였다는 설정은 실제 역사와는 거리가 있다.

호주에서 다시 영국으로 돌아오자면, 영국 전 지역에 걸친 인구증가는 1851년에 정점에 도달한다. 그 후로는 증가세가 약화된다. 그 일차적인 원인은 북미나 호주로 떠난 이민자의 수가 늘어서가 아니라 출산율이 떨어졌기 때문이다. 구체적으로, 1851년에는 15세에서 44세까지 가임여성

16) Cunliff et al. *The Penguin Atlas of British and Irish History*, 202.

17) Manning Clark, *A Short History of Australia: Illustrated Edition* (Victoria: Penguin Books Australia, 1986) 27-43.

1,000명당 34.3 명의 신생아가 출생된 것으로 측정되었던 반면, 1911년 인구조사에서는 이 수치가 24.3명으로 현저히 줄어들었다. 이러한 출생률의 상대적인 저하는 전체 인구의 감소뿐만 아니라 영국인구의 질적인 수준이 악화될 것이라는 우려로도 나타났다. 즉, 상대적으로 교육받은 중산층 및 상류층의 출산율이 낮아지고 그 아래 계층의 '질 낮은' 인구의 비중이 커지리라는 것이다.[18] 출산율의 저하는 당연히 출산의 주체인 여성들의 의사결정과 선택과 무관할 수 없다. 최상류 귀족층을 제외하면 결혼한 여성의 피임을 부정적으로 생각했고 실제로도 프랑스에 비해 피임법이 보편적으로 인식되지 않은 편인 영국적인 분위기에서 여성들은 폐경기가 오기 전까지 지속적으로 임신과 출산의 고통을 반복해야 했고 해산의 과정에서 목숨을 잃는 경우도 비일비재했다. 물론 대체로 상속할 부동산이나 사업체가 존재하고 그 금전적 가치가 클수록 출산에 대해 보다 신중하고 합리적인 태도를 갖고 있었다고 할 수 있다. 그러나 전반적으로 모든 계층에 걸쳐, 결혼과 부부생활의 이유가 자녀를 낳는 것이라는 기본 이념은 뿌리 깊게 자리 잡고 있었다. 출산율의 저하는 이러한 전통적 인식의 변화 및 귀족층 뿐 아니라 중간계층 가정에서도 가임여성들의 피임이 보편화된 경향과 맞물려 있었다.[19]

또한 19세기가 끝나고 20세기로 접어든 시점의 통계를 보면, 아예 결혼 자체를 거부했거나, 기피했거나, 아니면 결혼에 실패했거나 등의 이유에서 결혼을 하지 않은 독신 여성의 수가 현저히 늘어나 있음을 발견한다.

---

18) Daunton, "Society and Economic Life", 66

19) 근대 시대 유럽의 피임법은 성관계를 도중에 멈춘 후 체외사정을 하는 방법(coitus interruptus), 스폰지를 넣은 채 관계를 해서 정액을 막는 방법, 그리고 20세기에 널리 퍼지게 된 (동물 내장으로 만든) 콘돔을 사용하는 것 등이었다. Joan Perkin, *Women and Marriage in Nineteenth-Century England* (London: Routledge, 1989) 286.

1911년 기준, 잉글랜드와 웨일스에 사는 45세에서 49세 사이의 여성 중 약 17%는 미혼이었다.[20] 미혼여성의 증가는 일단 결혼적령기 여성의 수보다 남성이 더 적다는 데 원인이 있을 것이다. 이러한 '여초' 현상은 이미 1861년 인구조사에서부터 나타나기 시작한다. 1861년 기준, 영국 전역에서 남성 1천명당 여성의 수는 1,053명으로 집계되었다.[21] 형편이 이렇게 된 주요 원인 중 하나로, 젊은 남성들이 사망하거나 타국으로 이주하는 비율이 높았다는 것을 꼽을 수 있다. 건장한 청장년 남성들이 사망하거나 이주로 부족했던 것은 제국주의 전성시대에 제국 각지에서 전쟁이나 식민지 경영에 젊은 남성들이 대거 투입된 정황과 밀접한 관련이 있다. 반면에 젊은 남성의 부족과 상관없이도 독신 여성이 증가하여 전반적으로 인구증가율이 줄어들게 된 또 다른 원인들에는 국내 가사경제의 조건들도 포함된다. 중산층에서 귀족층까지 '살만한' 가정들에서 가사노동이 기계화되기 이전, 각종 집안 살림을 적게는 한 사람 많게는 수 십명의 가사노동자를 고용하여 떠맡겼고 이들 가사 노동자들 중 상당 부분은 결혼해서 독립적인 가정을 꾸리지 못하는 경우가 많았다(이 문제는 뒤의 7장 「가정」에서 상세히 다룰 것이다). 이런 이유로 피고용자로 가사노동에 투입된 여성들을 주로 배출한 계층구조의 하위권에서 미혼여성의 비율이 높게 나오게 된 것이다. 이들은 광범위한 매춘시장에 투입되는 인력이기도 했다.[22] 영국소설은 중산층 및 상류층 집안의 '가사노동자'들에게는 기껏해야 조역의 역할만 부여한다. '가사노동자' 중 가장 상층부에 속하는 가정교사에게 샬롯 브론테의 『제인 에어』가 주인공의 자리로 마련해 준 것 정도가 최대의 배려이다. 또한 헤아릴 수 없이 많은 길거리의 여인

---

20) Daunton, "Society and Economic Life", 66.

21) Kathryn Hughes, *The Victorian Governess* (London: The Hambledon Press, 1993) 31.

22) Daunton, "Society and Economic Life", 67.

들을 소설 속에 전면적으로 등장시키는 것은 극도로 꺼려했다. 그나마 이 부류의 여성이 의미 있는 역할을 한 경우는 디킨스의 『올리버 트위스트』의 맘씨 착한 매춘부 낸씨가 거의 유일하다.

인구를 다루며 빼놓을 수 없는 출산은 사회학적 문제이기도 하지만 소설의 소재로 직접 사용되기도 했다. 근대 영국소설에서 출산의 문제는 '소설의 발생'기부터 자주 이용된 편인데, 대니얼 디포와 헨리 필딩(Henry Fielding)의 작품들에서 플롯의 핵심적인 요소로 사용된다. 디포의 『몰 프랜더스』(*Moll Flanders*)에서 뉴게이트 감옥에서 아버지를 모르고 태어난 주인공 몰은 파란만장한 삶을 살던 중 만난 남자와 버지니아로 이민을 가서 아들까지 낳지만, 알고 보니 시어머니가 생모이고 남편은 이복동생임을 발견한다. 이에 영국으로 혼자 돌아와서 온갖 모험을 하던 중, 절도죄로 감옥에 갇힌다. 그녀는 사형을 당해 마땅하건만 감형되어 버지니아로 추방된다. 하지만 조카 겸 아들과 미국 버지니아 유배지에서 재회하고 다른 남편과 함께 신대륙에서 여유 있는 말년을 보낸다. 같은 작가의 『록사나』(*Roxana*)에서는 화류계의 정점에 오른 주인공이 예전에 버린 아이가 우연히 하녀로 들어온 후에, 해고된 뒤에도 계속 집요하게 친자권을 주장하며 쫓아다니며 주인공을 괴롭힌다. 마침내 수상쩍은 정황 하에 딸은 '제거'된다. 헨리 필딩(Henry Fielding)의 『조셉 앤드루스』(*Joseph Andrews*)와 『톰 존스』(*Tom Jones*)는 둘 다 '업둥이'(foundling) 청년을 주인공으로 채택한다. 하인 또는 사생아 치고는 어딘지 모르게 너무 잘 생기고 멀쩡한 이들은 알고 보니 모두 번듯한 집안의 아들들이었다는 '출생의 비밀'이 밝혀지고, 그 덕에 원하는 아가씨와 무사히 결혼한다.

디포의 록사나가 예외이긴 하나, 대체로 18세기만 해도 출산 그 자체가 '악몽'이 되는 경우는 많지 않았다. 하지만 '빈곤'과 '기근'에 의해 '과잉인구'가 제거되는 것이 자연법칙임을 설파한 맬서스의 『인구론』과 함께 시작된 19세기에 출산의 문제는 훨씬 더 부정적인 맥락에서 다뤄진다. 1816년의 매리 셸리의 『프랑켄슈타인』에서 '인조 인간'을 만들어낸 빅토르 프랑켄슈타인은 자기가 만든 괴물의 요구대로 배우자를 만들어줄 경우, 이들 괴물 종자들의 인구가 점점 늘어나 인간들을 압도할 것이라는 우려에 사로잡힌다. 이에 괴물의 짝 만드는 일을 집어치우자 빅토르와 그의 피조물은 서로 원수지간이 된다. 19세기가 저물던 1894-1895년의 토마스 하디의 『무명의 주드』(*Jude the Obscure*)는 출생의 악몽을 현실세계에 생생하게 도입한 음산한 작품이다. 가난한 석공 주드(Jude)의 첫 결혼의 산물인 아들이 가난에 시달리는 부모의 한탄을 엿들은 후, 부모가 없는 사이에 밑의 이복동생 둘을 죽인 후 자살을 한다. 유서는 단 한 줄, "우리가 너무 많아서 그렇게 한 것임"(done because we are too meny)"이다.[23) 『프랑켄슈타인』과 『무명의 주드』 사이, 디킨스의 『올리버 트위스트』(*Oliver Twist*, 1837)나 에밀리 브론테의 『폭풍의 언덕』(*Wuthering Heights*)에서 다루는 고아와 길거리 아이의 문제 등도 인구와 관련된 주제들이라고 할 수 있다.

인구는 양적인 문제일 뿐 아니라 (위에서 소개한 소설들이 보여주듯) 질적인 문제이기도 하다. 가난한 주드의 자녀들은 "너무 많아서" 탈이지만, 넉넉한 집안에서는 숫자 자체가 문제시 될 것이 없었다. 인구의 절대수치 뿐 아니라 인구의 구성 양태도 문제인 것이다. 국가 전체 차원의 정확한 통계를 내기 시작한 19세기 영국의 인구의 경제사회적인 면모는 당시 유럽의 여타 국가들과 비교할 때 몇 가지 특이한 점들을 보여준다. 첫째는, 유럽에서는 유일하게 도시 인구가 시골 인구도 많았다는 점, 즉

---

23) Thomas Hardy, *Jude the Obscure*, ed. Patricia Ingham (Oxford: Oxford University Press, 2002) 325.

영국인들의 다수가 도시에 거주하고 있었다는 점이다.24) 둘째, 영국 인구를 경제활동 영역별로 구분하면 농촌경제가 아닌 산업체와 상업 종사자가 압도적으로 많았다는 것이다. 1851년 인구조사는 이 점에서 산업혁명이 완성되었음을 보여줬다. 전체 인구의 43%는 제조업, 광산업, 건설업 등 2차 산업 종사자들이었다. 반세기 후 1911년 인구조사에서 이 비율은 46%에 이른다. 산업혁명을 선도한 영국은 제조업의 비교우위를 1880년대까지는 유지하고 있었다. 영국 제조업의 40%는 국내 시장이 아닌 세계시장으로 수출되었는데, 이는 산업화 후발주자들이자 곧 영국을 추월하게 될 경쟁자들과 아직은 비교할 수 없는 수준이었다. 영국 다음으로 제조업의 수출 비중이 큰 나라로는 독일(19%), 미국(3%)이었으니 가히 독점적인 지위를 유지하고 있었다고 할 만하다. 게다가 세계 해운 시장을 주도하고, 이후 20세기에 영국을 점차 '대변'하게 된 섹터인 영국 금융업의 세계시장 지배력도 막강했다.25) 그러니 일자리를 얻으려면 당연히 공장이나 금융, 해운 등 서비스 산업이 자리 잡은 도시로 갈 수밖에 없었다. 고딕양식 건축 석공기술자인 주드가 이렇듯 급변하는 시대에 맞는 기술을 익혀서 공장 도시로 갔다면 자식의 유아 살해 및 자살이라는 파국을 얼마든지 피할 수 있었을 것이다.

도시에 살건, 시골에 살건, 영국 땅에 사는 모든 사람들은 군주에서 걸인까지 완벽한 화폐경제 체제에 편입되어 있었다는 점에서는 예외가 없었다. 그러나 물론 개인과 가정과 지역과 계층에 따라 소유한 부에는 상당한 격차가 있었다. 1867년, 영국 전역(잉글랜드, 웨일스, 스코틀랜드, 아일랜드)의 인구를 24,152,000으로 측정했을 때, 이 중 약 45%인 (주로 남성 세대주)의 경제활동인구 10,960,000명을 국세청의 소득세 세무자료를 토

24) H. C. G. Matthew, "The Liberal Age (1851-1914)", *The Oxford Illustrated History of Britain,* 465.

25) Daunton, "Society and Economic Life", 43.

대로 계층별로 나눠보면 다음과 같이 분류된다.[26)]

〈표 9〉 1867년 영국 전역 인구의 계층구조 (증하층 이상) (금액은 연간수입액)

상류 및 중산층	납세대상자 수	총인구 중 비율
1등급. 고소득:		
(1) £5,000 이상	8,100	0.07
(2) £1,000 - £5,000	46,100	0.4
2등급. 중간소득:		
£300 - £1,000	163,900	1.4
3등급. 저소득:		
(1) £100 - £300	947,900	8.6
(2) 소득세 면세점 이하 (£100 미만)	1,159,000	10.5
합	2,200,000	20.07

이와 같은 수치를 보면 대영제국 전성시대 제국의 중심국가 영국에서 부가 심하게 편중되어 있었음을 이내 알 수 있다. 연 £5,000이상 수입을 올리는 사람들은 총 인구의 0.1%도 되지 않는 0.07%에 불과하다. 여기에 연 £1,000이상 수입을 올리는 인구까지 합쳐도 겨우 0.47%이다. 소위 '1%대 99%'의 격차가 아니라 아예 '0.5% 대 99.5%'의 대립구도를 보여준다. 그렇다면 사회의 '허리'라고 하는 중산층은 두터운가? 꼭 그렇다고 하기도 어려운 수치이다. '중간소득'으로 분류된 2등급도 1.4%에 불과하다. 여기에 1등급과 2등급을 합쳐도 총 인구의 2.5%만 차지할 뿐이다. 반면에 3등급, 즉 어떤 형태로건 소득이 있지만 소득액수가 £300가 못되거나 아예 면세점(£100) 이하인 인구는 19.1%이다. 이들이 전체 인구에서

26) Perkin, *Women and Marriage in Nineteenth-Century England*, 118.

차지하는 비중은 훨씬 크다.

그러나 이를 다 합쳐도 총 인구의 20%밖에 되지 않는다. 그렇다면 나머지는 어떻게 된 걸까? 나머지는 아예 과세 대상이 되는 소득을 얻지 못하는 계층이다. 이들을 다시 과세등급별로 나누면 다음과 같다.

〈표 10〉 1867년 영국 전역 노동계층 인구 비율 및 수입
(금액은 남성 연평균 임금)

4등급: 고급숙련노동자		
£50 - £73	1,260,000	11.4
5등급: 저급숙련노동자		
£35 - £52	4,377,000	39.9
6등급: 농업노동 및 비숙련노동자		
£10.10s - £36	3,270,000	29.8
합	8,907,000	81.2
총합	10,960,000	

노동계층 중 상층부에 속하는 고급숙련 노동자들의 연봉이 £50에서 £73라는 말은 매주 받는 임금이 £1가 채 안 되거나 이를 약간 상회하는 정도라는 말이다. 우리가 오늘날 읽는 영국명작소설들에서, 전체 인구의 80%를 차지하는 다수 노동계층이 의미 있는 역할을 부여받아 등장하는 일이 극히 드물다는 것은 위의 <표 10>을 보면 놀라울 게 없다. '노동자' 필릭스 홀트(그는 사실 공장노동자가 아니라 시계를 만드는 장인 자영업자이다)가 등장하고 제목에 자기 이름을 빌려준 조지 엘리어트의 『급진주의자 필릭스 홀트』(*Felix Holt, the Radical*) 같은 전형적인 빅토리아조 소설은 3권짜리 양장본으로 초판이 출간되었다. 이런 3권짜리 소설책의 공식적인 판매가는 19세기 초에는 무려 21실링(1기니)이었고, 세기 중반에는 31 실링까지 늘어났다. 할인을 해준다 해도 실제 판매가도 15실링

수준이었다.[27] 이는 고급숙련노동자의 주급에 육박하는 액수이다. 장시간 단조로운 노동을 해야 하는 이들이 애초에 두꺼운 소설을 읽을 시간도 없었겠지만, 상품의 비싼 가격이 이들을 전혀 환영하지 않았다. 물론 뒤의 10장 「출판시장」에서 다룰 '대여서점'(circulating library)에서 보다 싼 값에 책을 대출할 수 있었으나 이 가격도 만만치 않았다. 6개월 대출 회원권을 사서 매번 1권씩 빌려볼 경우, 권당 내야 하는 비용이 12실링 수준이었다.[28] 이들이 소설의 소비자가 될 가능성이 희박한 형편에서 소설가들이 이들의 눈치를 봐야할 이유가 없었다. 반면에 책값으로 10실링 정도는 쉽게 쓸 수 있는 계층들은 최소 £100 이상 수입을 내는 소득세 과세대상자들이었다고 추정할 수 있다. 이들은 그러나 인구의 11%도 채 안 된다. 결국 영국명작소설은 상위 10%를 위한 문화상품이었다는 결론을 내리지 않을 수 없다.

27) http://www.victorianweb.org/economics/mudie.html

28) http://britishcirculatinglibraries.weebly.com/overview.html

3장 시골

근대영국소설을 읽으면서 의아스럽게 생각할 수 있는 점 하나는 상당수의 작품들이 근대문명을 주도하는 도시, 특히 대도시 런던이 아니라 시골 저택(country house) 및 대규모 사유지(estate)를 배경으로 삼는다는 것이다. 소위 '소설의 발생' 원조 소설 중 하나로 꼽히는 18세기 중반의 새뮤얼 리차드슨의 『파멜라』나 대중적인 인지도가 매우 높은 19세기 초 작품인 제인 오스틴(Jane Austen)의 『오만과 편견』(*Pride and Prejudice*)은 물론이요, 도시화가 급속히 진행되어 인구의 반 이상이 도시에 살던 19세기 중반에 나온 에밀리 브론테의 『폭풍의 언덕』 같은 작품들도 '도시' 보다는 '시골'에서 전개된다. 20세기로 넘어와서도, 적나라한 성적인 묘사로 지탄 및 관심의 대상이 되었던 D. H. 로렌스(Lawrence)의 『채털리 부인의 연인』(*Lady Chatterley's Lover*)도 시골이 배경이다. 말하자면 200여년 넘게 (어떤 면에서는 오늘날까지도) '시골'을 배경으로 한 작품들은 영국소설 전통의 주류를 이룬다. 물론 런던에만 집중한 찰스 디킨스라는 탁월한 소설가 있다. 하지만 디킨스가 런던 소설가로서 유명해진 이유는 그만큼 다른 소설가들이 런던을 회피했기 때문이기도 하다.

또한 '근대문명 = 산업혁명'으로 생각하는 일반적인 상식에 비춰볼 때도 '근대문명'을 다룬 '근대영국소설'은 당연히 '산업혁명'과 이로 인한 폐해에 관심을 가졌으리라 예상할 수 있다. 하지만 실상은 그렇지 않다. 산업화 문제에 천착한 소설들은 그 자체가 하나의 특수한 장르, 소위 "산업소설"(industrial novels)로 불릴 만큼 본류에서 벗어나 있다. 공장 굴뚝의 연기보다는 사유지의 임차료 수입이 근대영국소설의 세계를 지탱하는 기반이다. 말하자면 근대영국소설은 이점에서 '풍경'에 담을만한 시골 토지를 배경으로 삼는다는 점에서도 '재산권의 풍경'을 그리고 있다고 할만하다. 왜 그러한지, 그 이유를 분석하기에 앞서서 일단 많은 소설들의 배경이 되는 영국 시골의 사회경제적 성격, 즉 영국 농업자본주의의 특징을 이해할 필요가 있다.

그런데 당장 '시골'이라는 말부터가 각종 오해를 불러일으킬 수 있다. 우리말에서 '시골'이라고 하면, 농가에 사는 소규모 자영농이나 소작농들이 쌀농사를 지으며, 조상대대로 전해 내려오는 풍습을 지켜가는 공동체를 이룬 채, 정지용이 「향수」에서 읊었듯이, "넓은 벌 동쪽 끝으로 / 옛이야기 지줄대는 실개천이 휘돌아 나가고, / 얼룩백이 황소가 / 해설피 금빛 게으른 울음을 우는 곳", 다시 말해 그 동네 특유의 자연환경을 공동으로 이용하며 '자연'과 함께 하는 '소박한 삶'의 모습을 떠올릴 것이다. 물론 '시골'의 풍경에는 온종일 밭에서 땀을 흘리는 농부와 노동일은 전혀 안 하는 지주 양반의 대조적인 모습을 뺄 수 없을 것이다. 하지만 암묵적으로 토착 양반과 농군들 사이를 일정한 공통의 문화적, 정서적 유대감이 매개하고 묶어준다고 대개 생각할 여지가 있었다. 이러한 유기적 공동체를 외세의 침탈과 이데올로기와 전쟁과 산업화가 파괴했다는 '신화'를 박경리의 『토지』를 비롯한 한국문학의 대표작들은 암암리에 재생산해왔다.

영국의 '시골'이 과연 이런 의미에서의 '시골'일까? 그 대답은 '전혀 아니다'이다. 영국의 '시골'(country)은 공유지는 거의 남아 있지 않은 대규모 사유지들의 집합이다. 또한 영국의 '시골'이란 이들 대규모 사유지의 한 필지씩을 임대하여 농업이나 목축업을 하는 '농업사업자'들이 임금 노동자들을 고용하여 영리활동을 하는 농업자본주의 생산기지이다. 우리말의 '시골'이 "옛이야기 지줄대는 실개천" 흐르는 정겨운 마을 정자와 "얼룩백이 황소"의 "해설피 금빛 게으른 울음" 등 자연과 어울려 지내는 목가적 인간 공동체를 연상시킨다면, 영어의 'country'는 지주들이 사는 저택인 'country house'와 이러한 저택 주인이 소유하고 있는 'estate'로 분할되어 있는 배타적 사유재산권을 지칭하는 단어이다. 제인 오스틴의 첫 작품인 『지각과 감수성』(*Sense and Sensibility*)의 다음과 같은 첫 발언은 영국소설 속 '시골'의 정체가 무엇인지 분명히 선언한다.

> 대시우드 가문은 서섹스 지방에서 오래전부터 지주로 지냈다. 이들의 사유지(estate)는 상당했고, 이들의 저택은 자신들의 소유지(property) 한가운데 있는 놀랜드 파크에 있었는데, 이곳에서 여러 세대에 걸쳐 이들이 번듯한 생활을 해왔던 터라 주변 지인들로부터 대체로 좋은 평판을 이끌어냈다.[1)]

근대영국소설의 '시골'은 이렇듯 일차적으로 대토지와 소유권의 문제이니, '농군'을 중심에 두는 우리말의 '시골'과는 그 성격이나 내용이 사뭇 다르다. 그러나 딱히 마땅한 번역이 없는 터에 신조어 제조나 외래어 남용의 무책임함을 피하려면 'country'는 '시골'로, 'country house'는 전원저택(절대로 소복한 '시골집'이 아니다!), 'estate'는 '대규모 사유지'로 옮기는 수밖에 없다.

대규모 사유지들에 기초한 영국의 농업자본주의는 영국근대소설은 물론이요 영국 근대사의 주역 중 하나이다. 앞서 「인구」 장에서 봤듯이, 18

---

1) Jane Austen, *Sense and Sensibility*, ed. James Kinsley (Oxford: Oxford University Press, 1990) 1.

세기부터 19세기까지 영국 인구는 지속적이고 꾸준히 증가했다. 결코 넓은 편이 아닌 섬나라 영국에서 이렇듯 순조롭게 인구가 늘어날 수 있었던 것은 산업혁명 덕분이라고 (소위 '삼성전자가 대한민국을 먹여 살린다'는 식의 논리로) 생각하기 쉽다. 하지만 산업혁명은 값싼 노동력 공급의 혜택을 보기에 인구증가의 수혜자이긴 해도 그 원인은 아니다. 증기기관 등의 새로운 테크놀로지 덕에 인구가 늘어났다거나, 공장 도시들로의 인구집중이 이들 지역에서의 결혼과 출산의 급속한 증가를 야기했다고 볼 증거들은 없다. 반면에 늘어나는 인구에게 식량을 공급할 수 있는지 여부는 인구증가와 직접 연관성이 있다. 17세기 중반 이후로 아일랜드를 제외한 영국 본토(잉글랜드, 웨일스, 스코틀랜드)에서는 심각한 기근이 없었다는 것은 영국 다음으로 '근대화'가 진행되었던 프랑스에서도 1709-1710년까지 전국적인 기근이 있었고, 1789년 프랑스 혁명을 초발한 주요 원인 중 하나가 식량부족이었음을 감안한다면,2) 당시 시대로서는 영국의 안정적인 농업생산력은 매우 예외적이었고 다른 나라에 충분히 자랑할 만한 성과였다.

이와 같은 안정적인 식량공급 성과의 공로는 소위 농업혁명, 다시 말해서 위에서 언급한 '시골'이 대규모 사유지들로 분할된 토지들로 나뉘고, 이 공간들을 자급자족이 아니라 잉여생산을 통한 이윤추구가 목적인 농업, 낙농업, 목축업의 현장으로 바꿔놓은 농업자본주의에게 돌려야 한다. 물론 농업혁명은 소유구조의 변화와 아울러 농업기술의 혁신이기도 했다. 17세기부터 토지의 효율성을 높이는 윤작, 순무(turnip)를 재배해서 가축에게 먹이는 방식으로 가축사육 비용을 줄이고 가축의 덩치를 키운다든지, 신대륙에서 감자를 도입해서 가난한 농업노동자들의 주식으로 삼게

---

2) Colin Jones, *Cambridge Illustrated History of France* (Cambridge: Cambridge University Press, 1994) 164, 177.

한다든지 하는 기술적인 개입도 중요한 역할을 했다.[3] 이러한 '창의적' 대응이 성과를 거둔 것은 앞서 「기후」 장에서 기술한대로 18세기의 기후와도 관련있다. 18세기 초반에는 여름 날씨가 '소규모 빙하기'의 요소들을 이따금 보여주며 기후가 일정치 않았지만, 1730년대 이후 대체로 온화한 여름날 씨가 대세가 되면서 농업기술 혁신을 추구하고 실험하기가 상대적으로 유리해졌다.[4]

이와 같이 인위적, 자연적 요소들이 결합한 영국 농촌 '근대화'의 뚜렷한 언어문화적 지표가 있다. 근대시대로 진입한 후, 농업의 주체를 지칭하는 말인 중세 용어인 'plowman'이나 'husbandman', 즉 '생존을 위해 밭가는 일꾼, 농군'에서 'farmer', 즉 정액 농지 임대료('farm'은 '정액 임대차계약'이란 의미의 프랑스어, 'ferme'에서 유래한다)를 내고 잉여농산물 생산을 목적으로 삼는 임차농 농업 사업자로 바뀐다. 따라서 'farmer'를 '농부'나 '농민'으로 옮기는 관행은 문제점이 적지 않다. 우리말의 '농민'은 중・소규모 자작농을 지칭하니, 영어에서는 'yeoman'이거나 소작농인 경우 'peasant'에 해당된다. 반면에 'farmer'는 농업이나 목축에 직접 관여하기는 하지만 필요한 도구나 사료 등 원료를 제공하여 임금노동자에게 노동을 시키고 이를 종합적으로 관리하는 '경영자'이다. 그는 생산물을 시장에 가지고 가서 팔고 받은 화폐수입 중 일부를 지주에게 지대로 지불하고 일부는 노동자의 임금으로 지불한 후, 남은 돈을 자기의 이윤으로 챙긴다. 결국 'farmer'는 이윤추구가 목적인, 계산이 빠르고 분명한 '농사업자'이다. 근대 영국 '시골'의 'farmer'는 '소박하고 순박한 농군'과는 전혀 상관이 없다.

이러한 농업의 자본주의화는 다른 나라들에서는 자신이 토지를 소유하

---

3) Morrill, "The Stuarts (1603-1688)", 290-91; Langford, "The Eighteenth Century (1688-1789)", 374.

4) Lamb, *Climate, History and the Modern World,* 245.

는 중소규모의 자영농들의 저항으로 지연되거나 절충적인 형태를 띠었지만 영국에서는 거의 '순수한' 형태로 농촌의 '구조조정'이 진행되었고, 18세기 후반부에 이르면 고도로 상업화된 농촌경제체제가 구축되었다. 이러한 변화의 가장 가시적인 지표는 '인클로저'(enclosure)이기에, '인클로저'는 늘 당대나 후대 논자들이 즐겨 공격하는 '해악'으로 꼽히곤 했다. 자급자족을 위한 곡물생산이 농업의 주된 목적인 경우, 농사를 지을 인력이 해당 농지 곁에 살며 지속적으로 노동을 토지에 투입하는 것이 유리하다. 예컨대 소작농을 통한 쌀 생산이 경제구조의 근간을 이루던 조선시대까지 한국이 좋은 예이다. 러시아의 농노제도처럼 아예 농민들을 특정 토지에서 벗어날 수 없게 한 것도 곡물생산 위주의 모델이라고 할 수 있다. 영국을 비롯한 유럽 국가들도 중세말기까지만 해도 조선이나 러시아와 마찬가지로 땅을 파는 농군들이 대대로 고정된 토지에서 생계를 유지하고 있었다. 다른 영역에서도 그러하듯이, 이러한 근대적 영리추구 농업으로의 변화는 16세기부터 시작되었다. 상대적으로 정체된 농업생산력에 비해 인구가 증가하고, 이에 따라 토지수요가 증가하자, 토지의 가치에 민감해진 지주들은 농경지를 목축지로 전환하거나 공유지를 사유화기 시작했던 것이다. 그 결과 식료품 가격이 상승하여 기층민중의 삶의 질은 급격히 악화되었지만, 다른 한편 지주들로서는 경제성 있는 토지를 확장하는 동인이 되었다.[5] 근대시대 태동기에 활약했던 토마스 모어(Sir Thomas More)는 『유토피아』(*Utopia*, 1516) 1권에서 '양이 사람을 잡아먹는'다는 풍자적 표현 속에, 이 시대 및 이후로 이어질 농업의 자본주의화의 속성을 예리하게 담아냈다. 사유재산이 없는 '유토피아' 섬에서 몇 년을 보낸 후 유럽에 돌아온 여행자 라파엘은 다음과 같이 지적한다.

---

5) Guy, "The Tudor Age (1485-1603)", 225-26.

> 이 온화한 동물들인 양들을 이제껏 별로 먹이를 안주고도 키울 수 있었건만, 이제는 이 동물들이 사나운 식욕에 사로잡혀 사람을 잡아먹기 시작한 모양이니 말입니다. 쉽게 다시 말하자면, 이 나라에서 가장 고급이고 따라서 가장 값이 나가는 양모를 생산하는 곳들마다 귀족과 젠트리들은 ... 이전 지주들이 그 토지들에서 얻어낸 수입에 만족하지 못하게 된 것이지요. 이들은 그냥 게으르고 안락한 삶을 살며 사회에 별 도움이 안 되는 것으로는 직성이 차지 않는지, 이제는 할 수 있는 한 모든 땅을 사유화(enclose)해서 목축지로 사용하고 농사지을 땅을 하나도 남겨 두질 않으니, 적극적으로 사회에 해악을 끼치고 있지요. 이 자들은 농가를 허물고 읍내들을 통째로 철거하고... 사람이 거주하던 흔적을 말끔히 파괴해 버리고는 자투리땅 농경지까지 싹싹 긁어서 황량하게 만들어버리니까요.[6]

이렇게 돈맛을 안 지주들이 주도하여 16세기에 촉발되어 18세기까지 거침없이 이어진 농경지 용도변경 (내지는 파괴) 덕에 영국의 시골은 지극히 '황량'하게 펼쳐진 목축지에서 양들이 풀을 뜯어먹는 '목가적'인 풍경으로, 18세기에 관용구처럼 즐겨 쓰인 "쾌적하게 펼쳐진 풍경"(pleasing prospects)으로 변했다.[7]

16세기부터 모직물의 원료인 양모 생산을 위해 농지를 갈아엎고 목축업으로 전환하는 지주들이 하나 둘 늘어나기 시작한 것은, 산업혁명 시대에 면방직 기술이 복식 산업을 지배하기 이전, 옷감제조 테크놀로지를 선점했던 유럽의 플랑드르나 이탈리아 토스카나 지역으로 양모를 수출하는 것이 국가 경제의 큰 비중을 차지하고 있었기 때문이다. 농경에서 목축으로 농업경제의 모델이 전환된다는 것은 토지사용 양태의 전환을 의미했다. 곡물생산 위주로 농지를 사용할 때는 사유화할만한 토지란 밭을

6) Thomas More, *Utopia* (London: Penguin, 2003) 25.

7) Raymond Williams, *The Country and the City* (St Albans: Paladin, 1975) 149.

갈고 씨를 뿌려서 일정한 소출을 낼 수 있는 생산성이 좋은 양질의 농지로 국한될 수밖에 없다. 하지만 양모생산이 목적이 되면서 상황은 달라진다. 약간의 잡풀이라도 돋으면 양을 방목할 수 있기에, 이제껏 별로 거들떠보지 않던, 따라서 딱히 주인이 누구인지 분명치 않거나 별로 소유권이 문제될 일 없는 '공유지'들이 돈에 눈을 뜬 지주들과 목축업자들의 눈에는 매력적으로 보이기 시작한 것이다. 그리하여 의회에 입법의뢰를 하는 거액의 비용을 지불하면서라도 이들 땅의 구획을 확정해서 소유권 등기를 하고 '울타리'를 둘러서(enclose) '내 것'으로 만드는 일들이 17, 18세기 내내 계속 진행되었다. 인클로저 청원이 초기에는 양 치는 게 주된 목적이었으나, 후보가 될 만한 토지들이 소진되어감에 따라 황무지나 습지대 등 가치가 떨어지는 열악한 공유지에 대한 소유권 주장 및 개발로까지 인클로저는 확산되었다.[8] 개인 지주들의 이익을 극대화하는 이러한 인클로저를 법으로 인정해준 건수는 1757년부터 1835년 사이에 무려 3,128 건에 달했다.[9] 영국 의회가 누구를 위한 권력기관인지를 극명히 보여주는 지표가 아닐 수 없다.

인클로저가 영국 전역에서 조금이라도 '돈'이 될 만한 가치가 있는 땅들을 모조리 휩쓰는 '농업혁명'의 첨병역할을 한 것은 분명하지만, 농업혁명이 본격적으로 진행되기 훨씬 전부터 이러한 조짐은 있었다. 소유권의 최상위권에 올라있는 지주들인 대귀족들의 지위의 근간이 되는 것이 대규모 사유지의 규모였다. 중세 시대부터 귀족의 지위를 정하는 절대적인 기준은 귀족에 걸맞은 대토지 소유 여부이었기에, 이들은 토지의 크기 및 가치를 보존하는 문제에 대해 매우 민감했다. 우리나라의 '양반'이나 유럽대륙의 귀족들과는 달리 잉글랜드 귀족들에게는 근본적으로 혈통과

8) 같은 책, 122-23.

9) Anthony Russell, *The Clerical Profession* (London: SPCK, 1980) 32.

함께 일련의 특권을 물려받는다는 '유전적' 개념을 적용할 수 없다. 다시 말해서, '귀족'이라는 말을 사용하긴 해야 하지만, '귀'한 '족'(族)에 혈연 관계를 통해 포함되는지 여부가 가장 중요한 요소가 아니었다. 가장 혈통이 중요한 국왕조차도 신분이 가변적인 것이 근대영국의 실상이었다. 17세기의 두 차례 혁명을 치루는 와중에서, 1649년에는 적법한 승계원칙에 의해 왕이 된 찰스 1세의 목을 '시민'들이 베어 처형했고, 1689년에는 그의 아들 제임스 2세를 쫓아버리고 대신 외국인인 네덜란드 사람 윌리엄 공을(물론 그가 영국왕실의 사위이긴 했지만) 왕으로 '초빙'해서 '윌리엄 3세'로 앉혀놓았다. 18세기 초에 다시 왕위계승이 문제가 되자 의회는 또 다른 외국인인 독일인 조지 1세를 데려왔다. 이런 형국에 아무리 정복자 윌리엄(William the Conqueror)과 함께 영국에 건너온 최고의 족보를 내세운다 한들, 그 자체만으로 특권이나 지위가 보장되는 것은 전혀 아니었다. 상속과 토지의 문제는 6장 「재산권」에 포함될 사항이이지만, 영국 '시골'의 속성을 이해하는 데 필수적이므로 미리 이 장에서 다루기로 한다.

대토지를 소유한 귀족들 입장에서 혈통 그 자체가 소중한 '자산'이라면, 아버지가 할아버지에게서 물려받아 자식들에게 물려줄 땅을 아들들에게 적절히 나눠줘서 모두 양반행세를 할 수 있게 해주어야 할 것이다. 그래야 가문의 영광을 유지할 수 있을 것이니 말이다. 앵글로 색슨 시대에는 이런 관행이 지배적이었다. 그러나 윌리엄 1세의 잉글랜드 정복과 함께 새로운 제도가 이식되었다. 윌리엄은 자신의 잉글랜드 정복 전쟁을 거들러 그를 따라온 북부 프랑스 및 플랑드르 귀족 및 기사들에게 그 보상으로 앵글로 색슨 지주들을 제거한 후 영토를 이들 도래민 귀족들에게 영지로 나누어주었다. 이 대규모 영지들에는 12-13세기를 거치며 노르망디인들의 법인, 오로지 1인 상속자가 토지 전체를 상속받는 상속법이 적용되었다. 이와 같은 장자상속권(primogeniture)을 엄격한 유지하여 영지가 쪼개지거나 줄어들어 가세가 위축되는 것을 방지하자는 것이 이들 프랑스 출신 귀족들의 의도였다. 그 결과, 상속을 받지 못한 둘째, 셋째 아들들은 귀족계급에서 떨어져나갈 위험에 노출되었고, 이들은 성직자가 되거나 기사로 떠돌며 달리 살 방법을 찾아야 했다. 그러나 실제로는 상속자가 제 때 태어나지 않거나 죽으면 대가 끊겨서 장자상속이 원활이 이루어지지 않을 때도 적지 않았다. 장자가 상속받아 아들을 낳기 전에 죽으면 차남이, 차남도 같은 국면에서 죽으면 삼남이 상속자가 되었다. 반면에 장남이 죽었다 해도 아들을 낳고 죽었으면, 이 아들이 숙부들을 제치고 상속자가 된다. 물론 상속받을 아들의 정통성(legitimacy)이 중요한 조건이었다. 1부 1처제의 적법한 적용에 의해 처녀 몸으로 맞이한 (따라서 자기의 씨임을 의심할 수 없는) 정실부인에게서, 또는 부인이 아들을 낳지 못한 상태에서 죽었을 경우 재혼한 두 번째 부인에게서 나은 아들 또는 장남만이 상속자가 될 수 있었다. 17세기 말에 찰스 2세를 이어 그의 동생 제임스 2세가 왕위에 오른 것은 찰스 2세가 본인의 정실 왕비가 나아준 적법한 상속자가 없었고, 정부들 사이에서 나은 아들들만 있었기 때문이다. 왕위계승이 아니라 일반적인 상속에 있어서는 아들 없이 죽으면 토지를 죽은 지주의 남자 동생의 장남이 물려받았다.[10] 다음 세대에게 재산이 넘어가야 또 다른 상속자를 낳아서 재산권을 유지, 보전할 가능성이 커지기 때문이다. 남자 동생이 없거나 있어도 아들을 낳지 못했다면 친가에서 친척 중 다음 순위의 남자 상속자가 재산을 전부 물려받게 된다.

장자상속을 통해 토지분할을 막으려는 취지에도 불구하고 상속자는 부동산을 담보로 융자를 해서 돈을 흥청망청 쓸 권리는 있었다. 이 때 토지 일부나 전부에 채권자의 차압이 들어오고, 결국에는 전혀 친족관계가 없

10) J. H. Baker, *An Introduction to English Legal History* (Oxford: Oxford University Press, 2007) 267.

는 제 3자가 이 채권을 인수해서 새로운 지주가 될 가능성은 얼마든지 법적으로 열려 있었다. 대토지가 이 지경이 되면, 이전 상속자 가문이 더 이상 '귀족 혈통'을 내세운다는 것은 전혀 의미가 없었다. 영국에서 '귀족'은 한 마디로 '대규모 사유지의 지주'를 의미했다. 반면에 유럽 대륙이나 러시아에서는 귀족의 둘째, 셋째 아들들이나 몰락한 귀족도 여전히 혈통의 특별함을 주장하고 이를 인정받곤 했다. 유럽대륙 귀족들과 영국 귀족들의 차이점을 단적으로 보여주는 것은 영국 귀족의 경우, 성 그 자체가 귀족의 혈통을 표시하는 경우는 거의 없다는 것이다. 예를 들어, 빵 사이에 온갖 재료를 넣어 먹으면서 도박에 열중한 한 귀족 덕분에 '샌드위치'란 말이 특정 음식의 이름으로 쓰게 되었다는 일화의 주인공은 샌드위치 백작(Earl of Sandwich)이다. 이 이름에서 '샌드위치'는 잉글랜드 켄트 지방의 지명이다. 즉, '샌드위치'는 해당 영지 상속자에게 부여되는 '직함'이지 이 혈통을 나눈 친족들의 성이 아니다. 이 '샌드위치 백작'의 작위를 승계하는 아들들의 실제 성은 몬태규(Montagu)이다. 철학자 버틀랜드 러셀(Bertrand Russell)의 가문인 '러셀' 성을 쓰는 아들들 중에서 장남의 장남으로 태어난 운 좋은 상속자들은 '베드포드 공작'(Duke of Bedford)이 된다. 달리 말해서 모든 '몬태규' 씨나 '러셀' 씨가 귀족으로 인정받는 것은 아니라, 해당 영지 내지는 대규모 사유지를 상속받은 '몬태규'나 '러셀'씨가 각기 '샌드위치 백작'이나 '베드포드 공작'이 되어 권리와 의무를 행사하는 것이다. 나머지 아들들은 알아서 다른 대토지 상속자리를 (주로 결혼을 통해) 물려받을 궁리를 하거나, 의회, 군대, 교회, 법률, (그리고 철학자 러셀의 시대에 이르면) 학계 등에 종사한다. 반면에 프랑스의 귀족 집 후손들은 성 앞에 "de"를 붙이고 독일어권에서는 "von"을 붙이므로 자신의 혈통이 고급임을 내세웠고, 또한 이를 남들이 인정했다. 출신은 평민이지만 업적이 워낙 뛰어나서 왕이나 국가가 해당 인물에게 작위를 줄 경우에도 영국에서는 이름 앞에 "Sir" 만 붙이지 성을 변화시키는 않는다. 예를 들어 해양탐험가 겸 해적두목인 16세기의 프란시스 드레이크는 스페인 배들을 괴롭힌 공로를 인정받아 "Sir Francis Drake"로 격상되었으나, 그의 극히 촌스러운 성 "Drake"는 그대로 사용해야 했다. 또한 "Sir Francis Drake" 같은 '준남작'(baronet)의 이름을 짧게 부를 경우는 "Sir Francis"이다. 반면에 독일어권에서는, 평민출신이지만 문학, 철학, 과학에 현저한 업적을 남긴 괴테(Goethe)의 경우처럼 "von Goethe"로 작위를 받으면 성의 모양이 바뀌었다. 발자크의 『사라진 환상』(*Illusions perdues*)의 주인공 뤼시앙(Lucien)의 신분상승 도전은 그의 원래 성인 촌스러운 "Chardon"을 버리고 외가의 귀족혈통을 내세워 "de Rubempré"로 성을 바꾸려는 시도와 맞물려 있다. 영국에서라면 아무리 성이 촌스러워도 돈만 있으면 상류층 신사 행세를 하는 데 별 문제가 없었을 것이다. 이 점에서 '이름'이라도 나눠주는 대륙의 관행과는 달리 영국의 귀족 개념은 철저히 대토지 소유 여부와 연결되어 있었다. 대규모 토지들이란 속성상 그 숫자가 많을 수가 없는 노릇이라, 귀족의 자격 요건은 대륙보다 훨씬 더 까다로웠다고 할 수 있다.[11]

"이름에 뭐가 있다고?"("What's in a name?")—셰익스피어의 『로미오와 줄리엣』(*Romeo and Juliet*)에 나오는 유명한 대사이다.[12] 이 질문에 대해 영국, 특히 잉글랜드 귀족사회는 '이름에는 재산이 있다'라고 대답할 것이다. 아니 보다 정확히는 '재산에는 한 개의 이름(a name)이 있다'라고 해야 할 것이다. 영지나 대규모 사유지는 한 개인 (또는 종교개혁 이전에는 수도원이나 학교 등의 기관) 소유자의 사유재산이다. 그러나 아

---

11) M. L. Bush, *The English Aristocracy: A Comparative Synthesis* (Manchester: Manchester University Press, 1984) 7-8.

12) William Shakespeare, *Romeo and Juliet,* ed. G. Blakemore Evans (Cambridge: Cambridge University Press, 1984) II.2.43.

무리 넓은 토지라고 해도 땅을 그냥 놀려두면 거기에서 소유자가 쓸 돈이 솟아날리 만무하다. 이 땅을 이용해서 돈벌이를 할 '농사업자'(farmer) 들이 필요하다. 이들과 쌍방 합의하에 임대차 계약을 체결한 후 일정액의 임대료를 받아서 지주는 여유로운 생활을 즐긴다. 반면에 '임대 농사업자'(tenant farmer)는 건별로 또는 주별, 월별로 임금을 주고 노동자(labourer)를 고용한다. 불리한 계약조건과 저임금도 마다하지 않고 밭일이나 양치기 일을 일당을 받고 하며 연명하는 이들 노동자들이 안정되게 공급되도록 하려면, 작은 농토나마 사용할 수 있어서 거기에 농사를 지어서 자급자족할 농민(peasant)들이 사라져야 한다. 이러한 '구조조정'에 인클로저가 기여한 바는 적지 않다. 조금이라도 가치가 있는 공유지를 모두 사유지로 전환해버리는 토지 사유화 과정인 인클로저는 가난한 농민들이 독자적으로 생계를 이어갈 터전을 빼앗았다. 그 덕에 생존을 위해서 남의 땅에서 남의 일을 해주지 않을 수 없도록 강제하는 경제구조가 정착될 수 있었다. '지주－농사업자－노동자'의 3단계 구조는 '농민'의 소멸을 촉진했고, 또한 '농민'의 소멸은 이러한 3단계 구조가 유지되는 전제 조건이었다.[13] 이들 (저임금) 농업 노동자들의 가치에 대한 인식은 언어 사용 관행에서도 찾아볼 수 있다. 임금 노동자 일반을 지칭하게 된 'labourer'는 18세기에 정착된 이러한 농업경제구조에서 나온 말이다. 수공업이나 제조업에 종사하는 노동자들은 18세기에는 'artisan'이나 'journeyman'('일당 노동자'의 의미)으로 불렸다. 산업 혁명기에 공장에 모여든 다수의 단순노동 인력을 'labourer'로 부르지 않고 'factory hands'라고 부른 것도 'labourer'라면 농업노동자를 떠올리는 농업 자본주의적 사고방식이 19세기 초까지도 사람들의 뇌리에 깊이 자리 잡았음을 반증한다.

13) J. F. C. Harrison, *The Common People: A History from the Norman Conquest to the Present* (London: Croom Helm, 1984) 231.

영국 특히 잉글랜드 시골의 토지 이용 양상은 '지주－농사업자－노동자' 구조를 지탱했다는 점이 큰 특징이지만, 이와 동시에 '지주' 층이 다시 최상위층과 차상위층으로 나뉘어졌다는 것도 유럽 대륙과 비교할 때 특이한 점이다. 백작(Earl)이나 공작(Duke) 같은 거창한 직함과 이러한 직함을 지탱해주는 거대한 토지의 지주들 외에도, 자신이 직접 농사업을 하지 않고 토지 임대료만으로 한가한 생활을 즐길 수 있는 '중간층' 지주들이 영국 지주계층의 큰 비중을 차지했다. 이들을 지칭하는 말은 '젠트리'(gentry)로, 남성 가장이자 토지 소유자는 대개 'Sir'를 이름 앞에 첨가하는 '명예'를 누리지만, 그들의 지위와 재산의 규모는 'Lord ***'로 불리는 최상위층 지주들보다는 한 급 아래다. 이들 '젠트리' 계층에 속하는 남자들이 '젠틀맨'(gentleman)이다. 하지만 '신사'로 번역되는 이 말의 원뜻에 비춰볼 때 '신사의 자격'은 가장 첫 번째로 '직접 일하지 않고 토지 임대료로 먹고 사는' 경제적 위치에 올라가있는지 여부였다. 젠트리 계층 중 가장 낮은 급의 규모 토지 소유자와 토지를 소유한 자영농(yeoman) 계층 중 가장 잘 사는 축은 수입이 비슷했다. 그러나 그 토지를 임대해주고 임대료로 먹고 사는지, 아니면 직접 그 토지 경작을 본인이 하는지에 따라 '젠틀맨'이냐 아니냐가 결정되었다. 이러한 경제적 잣대의 토대 위에 고등교육이나 소비의 패턴의 차이 등의 문화적 요소들이 가미 되었으나,[14] '신사다운' 품행이나 예법, 옷차림은 모두 부차적인 기준들이었다. 따라서 이들 '신사'들이 전혀 신사답지 않은 품행이나 습성의 소유자들일 가능성은 얼마든지 있었다. 그러한 '신사답지 못한 신사'는 영국소설에도 심심치 않게 등장한다. 리차드슨의 『파멜라』에서 하녀를 유혹하는 데 열중하는 '미스터 B'나 『폭풍의 언덕』의 성격파탄자 히스클리프 모두 인격이나 처신과는 무관하게 사회경제적으로는 '젠틀맨'이다.

14) Morrill, "The Stuarts (1603-1688)", 297.

품행과 성격이 어떠하건, 아무튼 이들 젠트리 계층은 최상위층 귀족과 평민들 사이의 완충 지대 역할을 했다. 이들 젠트리 계층 구성원들은 젠트리 바로 위와 바로 아래 양측에서 모두 공급받았다.[15] 대대로 젠트리 집안인 경우 뿐 아니라, 대귀족 집안에 태어났어도 상속 순위에서 밀리거나 토지 일부에 차압이 들어가 상속받은 땅의 규모가 줄어드는 등의 상황으로 인해 지위가 한 단계 낮아진 사람들이 젠트리 급에 편입되었다. 또한 영국 본국이나 식민지에서 농사업이나 기타 사업으로 현찰을 두둑이 모은 후 젠트리급 토지를 구입하여 아래에서 위로 신분이 상승한 사람들도 근대시대의 젠트리 계층 중에서 적지 않았다. 어떤 식으로 젠트리 계층에 진입하던, 젠트리를 칭하는 데는 '신분'보다는 '재산'이 중요한 잣대였다. 경우에 따라서는 'Sir'를 이름에 쓰는 '준남작'(baronet)도 젠트리지만, 파멜라를 괴롭히는 '미스터 B'처럼 단순한 '미스터'만을 쓰는 지주도, 대토지를 소유하고 있고 토지 임대료 수입으로 고급생활을 한다면 충분히 젠트리로 인정받을 수 있었다[16]

젠트리 계급의 연원은 윌리엄 1세의 영국 정복 이후 영지를 수여받은 대귀족들이 자기 수하에서 함께 싸우는 기사들에게도 일정한 토지를 나눠주어서 이들이 행정 및 군사상의 의무들을 수행하도록 한 데서 찾을 수 있다. 기사계급이 귀족층에 정식으로 편입된 것을 인정해주기 시작한 것은 14세기에서 15세기 사이로, 이들도 자기 가문이 귀족임을 표시하는 '문장'(coat of arms)을 하나씩 가질 수 있게 되었고, 15세기 초에 젠트리에 속하는 가부장들은 약 6천명에서 9천명 정도였다. 잉글랜드에서 전투시에 갑옷 입은 기사로 동원되는 이들은 대귀족들을 정치적, 군사적으로 지지하고 귀족들은 그 대가로 이들에게 토지를 나눠주는 상호협조 체제

15) Bush, *The English Aristocracy: A Comparative Synthesis,* 9.

16) 같은 책, 36.

가 일찌감치 정착되었다.[17] 기사 계층들은 대귀족들과 정치적으로 운명을 같이했기에 '장미전쟁'이나 헨리 8세의 종교개혁 같은 국가적 사건에 같이 연루되어 몰락할 위험 및 반대로 이득을 챙길 기회도 귀족들과 공유했다. 중세말기에 대귀족들의 세력이 현저히 약화되고, 왕권을 강화한 헨리 7세와 8세 등 튜더(Tudor) 왕실의 '폭정'이 위세를 떨친 15-16세기 혼란기의 최대 수혜자들은 젠트리계층이었다. 왕권에 경쟁자가 될만한 대귀족들을 제거하며 생긴 정치적 공백을 왕권이 채우기도 했지만, 이러한 공백은 젠트리들의 경제력을 늘릴 기회가 되기도 했다. 젠트리급 아래 계층도 중세를 밀어내고 근대시대로 진입하는 과정에서 계층상승을 도모할 여지가 넓어졌다. 자영농들이 잉여 농산물 판매를 통해 현찰을 축적한 후 자신의 위와 아래에 있는 계층들의 정치적, 경제적 몰락을 이용해서 파산한 지주들의 토지를 인수하고, 소유한 토지의 규모를 일 안하고 지대로 먹고사는 젠트리 급으로 불려놓은 예들이 이 시대에 적지 않다. 근대시대로 접어드는 과도기인 16-17세기를 거치면서, 전통적인 중세의 대귀족들이 몰락하고 그들의 토지가 분할되거나 주인이 바뀌면서 젠트리 계층에 편입되는 인원들이 늘어나게 된다. 그리하여 17세기 영국혁명이 발발하기 직전인 1640년에는 젠트리 가문의 수자가 약 2만으로, 15세기 초 대비 2배 이상으로 늘어난다. 같은 기간에 전체 인구가 두 배로 증가하는 동안 젠트리도 대거 늘어난 덕분에 '일하지 않는' '귀족' 유한 계층은 세 배로 늘어났다. 젠트리의 전체 잉글랜드와 웨일스 토지 소유 지분은 14세기에는 대략 30% 정도이던 것이 17세기 말에는 50%로 늘어났다. 이 수준의 지분을 젠트리 계층이 대략 19세기 말까지 유지했다.[18] 이들 2만 젠트리 가구들에다 120명 정도의 대귀족 가구들을 합치면 잉글랜드 기준, 성

17) Ralph A. Griffiths, "The Later Middle Ages", *The Oxford Illustrated History of Britain,* 196.

18) Bush, *The English Aristocracy,* 38.

인 남성 인구의 5% 정도가 대토지를 소유하고 거기에서 나오는 임대료로 먹고 사는 '유한층'이었다. 반대로 말하자면 나머지 95%는 어떤 형태로건 일을 해야 먹고 살 수 있었다.[19]

이러한 경제, 사회적 변화와 맞물려 젠트리 계층의 정체성에도 변화가 왔다. 중세 시대에는 기사들이 젠트리의 주축이었으나, 16세기 이르면 젠트리 계층은 건장한 신체와 용맹을 숭상하는 기사의 육체적 역량보다는 고급 교양을 소유한 정신문화적 자질을 강조하기 시작한다. 말하자면 '기사'에서 '신사'로 젠트리의 모델이 변한 것이다.[20] 물론 젠트리 지주들은 여전히 말을 타고 사냥을 하는 중세 기사들의 전통을 보존했고, 이렇듯 건장한 신체를 강조한 문화는 영국 상류사회의 '스포츠 정신'(sportsmanship, 어원적인 의미로는 '취미사냥 즐기는 법')에 짙게 배어 있다. 또한 중세 때 봉토를 받고 국왕이나 대귀족의 전투에 동참하듯, 19세기 중반까지도 국왕, 즉 국가를 위한 군사 서비스를 제공하는 것을 젠트리나 그 위 귀족층들은 당연한 의무이자 특권으로 받아들였다. 예를 들어 1860년 고급 육군 장교들을 키우는 샌드허스트(Sandhurst) 왕립 군사학교 입학생의 54%는 젠트리급 이상 귀족층 출신이었다.[21] 그렇긴 해도 16세기를 거치며 '무'와 함께 '문'을 겸비하는 것이 젠트리 및 귀족층의 필수적인 교육과정이 되었다는 점에서 이 시기가 결정적인 전환점이라고 할 수 있다. 젠트리 집 아들은 이제 가정교사나 기숙학교를 거쳐 대학에서 희랍어와 라틴어를 배운 후, 토지를 상속받으면 지역의 치안판사(Justice of the Peace)로서의 공직을 수행하며 국가의 통치기구의 핵심적인 요원들로 활동했다.

17-18세기 내내 영국과 전세계를 무대로 끝없이 군사대결을 벌였던 경

19) Morrill, "The Stuarts (1603-1688)", 296-97.

20) Bush, *The English Aristocracy,* 71.

21) 같은 책, 51.

쟁국가 프랑스는 강력한 중앙집권체제를 구축하여 왕을 정점으로 한 중앙정부가 모든 것을 통제하는 통치 및 행정 모델을 유럽의 다른 국가들에게 제시했다. 이러한 왕권중심체제는 프랑스 혁명에서 처참한 종말을 맞긴 했지만, 혁명 및 그 이후 오늘날까지도 프랑스에서는 중앙정부 중심의 국가운영의 전통이 끊긴 적이 없다. 반면에 영국의 경우, 체제를 유지하는 데 있어서 영국 전역 및 아일랜드까지 전국에 포진한 이들 지주세력들에게 권력의 상당 부분을 이양하고 통치의 책임을 분산시켜놓는 방식을 택했다. 잉글랜드에는 프랑스나 여타 유럽대륙 국가들과는 달리 상비군이 주둔해 있지 않았다. 대신 이들 지주들이 조직하는 '민병대'(militia)가 유사시에 국토방어에 나서는 '예비군' 역할을 했고 그 목적으로 이들 개인이 총포 등 무기를 소유하고 있었다. 또한 중앙에서 파견하고 관리하는 공권력 대신에 각 교구의 대표 지주가 아마추어 법관인 치안판사(Justice of the Peace) 직을 왕의 임명장을 들고 수행했다. 치안판사는 중세의 자치 단위인 'shire'의 치안책임자 'sheriff'의 후예로, 영국이민자들이 세운 미국에서는 이 중세 명칭인 '보완관'(sheriff)을 오늘날까지도 사용하고 있다.[22] 이들 젠트리급 지주들은 선거를 통해 구성되는 하원인 '평민원'(House of Commons) 선거에 참여하고 하원의원으로 선출되므로(대귀족들은 상원인 '귀족원'[House of Lords]에 종신 당연직으로 참여했다) 중앙 정치무대에서 활약했고, 모든 국회의원들이 그렇듯이 지역의 이권을 챙기고 보전했다.

이러한 지방분권의 행정상의 이점이 적지 않았으나, 문제점도 불가피하게 파생되었다. 무엇보다도 각 지역마다 외형적으로는 같은 제도라고

---

22) Joanna Innes, "Governing Diverse Societies", *The Eighteenth Century: 1688-1815,* ed. Paul Langford (Oxford: Oxford University Press, 2002) 103. 또한 미국에서는 오늘날까지도 '민병대' 대원처럼 개인이 총기를 소유하는 것을 옹호하는 세력이 만만치 않다.

해도 그 내용은 사뭇 상이할 수 있었다. 지방분권형 행정의 가장 중요한 제도라고 할 치안판사직도 실제로 이 제도가 운영되는 양태는 다양했다. 치안판사는 젠트리 지주가 이상적으로는 그 지역을 책임지고 정의를 구현하는 '귀족의 의무'(noblesse oblige)를 구현하는 자리였다. 또한 치안판사 등의 공직이 이권에 개입할 여지는 있었지만 기본적으로 봉급을 받지 않는 '자원봉사' 차원이라는 개념도 크게 흔들린 바 없었다. 치안판사 자격 기준은 법률적인 전문성을 갖췄는지 여부가 아니라 소유한 재산이 '젠트리' 급인지 여부였고, 소유재산 자격 기준은 1906년에 와서야 폐기된다.[23] 실제로는 온갖 민원을 해결해야 하는 이 직책을 해당 지역 최대 지주가 원치 않는 경우도 적지 않았다. 이런 사정을 반영해서 1732년 법령에 의하면 치안판사의 재산 자격요건 문턱을 비교적 낮게, 연 수입 100 파운드로 규정하고 있다. 다시 말해 지주 계층의 하위권이나 경계선에 있는 사람들이 자신의 이권을 추구할 목적으로 치안판사 직을 맡을 여지를 열어둔 것이다.[24] 필딩의 『조셉 앤드루스』 4권 5장에 나오는 치안판사는 심지어 철자에 맞게 글도 쓸 줄 모르고, 대수롭지 않게 유죄선고를 남발하는 무지하고 무책임한 인물이다. 실제 치안판사들이 다 이런 수준이라면 나라가 망했을 것이지만, 각 지방에 퍼져있는 아마추어 판사들의 자격은 오로지 재산권이었으니 엉터리 인물들이 그 자리를 맡을 여지는 늘 열려 있었다. 그런 문제점에도 불구하고 기본적으로 중앙정부를 대신해서 각 지방의 유지들이 치안과 행정의 책임을 맡는 구도는 근대시대 내내 유지되었다. 그리하여 17세기 초에는 약 3천여명의 젠트리 인사들에게 권력과 책임을 분배했었고, 17세기말에는 이 수가 5천명 정도로 늘어났는데, 이 수준을 이후 시대에 대체로 유지했다. 공직을 맡은 이들 젠트

---

23) John Cannon ed. *The Oxford Companion to British History,* 538.

24) 같은 책, 104-5.

리들은 사회의 위계질서 유지 및 정치적 안정이라는 이해관계를 자기들끼리 뿐 아니라, 이들에게 의지한 국왕과도 공유했기에, 이러한 지방분권제도는 중앙권력과 지방 지주들을 끈끈히 묶어놓았다.[25]

토지 임대료가 수입원인 전통 젠트리는 18세기가 진행되면서, 금융이나 무역, 식민지 농장에서 큰 돈을 번 신흥 부유층들이 부상하자, 자신들의 지위를 수호하기 위해 '스콰이어'(squire)라는 칭호 및 개념을 유통시킨다.[26] 하지만 젠트리 계층 구성의 변화를 이러한 방어적 자세로 막을 수는 없었다. 이들 신흥 부유층들이 대토지와 전원저택을 구매하여 전통적인 젠트리처럼 유유자적하는 것을 막을 방법이 전혀 없었던 것이다. 또한 18세기 영국 '시골'의 자본주의적 구조조정이 급격히 진행되는 과정에서 젠트리급 토지들 간의 인수합병도 활발히 이루어져서 대규모 사유지의 규모가 더 커지는 경향이 나타났다. 리차드슨의 『클라리사』는 토지의 규모를 늘리기 위해 여동생 클라리사를 자신의 토지와 근접한 토지의 소유자 리차드 솜스에게 결혼시키려고 하는 오빠이자 상속자 제임스 할로우의 집요한 노력을 묘사한다. 그러나 이렇듯 결혼을 통해 토지를 늘리는 것은 극히 드문 일이었다. 이 소설에서도 이 탐욕스런 제임스 할로우의 작전은 실패로 돌아간다. 대개는 인접해 있는 소규모 토지들을 사들이거나, 담보로 잡힌 필지들이 악성채무로 전락한 경우 이를 인수하는 방식의 '공격적인 인수합병'을 통해 토지의 크기를 늘렸다.[27]

젠트리 계층이 주도하는 지주세력들은 산업혁명 기간에도, 1815년에 국내 농산물을 수입 농산물로부터 보호하는 곡물법(Corn Law)을 제정, 내수시장에서 안정적이고 유리한 농산물 수요를 확보하여 자신들의 기득권을 유지했다. 맨체스터 등 공장도시를 기반으로 한 정치인들의 집요한

25) Morrill, "The Stuarts (1603-1688)", 301-2.

26) 같은 글, 297.

27) Martin Daunton, "The Wealth of the Nation", 153.

운동에 밀려 1850년대부터 곡물법의 보호막이 사라지긴 했으나,[28] 곡물법이 폐기되고 산업화가 더욱 더 가속화된 시점인 1868에도, 영국 전역에서 소비되는 식료품의 약 80%는 국내산이었다. 1870년대에 들어와서 마침내 북미대륙의 대평원(Prairie)이 본격적으로 개발되면서 저가 수입농산물이 몰려들어오고, 아울러 냉동기술이 발달해서 남미 등지에서 축산물 수입이 본격화되자, 드디어 시골 지주들의 위상이 흔들리기 시작한다. 그 결과, 1851년에는 국가의 총수입에서 농업부분이 20.3%를 차지했었으나, 1870년대 이후 농업이 몰락한 19세기 말에는 그 비율이 6.4%로 대폭 축소된다.[29] 젠트리 계층이 소유한 토지의 경제적 가치가 떨어지고 이에 따라 임대료 수입이 줄어들자 한편으로는 토지를 매각하고 시골을 떠나는 지주들이 늘어났고, 다른 한편 젠트리 계층에서도 직접 농사업이나 목축업에 나서게 되는 경우들이 나타나기 시작했다. 이렇게 해서 '젠트리는 일하지 않는다'는 기준이 드디어 깨지고 만 것이다.[30] 또한 이와 맞물려 농업노동자들은 도시로 일자리를 찾아 떠나고 이들의 노동력을 기계화로 대체하는 경향이 점차 가속화된다. 1861년부터 1901년 사이, 잉글랜드와 웨일스 지역의 남성 농촌 노동자수는 약 40% 감소한다.[31] 이렇듯 '시골'이 사라지기 시작하던 국면에 '시골'을 다룬 조지 엘리어트나 토마스 하디의 소설이 등장했다. 이들의 작품을 독자들이 반긴 이유 중 하나는 '시골'과 '옛것'에 대한 향수 때문이었을 것이다.

대귀족이나 젠트리 밑에서 이들의 토지를 임대해서 농사업을 하는 중간계층들은 어떠한 사람들이었나? 이들의 일반적인 성격을 가늠하는 것은 어려운 일이 아니다. 농업, 양목, 낙농 등의 사업을 해서 이윤을 남기는

---

28) Christopher Harvie, "Revolution and the Rule of Law (1789-1851)", 455-56.
29) H. C. G. Matthew, "The Liberal Age (1851-1914)", 477.
30) Bush, *The English Aristocracy,* 40.
31) Matthew, "The Liberal Age (1851-1914)", 479.

게 목적인 이들은 철저히 상업적인 계산에 따라 의사결정과 선택을 하는 '부르주아적'(물론 이 말은 '도시인'을 뜻하지만) 인간형들이었다. 앞서 말했듯이 이들은 '순박한 농군'과는 전혀 상관이 없는 '사업자'들이었다. 이들은 최대한 유리한 조건에서 임대차 계약을 정기적으로 갱신하고자 하는 젠트리나 귀족들의, 또는 이들의 대리인들의 계산속에 대응하려면, 손익계산이 치밀하지 않을 수 없었다.[32] 농업자본주의화가 가속화될수록 토지소유자들인 귀족과 젠트리는 유동성이 커진 농업시장에 맞춰 장기 임대의 형태에서 단기임대로 계약조건을 바꾸고 '레크렌트'(rack rent)라고 불린 변동 임대료를 요구하는 경향이 짙어졌다.[33] 여기에 신축적으로 대응하며 탁월한 사업수완을 발휘한 농사업자들은 자본을 축적하여 젠트리 급으로 상승할 수 있었던 반면, 농산물이나 양모 판매에서 이익을 못 남기고 임대료도 내지 못하다가 급기야 농가를 지주에게 반납하고 임금 노동자로 전락할 위험도 상존했다. 젠트리 계층의 한가한 삶은 특이하고 흥미로운 성격의 소유자들이 등장하기 용이한 조건이다. 근대영국 소설에는 젠트리 지주들이나 이들 계층의 인물들이 자주 등장하는 편이다. 반면에 잉여농축산물 생산 및 판매에 매진하는 이들 농사업자들은 딱히 매력적이거나 흥미로운 인물이 될 가능성이 적다. 이들이 소설에서 중요한 배역을 맡는 경우는 많지 않다.

시골의 중간층 아래로 눈길을 돌리면, 크게 보면 '지주－농사업자－노동자'의 3 단계 구도가 적용되기는 하지만, 일해서 먹고 사는 평민들의 양태는 이보다 훨씬 더 다양함을 발견하게 된다. 그레고리 킹(Gregory King)의 『1688년 기준으로 계산한 잉글랜드의 여러 가정들의 수입 및 지출 양태』(*Scheme of the Income & Expense of the Several Families*

---

32) Bush, *The English Aristocracy,* 10.

33) Daunton, "The Wealth of the Nation", 152-53.

of England Calculated for the Year 1688)에 의하면, '평민'에는 "자영농[yeoman], 임차 농사업자, 소매업자, 수공업자, 상인, 군인, 선원, 품삯 일꾼, 움막농민(cottager), 빈민"이 모두 포함된다. 이들이 젠트리와는 달리 '평민'으로 분류되는 공통분모는 일요일과 공휴일을 제외하면 매일 일을 해야 생존할 수 있다는 점이다. 이중 가장 부유한 축도 가장 낮은 급의 젠트리와 비교할 때 이 점에서 선명히 구별되었다. 말하자면 조선 시대 '양반(士)'과 '농공상(農工商)' 구별과 유사하다고 할 수 있다. 단, 젠트리는 양반과 달리 그만한 재산을 소유한 조건 하에서만 의미를 갖는 명칭임을 다시 강조할 필요가 있다. '몰락한 양반'도 여전히 양반 행세를 할 수 있었지만, '몰락한 젠트리'는 한 마디로 '젠트리'와의 연관성을 주장할 여지가 전혀 없었다.[34] 일하지 않는 지주 계층에서 탈락한 자들은 아무리 족보가 훌륭하다고 해도 치안판사가 되거나 '세비'가 전혀 없는 하원의원에 당선되거나 심지어 투표권조차도 행사할 수 없었다. 치안판사 임명은 물론이요 투표권에도 일정 규모 이상의 부동산 소유가 기준이었기 때문이다.

그렇다고 해서 일하는 평민들을 차별과 구박에 시달리며 원한이 사무친 '상놈'들로 생각하는 것은 옳지 않다. 선거권이 없는 '아랫것'들이 간접적으로 의원선거에 상당한 압력을 행사했다. 1867년 2차 선거법 개정 이전까지 영국 의회 선거 방식은 공개투표였다. 선거일에는, '허스팅스'(hustings)라고 불리는 임시 단상 위에 각 유권자가 지지하는 후보의 이름이 적힌 장대 뒤에 줄을 섰고, 그 머리수를 세어서 당선자를 확정했다(오늘날 '투표', '여론조사' 등의 의미의 "poll"은 '머리'라는 의미로, 후보자 장대 뒤에 줄은 선 사람 머리수를 직접 셌던 공개투표 관행에서 유래한

34) Harrison, *The Common People: A History from the Norman Conquest to the Present,* 116.

용례이다). 오늘날 기준으로 보면 기괴한 선거방식이긴 하지만, 절차야 어떠하건 애초에 하원의원 선거를 한다는 것 자체가 18세기는 물론이요 19세기까지도 유럽에서는 예외적인 '민주주의'적 관행이었다. 또한 유권자의 자격 제한도 현대 민주주의 정신과는 어긋나지만, 자격 제한이 신분이 아니라 소유한 부동산 가치에 대한 재산세 하한선(잉글랜드와 웨일스의 경우 40실링 이상)이었기에, 그만한 재산세를 내는 성인 남성은 (예를 들어 자기 집 겸 점포를 갖고 있는 읍내 수공업자나 가게 주인처럼) 젠트리 급이 아니라고 해도 누구나 투표할 자격이 있었다. 따라서 지역에 따라 차이가 나긴 했지만, 적지 않은 중상위 계층 평민들이 투표에 참여했다. 뿐만 아니라 투표권이 없는 자들도 이러한 공개투표 현장을 참관하며, 대개 특정 후보들의 사주와 매수를 받아 '물리적'으로 유권자들이 단상에 오르지 못하게 하거나, 올라가서도 자기 쪽 후보 이름 뒤에 서도록 고함을 지르고 방해하는 등의 압력을 행사하는 세력으로 선거에 '참여'했다.[35)]

근대영국사회를 설명하는 데는 사회경제적 가변성과 개방성이 크기 마련인 도시에서 뿐 아니라 시골에서도 신분의 상승 및 하락의 여지가 늘 열려 있었기에 '신분'(caste)이나 '계급'(class) 개념보다는 '계층'(social strata) 개념이 적합하다. 영국 '시골'에 있어서 계층 상승 및 하락의 유동성을 극명히 보여주는 대표적인 소설을 한 권만 꼽으라면, 영국 본토가 아니라 아일랜드가 배경이긴 하지만, 1800년에 출간된 영국계 아일랜드 작가 머라이아 에지워스(Maria Edgeworth)의 소설 『카슬 랙렌트』(*Castle Rackrent*)보다 더 강력한 후보는 없을 것이다. 이 소설의 제목으로 앞서 소개한 '고액의 가변 임대료'를 뜻하는 "rack rent"를 택한 것은 18세기 후반부 시골의 변화상을 풍자하려는 의도를 반영한다. 에지워스의 이야

35) David Hayton, "Contested Kingdoms, 1688-1756", *The Eighteenth Century: 1688-1815,* 43.

기에서 카슬 랙렌트의 지주들은 채무와 소송비용 등을 무모하게 지출하다가 결국에는 자신들의 영지를 집사(steward) 쿼크의 변호사 아들에게 잃고 만다. 가문이 아무리 대단하건 재산권을 유지하지 못하는 순간, 시골 저택 및 영지의 주인은 바뀌어야 하고 바뀔 수 있는 것이 자본주의적 질서에 편입된 영국 시골의 운명이었다. 카슬 랙렉트 등 저택에 사는 지주의 수입원이 되는 지대를 지불할 농사업자들과의 관계도 사뭇 가변적이었다. 가변 임대료 덕에 지주는 일시적으로 수입을 늘릴 수 있지만 동시에 임대계약 기간이 짧아졌기에 조건이 맘에 들지 않는 임차인이 임대시장에서 다른 대안을 찾을 수 있었기 때문이다. 이러한 유동성과 가변성의 결과는 '인수합병'이 빈번해 지는 것이었고 이에 따라 영지들의 규모는 점차 커졌다. 이러한 '인수합병'은 제인 오스틴의 소설만 보면 주로 지주 집안간의 결혼이 그 방법으로 생각할 수 있으나, 이것은 초기 근세나 중세 때 해당되는 말이지 자본주의화가 급속히 진행되던 18세기 후반부 및 19세기 전반부에는 일반적인 현상이 아니다. 오히려 에지워스의 『카슬 랙렌트』의 플롯이 이 점에서는 현실에 더 가깝다. 사업수완이 뛰어난 농사업자나 또는 가신 쿼크의 아들처럼 금전경제에 밝은 중간계층 전문직이나 상인들이 빚에 몰려 근저당 설정 후 차압이 들어가 있는 토지를 구입하는 형태로 대토지를 인수 및 합병한 경우들이 많았다.[36] 전통질서에 친숙한 이들의 눈에 유달리 거슬리는 자들은 생전 듣거나 보지도 못한 이상한 나라 인도나 서인도(카리브해 군도)에서 어떻게 번 돈인지 알 수 없지만 아무튼 거액의 현찰을 만들어 와서는 궁지에 몰린 지주들의 영지를 인수하여 하루아침에 젠트리 행세를 하는 '나봅'(Nabob) 들이었다. 『폭풍의 언덕』의 히스클리프가 자신을 구박하고 냉대하던 '폭풍의 언덕' 저택 및 토지를 떠나서 외국 어디에선가 큰 돈을 만들어온 후 돌아와서 '폭풍의

36) Daunton, "The Wealth of the Nation", 153.

언덕' 및 '스러시크로스 그레인지'의 주인이 된다는 설정은 부동산 토지에 기반을 둔 전통 지주층이 돈을 손에 쥔 신흥 세력들에게 밀려나는 역사를 다소 과장하긴 했어도 대체로 정확히 그려준다(히스클리프는 불과 3년 반 정도 되는 기간에 부자가 되어서 돌아온다).

농업자본주의의 필수적인 요소인 농업 노동자들에 대해 영국소설은 관심을 보였던가? 근대영국소설을 물론이요 현대영국소설에서도 그런 예는 극히 드물다. 땅에 묶여 살며 노동력에 의존해서 생존해야 하는 이들에게 그나마 인간대접을 해준 작가는 토마스 하디 정도이다. 하디의 소설들은 농촌 경제의 중간층인 상인이나 농사업자들이 중심을 차지한 작품들이 많으나 일부에서는 그 이하 계층 인물들도 등장한다. 이중에서 농촌 프롤레타리아의 불안정한 삶을 가장 극적으로 구현한 인물은 말기 작품 중 하나인 『더버빌의 테스』(*Tess of the d'Urbervilles*, 1891)이다. 앞선 작품들에서도 양지기 품꾼 게이브리얼(『성난 군중들과 멀리 떨어져서』(*Far from the Madding Crowd*, 1874)이 임금노동자 계층으로는 비교적 중요한 역할을 맡기는 하지만, 『테스』에 이르러서야 비로소 실골경제 최하위층에 던져진 인간들의 노동자체의 열악함과 고역이 생생하게 재현된다. 가난한 농촌 노동자 집에서 태어난 여주인공 테스의 다양한 역경 중에서 그녀가 텔보시 우유농장에서 우유 짜는 인력에 편입된 국면과 격심한 노동을 해야 겨우 소출이 나는 플린트컴 애쉬 농장 생활이 포함된다. 그녀의 진가를 몰라보고 이용만 해온 남자들과 냉엄한 농촌자본주의로부터 그녀의 탈출구는 살인 및 살인죄에 따른 사형이다. 비극적 주인공 테스가 주인공 역을 얻은 1890년대에는 젠트리, 농사업자, 농촌노동자의 3각 구도에 기반을 둔 영국 농업자본주의도 쇠퇴의 길을 걷고 있던 국면이다. 노동자 출신 주인공이 죽을 때 그를 착취하던 자본의 죽음도 진행되고 있었던 것이다.

4장 도시

오늘날 영국을 대표하는 도시는 두 말 할 것 없이 런던이다. 한 나라를 거대한 중심도시가 절대적으로 대표하고 지배하는 모델 자체가 런던에서 비롯되었다고 해도 과언이다. 런던의 우월적 지위는 중세가 끝나고 근대 시대에 들어온 이후 단 한 번도 흔들린 적 없었고, 21세기 초 현재시점에서도 런던지역의 경제적, 문화적, 정치적 중요성은 오히려 이전보다 더욱 더 강화되고 있는 실정이다. 앞 장에서 살펴본 시골 대토지를 소유한 전통 귀족이나 젠트리 계층 지주들도 시골에서만 지내는 것이 아니라, 어느 정도 수준 이상이 되는 사람들은 각자 자신의 대토지 안에 자리 잡은 전원 저택 '컨트리 하우스'(country house) 외에 런던 상류층이 거주하는 웨스트엔드(West End) 지역에 '타운 하우스'(town house)를 소유하거나 임대했다. 그래서 매년 봄부터 초여름까지 소위 '시즌'(season)을 런던에서 보내며 사교와 소비에 수입을 지출하는 것이 당연시 되었다. 반면에 런던에 상주하며 상업에 종사하는 중간계층들 중에서 상당한 수준의 재산을 모든 집안들도 근대 시대에 적지 않게 등장한다. 이들은 젠트리는 아니었으나 젠트리 계층과 대등한 지위와 영향력을 소유하고 있었고, 이들의 자제 중에서 후대에 이름을 남긴 문인을 비롯한 지식인들이 적지 않게 나왔다. 런던에서 상주하거나 수시로 드나드는 사람이 아니더라도 신문, 잡지, 소설 등 거의 모든 인쇄물들이 런던에서 만들어져 전국으로 배포되었기에 런던이란 지명과 런던에서 벌어지는 일들을 시골에 사는 사람도 전혀 모르고 지내기는 어려웠다.

런던은 영국인의 다수를 형성하고 있는 게르만계 앵글로 색슨족들이 개척한 도시가 아니다. 영국의 또 다른 이름인 '브리튼'(Britain)이란 이름을 남긴 켈트 계열 '브리튼'(Briton)들과 마찬가지로, '잉글랜드'의 이름을 남긴 '앵글로색슨'들도 런던의 탄생과는 상관이 없다. 런던의 역사는 로마제국이 영국을 정복하여 식민지를 만들기 시작하던 시대인 1세기 중엽에 만든 거점 도시 '론디니움'(Londinium)에서 출발한다. 로마인들이 론디니움을 개척한 것은 대륙에서 바다를 건너와서 바로 배를 댄 후, 다시 이곳을 보급기지로 삼아 템스 강 수로를 통해 내륙에 접근하기가 용이했다는 것이 가장 큰 이유였다.[1] 오늘날 뉴욕 월가(Wall Street)와 함께 세계 금융의 중심지인 런던 시티(City of London) 지역과 대략 겹치는 론디니움은 로마 제국의 다른 주요 도시들에 비해 소박한 편이긴 했어도 로마 식민지 정부의 행정 수도 중 하나로－또 다른 수도는 북부의 요크(York)였다－거기에 걸맞은 면모를 갖췄었다. 로마제국을 멸망시킨 게르만족 '야만인'들이 영국 섬에 몰려온 후에도 론디니움의 정치적, 경제적 중요성은 기본적으로 유지되었음을 보면, 또한 로마인들이 돌아간 후에도 '런던'이란 이름이 정착된 것을 보면, '론디니움'을 건축한 로마인들의 '신도시 프로젝트'가 누구건 무시할 수 없는 가치를 유지했음을 알 수 있다.

그러나 로마제국 시대의 론디니움이 그 모습 그대로 앵글로 색슨 시대에도 남아있었던 것은 아니다. 기본적으로 도회문명이 아니라 중북부 유럽의 울창한 숲 속에서 각 부족들의 자급자족하던 게르만 족들의 문화는

---

1) Peter Salway, "Roman Britain (c.55 BC-c.AD 440)", *The Oxford Illustrated History of Britain,* 17.

지중해 문명의 정교하고 섬세한 도시문화와 서로 상극관계에 있었다. 이들 게르만 족들이 로마제국을 붕괴시키는 과정에서 군사적인 대결에서는 로마가 졌지만, 문화적인 대결에서는 게르만족들이 근본적으로 불리했다. 지중해에 가까울수록, 즉 로마제국의 중심부에 가까울수록, 로마를 몰락시킨 게르만족들은 남부 유럽의 도시문명에 흡수, 동화되고 만다. 로마제국의 본거지 이탈리아를 정복한 게르만계열인 고트족들은 오히려 로마문명의 '수호자'를 자처한 것이 좋은 예이다.[2] 반면에 로마제국의 변방에 위치하였고 로마문명 영향권에 뒤늦게 들어간 영국의 경우, 영국에 이식된 로마의 도회문명은 게르만족들의 문화적인 독립성을 위협할 정도로 확고하지는 않았다. 따라서 유럽 대륙에 비해서 런던을 위시한 영국 내 로마인들의 중심도시들은 상대적으로 쇠퇴의 길을 걷게 된다.

게르만족들이 개발하고 만들어놓은 도회지 문제는 조금 후에 다시 다루기로 하고 런던의 역사를 마저 추적하자면, 런던의 중요성은 로마인들이 떠난 지 600여년 후, 로마인들처럼 프랑스에서 건너온 또 다른 정복자들, 바이킹들의 후예로서 프랑스어 문화에 동화된 노르망디인들의 정복으로 다시 확고한 토대에 올라선다. 1066년 헤이스팅스 전투(Battle of Hastings)에서 토착 앵글로 색슨 무사들을 일거에 제거한 노르망디의 윌리엄 공은 론디니움 바로 옆에 있는 웨스트민스터 사원에서 영국 왕 윌리엄 1세로 등극한 후, 로마제국 시대의 행정수도 론디니움을 방어하는 성인 '런던 타워'(Tower of London)를 건축한다. 로마인들과 마찬가지로, 런던은 영국의 새로운 정복자 노르망디 귀족들이 바다 건너 프랑스 지역 자신들의 영지와 새로운 영토들을 연결하는 전략적인 거점으로서 그 중요성과 중심성이 절대적이 된다.[3]

---

2) Bryan Ward-Perkinis, "The Medieval Centuries 400-1250: A Political Outline", *The Oxford Illustrated History of Italy,* ed. George Holmes (Oxford: Oxford University Press, 1997) 30.

중세 시대에 런던은 중세 이탈리아 도시들이나 근세 이전 최고의 대학 도시였던 파리를 비롯한 대륙의 다른 경쟁 도시들에 비해 그 규모가 큰 편은 아니었음에도, 영국 안에서는 맞수가 없는 중심 도시로서 군림했다. 1334년 기준으로 추정한 통계에 의하면 당시 런던의 경제규모는 그 다음으로 큰 도시였던 브리스틀에 비해 3배에 달했다.[4] 런던은 14세기 말에는 영국 내에서 유일하게 인구가 5만을 넘는 대규모 도시였다.[5] 중세 말기를 거쳐 근세로 넘어오며 권력이 왕실과 웨스트민스터 의회로 집중되면서 런던의 영향력도 동시에 커진다. 아울러 옛 론디니움 주변으로 펼쳐나가는 런던과 런던 바로 옆에 붙은 정치권력의 중심지 웨스트민스터가 연계된 양태가 확실히 자리 잡게 된다. 구 론디니엄 지역의 무역, 상업, 금융과 웨스트민스터의 정치, 사교, 사치가 서로 맞물려 있는, 평민과 귀족 간의 특이한 형태의 '상생' 구조가 런던의 특징이 된 것이다. 16세기에 들어와서 튜더왕실 군주들인 헨리 7세와 그의 아들 헨리 8세의 권력 및 경제력 집중화가 완성되면서 런던은 급속한 인구팽창 및 개발 단계로 진입하게 된다. 1530년대에는 인구로만 보면 런던은 5-6만 정도의 유럽 내의 '중위권' 도시에 불과했다. 파리, 로마, 베네치아, 앤트워프 등 인구는 물론 문화적으로도 '상위권'에 들어가 있던 도시들보다 런던은 한 수 아래였다. 그러나 이로부터 약 150년 후인 1680년대에 이르면 런던은 인구 50만의 거대한 공룡도시로 변해서 서방세계의 가장 큰 도시의 지위에 오른다.[6] 1550년대에는 대략 7만 5천이던 런던인구는 반세기 뒤인 1600년에는 20

---

3) Cannon ed., *The Oxford Companion to British History,* 924.

4) John Gillingham, "The Early Middle Ages (1066-1290)", *The Oxford Illustrated History of Britain,* 161.

5) Ralph A. Griffiths, "The Later Middle Ages", *The Oxford Illustrated History of Britain,* 190.

6) Stephen Inwood, *A History of London* (London: Macmillan, 1998) 157.

만으로 두 배 이상 폭증했고, 다시 또 반세기 뒤인 1650년에는 40만으로 두 배 더 늘어난다. 이후로는 증가율이 다소 둔화되긴 했지만 1700년에 런던에 사는 인구는 약 575,000명에 달했다.[7] 이와 같이 지속적인 런던으로의 인구 집중의 수혜자 중 하나가 근대소설임은 의심의 여지가 없다. 다른 상품들과 마찬가지로 출판물 시장이 이렇듯 이미 거대한 대도시로 변한 런던에서 형성되었으며, 이 시장을 겨냥해서 각종 진기한 신상품들을 만들어내려는 야심적인 작가와 출판업자들이 등장했다. 그 과정에서 디포의 『로빈슨 크루소』나 헨리 필딩의 『조셉 앤드루스』처럼 후대까지 두고두고 읽히는 명작들이 등장한 것은 개인 작가들의 뛰어난 재주 덕분이기도 하지만 런던 출판물 시장의 활기와도 불가분의 관계에 있다.

런던의 인구가 근대시대로 들어오며 급속히 팽창한 원인은 런던 상주 인구의 결혼이나 출산의 증가 때문이 아니다. 그 공로는 타 지역으로부터의 인구유입에 돌려야 한다. 실제로 런던 내의 유아 사망률은 다른 지역에 비해 높으면 높았지 전혀 낮지 않았다. 영국 전체 인구 증가율을 훨씬 웃도는 런던의 인구팽창은 자연적인 요인이 아닌 철저한 인위적 요인의 산물이었다.[8] 16, 17세기에 걸쳐 영국 전역의 인구가 낮아진 결혼연령대, 높아진 출생률 및 생존율 등의 자연적 요소들이 원인이 되어 꾸준히 증가한 것과는 달리 런던 인구의 증가는 전혀 다른 양태를 보인다. 런던 내 교구의 출생 및 사망자수를 집계해 보면, 1550년부터 1800년 사이 오히려 런던의 인구는 계속 감소했을 것이라는 통계가 나온다. 자연적인 요인만으로 계산하면 1550년부터 1700년 사이 런던 인구는 약 575,000명이 줄어들었음에도 실제 인구는 45만 명 넘게 증가한 것은 전적으로 외부에서 런던으로, 연평균 약 6천명씩 유입된 덕분이었다.[9] 이는 원하건 원하지

---

7) Francis Sheppard, *London: A History* (Oxford: Oxford University Press, 1998) 126.

8) Sheppard, *London: A History*, 127.

않건, 런던이 종착지가 될 수밖에 없었던 인구가 그만큼 많았음을 의미한다. 상속 기회가 없는 젠트리 가문 둘째 아들이나 셋째 아들들부터 인클로저로 생존 기반을 잃은 농민들까지, 경제적 기회를 찾아서 지방에서 몰려온 다양한 '지방출신'들이 런던으로 지속적으로 '상경'해서 정착했던 것이다.

근대시대에 들어오면서 런던의 인구집중이 주는 기회 못지않게 그 폐해도 심각해졌다. 1666년 런던 대화재는 다닥다닥 붙여서 지어놓은 런던 구시가지 목조주택들 사이에서 늘어나는 인구를 상대로 빵을 구워 팔던 빵집 오븐에서 촉발되었다. 화재는 순식간에 집과 창고들을 삼키고 고딕 양식의 세인트폴 대성당마저 태워버렸다.[10] 또한 예방의학이나 공중위생의 개념이 없던 시대에 전염병이 급속히 퍼져나가 일순간, 비좁은 지역에 몰려 사는 런던 서민주거지에서 많은 수의 사망자가 발생하는 사건은 주기적으로 일어났다. 디포의 『역병 해 일지』(*A Journal of the Plague Year*)의 배경이 되는 1665년 런던 대역병이 발발하기 전에도, 1563부터 1665년 사이, 무려 아홉 차례나 대규모 전염병이 런던을 휩쓴 바 있다.[11] 이후 시대에는 치명적인 전염병이 런던을 파괴한 사례는 없었지만 런던에 사는 다수 대중들의 삶의 질이 크게 개선되었다고 할 수는 없었다. 하지만 대화재나 대역병이나 열악한 주거환경도 아랑곳하지 않고 영국 전역에서 온갖 사람들이 런던으로 또 런던으로 이주했다.

그런데 흥미로운 점은 런던 대화재나 런던 대역병 모두 런던 전역이 아닌 런던의 특정 지역, 구시가지 및 서민이나 빈민층들의 거주지에 국한되었다는 사실이다. 웨스트민스터 지역의 상류층 저택까지 불이나 전염병이 번진 적은 한 번도 없었다. 런던은 '강남' 대 '강북'의 대립으로 표현

---

9) Inwood, *A History of London,* 159-60.

10) Roy Porter, *London: A Social History* (London: Penguin, 1996) 105-7.

11) Inwood, *A History of London,* 166.

되는 부자의 도시와 빈자의 도시의 분리와 대립이 일찌감치 지리적으로 구현되었다. 그것은 ('강남' 개발에 열을 올린 군사독재 정권의 예처럼) 그 어떤 정치적 권력의 개입에 의한 결과가 아니라 지가와 임대료 등 경제의 논리에 따른 '시장'의 자연스런 움직임의 결과였다. 시티를 가운데 두고 상류층은 서쪽, 하류층은 동쪽에 사는 동서의 대조는 이미 16세기부터 나타나기 시작했다.[12] 왕궁과 의사당이 있는 웨스트민스터는 과시적 소비의 공간의 대명사가 된 '웨스트엔드'(West End)로 발전한 반면, 부두, 창고, 작업장들이 몰려있는 이스트엔드(East End) 및 템스 강 건너편 서더크(Southwark)는 노동력을 팔아서 먹고 사는 가난한 자들의 영역이었다. 그 사이 지역인 시티에 금융, 무역, 언론출판 등 서비스 업종에 종사하는 중간층들의 사무실 및 거주지가 자리 잡았다. 19세기가 되면 시티는 거주의 기능이 점차 약화되어 업무기능만 남게 되지만, 웨스트엔드와 이스트엔드의 대조적인 발전은 심화되었고, 두 지역 간의 뚜렷한 사회적, 정치적, 문화적 차이를 고착화시켰다. 집값이 비싼 웨스트엔드에 빈자들이 살 수가 없었고 빈자들의 도시 이스트엔드에 부자들이 사는 법은 없었다. 런던 인구가 지방에서 유입되는 전입자들 덕에 빠른 속도로 불어남과 동시에 런던 도시 공간의 계층적 분화 및 대조가 견고하게 굳어지기 시작한 국면에 속하는 1693-1694년에 런던에서 귀족 및 젠트리 급들이 거주하는 저택 및 타운하우스들의 교구(자치구)별 분포를 조사한 통계를 보면, 단 1%만이 시티 동편 교구에 살고, 약 14%는 시티 지역에 사는 반면, 나머지 85%는 런던 서부 지역이나 북서쪽 교구에 사는 것으로 나타난다.[13] 동편 교구에 사는 1%는 아마 18세기 초 무렵에는 그 동네를 떠났을 것이고,

---

12) M. Dorothy George, *London Life in the Eighteenth Century* (Chicago: Academy Chicago Publishers, 1984) 73.

13) Craig Spence, *London in the 1690s: A Social Atlas* (London: Centre for Metropolitan History, Institute of Historical Research, 2000) 82.

시티가 거주지 주소였던 10%는 18세기를 거쳐 19세기에 이르면 마저 서쪽으로 모두 이사 갔을 것이다.

돈 쓸 일 만 있는 부자 유한층들의 도시 웨스트엔드, 큰 돈을 벌지만 사는 게 바쁜 사업가들의 도시 시티, 생계가 늘 불안한 빈자들의 도시 이스트엔드, 이 세 지역은 같은 도시 안에 있으면서도 다른 도시였다. 물론 지리적으로는 멀지 않지만 사회문화적인 거리는 전혀 가깝지 않았다. 시티의 사업가들은 이스트엔드의 노동력을 고용하거나 웨스트엔드의 상류층을 상대로 돈을 벌기에 양측과 상호교류가 많을 수밖에 없었으나, 웨스트엔드와 이시트엔드의 거리는 절대적이었다. 심지어 언어적으로도 하층민 고유의 사투리인 코크니(Cockney)가 생겨나서 정착될 정도였다. 영국소설에서 이스트 엔드 사투리를 창의적으로 표기한 작가는 찰스 디킨스이다. 『위대한 유산』에서 핍이 런던에 처음 도착한 후 변호사 재거스에게 인사를 하러 갔을 때 만나는 전형적인 '런던사람' 중 하나인 심부름꾼 마이크의 말투는 다음과 같이 표기되었다.

> "Well, <u>Mas'r</u> Jaggers ... I've found one... <u>Ayther</u> to character, or to having been in his company."[14)]

밑줄 친 부분들은 코크니의 모음 발음 특징인 단어 가운데 "t"를 '꿀꺽 삼키는'("butter"를 "bu'er", 여기서는 "Master"를 "Mas'r") 습성과 [ei]를 [ai]("lady"를 '라이디'로, 여기서는 "Either"를 "Ayther"로) 발음하는 습성을 표현했다. 이렇듯 말소리만 들어도 어느 동네 사는 사람인지, 즉 어떤 계층인지 알 수 있는 이러한 경제논리에 의거한 공간의 분리는 18세기에 들어와 런던인구의 팽창과 맞물려 심화된다. 18세기말 이후로 웨스트엔

---

14) Charles Dickens, *Great Expectations* (Oxford: Oxford University Press, 1948) 158-9 [ch. 22].

드 서편 및 북서쪽으로 부유층 거주지가 부의 증가에 따라 조금씩 넓어지는 반면, 이스트엔드 동편 및 강반대편으로 부유층보다 훨씬 더 빠른 속도로 늘어나는 노동계층의 거주지 및 작업장 지역이 퍼져나갔다.[15]

18세기에 런던에는 동서로 갈라진 계층구별에 따른 경계선이 뚜렷이 그어졌지만 반면에 런던 자체의 경계선은 점점 더 외곽으로 밀려나고 있었다. 런던은 중심가로 고층건물들이 밀집해 있는 형태가 아니라 수평적으로 넓게 도시가 펼쳐지는 모습을 띤다. 런던이 저밀도 개발의 형태를 띠며 밖으로 팽창할 수 있었던 이유로는 육상 전쟁의 위험에 노출되어 있는 비엔나나 파리와는 달리 섬나라 수도 런던은 군사적 목적에서 도시를 보호하는 성곽이 필요 없었다는 점을 일단 들 수 있다. 그러나 아울러 런던 외곽에 가용한 대토지가 많이 있었고 주로 대귀족들인 토지 소유주들이 '임대소유'(leasehold)(여기에 대해서는 아래 「재산권」 장 참조) 형태로 땅을 제공했기에 가능했다.[16] 이러한 임대소유에 의한 기획 부동산 개발은 특히 부유층들을 상대로 런던 서부 및 북서부 쪽에서 꾸준히 진행되었다. 부유층 부동산 개발 방식 중에서 런던의 서부 지역에 퍼져나간 특이한 개념은 '스퀘어'(square)이다. 스퀘어 개발이란 말 그대로, 가운데 네모반듯한 녹지 정원을 조성해 놓고 이를 둘러싼 4-6층 정도의 고급 타운하우스 건물들이 나란히 어깨를 맞대고 사면을 둘러싸도록 한 후 집들을 분양하거나 임대하는 형식이었다. 1720년대에 완공된 그로브너(Grosvenor) 스퀘어, 세인트 제임스 스퀘어 등 이들 고급 주택단지들 가운데 위치한 '스퀘어'는 이들 타운 하우스에 사는 이들만이 이용할 수 있는 정원이지, 누구에게나 열려있는 공적인 '광장'은 전혀 아니었다. 웨스트민스터의 관광명소 중 하나인 '트라팔가 스퀘어'처럼 일반 대중 모두에게

15) Inwood, *A History of London,* 257-58.

16) Sheppard, *London: A History,* 207.

열린 '스퀘어'는 상류층이 서민대중들의 눈치를 보기 시작한 19세기에 와서야 등장한다. 물론 런던 서부 지역에 100% 상류층 저택들만 들어선 것은 아니다. 이들이 고급 생활을 유지할 수 있도록 다양한 서비스를 제공하는 하인들이 저택에 여러 명 상주할 뿐 아니라, 저택들 주변에 상인 등 중하위층이 거주하는 집들이 자투리 공간에 들어서 있었다. 특히 상류층들의 이동수단인 말과 마차를 관리해주는 단층 '마구간'(Mews)들을 건물 뒤편이나 옆에다 지어놓고 마부와 가족들이 거기에서 거주했다.[17]

수십 만 명이 거주하는 18세기 런던에서 사람과 물건의 이동은 보통 심각한 문제거리가 아니었다. 특히 시티와 웨스트민스터를 연결하는 주요 도로인 스트랜드와 플리트 스트리트는 상습적인 교통난에 시달렸다. 신호체계가 없던 시절에 스트랜드는 마차와 보행자, 스미스필드 가축시장으로 끌고 가는 가축 등이 뒤엉킨 아수라장이 되기 일쑤였다. 게다가 큰 길, 골목길 할 것 없이 어디가나 조용한 구석은 없었다. 돌로 포장한 길에 마차의 바퀴소리와 말발굽이 부딪치는 소리며, 길거리 행상들의 물건 파는 소리, 고성이 오가고 주먹다짐을 하는 소리에 보행자들은 정신이 나갈 지경이었다. 뿐만 아니라, 변덕스런 날씨 때문에 갑자기 비를 맞거나 바람에 물건이나 오물이나 매달아 놓은 가게 간판(shop signs)이 날아오거나 건물 위에서 인도로 떨어질 위험에 보행자들은 늘 노출되어 있었다.[18] 이렇듯 복잡하고 혼란스런 런던 길거리에는 디포의 몰 플랜더스처럼 소매치기를 업으로 삼는 자들이 득실대기 마련이었다. 또한 공식적으로 기독교 국가인 영국에 사는 이들의 양심에 호소하는 걸인들이 즐비했으며, 올리버 트위스트의 낸씨처럼 길거리에서 몸을 파는 여성들의 모습도 흔

---

17) Inwood, *A History of London,* 263-64. 오늘날에도 웨스트엔드에 가보면 "... Mews"가 주소인 곳이 많다.

18) Christopher Hibbert, *London: The Biography of a City* (London: Penguin, 1977) 144-47.

히 볼 수 있었다. 섹스를 구매하려는 자들은 스트랜드에서 빠져나가서 코벤트가든으로 가면 거기에서 서성대는 매춘부들을 쉽게 만날 수 있었다. 이들 빈자의 도시 출신으로 부자들 호주머니의 현찰을 노리는 '길거리 생활자'들은 부자들의 도시와 빈자들의 도시를 연결하는 매개자들이기도 했다.[19] 훔치고 속이고 유혹하고 넘어지고 밀치는 18세기 런던 군중은 디포의 『몰 플랜더스』를 제외하면 18세기 영국 소설에 거의 등장하지 않는다. 런던이 배경이 되는 경우, 주로 상류층의 도시 웨스트엔드 스퀘어에 들어선 타운 하우스 안이 무대가 된다. 그러다 보니 18세기 런던이 얼마나 번잡하고 시끄럽고 바글바글 거리는 대도시였는지를 문학도들은 잘 감지하지 못한다. 하지만 대도시의 군중은 18세기에 이미 등장했음을 잊지 말아야 할 것이다. 디포의 『몰 플랜더스』는 이 점을 분명히 증언한다. 몰 플랜더스가 순진한 아이를 하나 유인해서 갖고 있던 물건을 빼앗은 후 꼬불꼬불한 런던 골목을 돌아나가서 군중 속으로 사라지는 모습은 이렇게 묘사되고 있다.

> 나는 바솔로뮤 클로즈로 들어가서 거기에서 롱 레인으로 이어지는 또 다른 골목으로 빠져나간 후, 차터하우스 야드를 거쳐서 세인존스 스트리트로 갔다가, 길을 건너서 스미스필드로 간 다음 칙레인으로 내려가서 필드 레인을 거쳐 호본 다리로 가서는, 거기에 가면 늘 지나다니는 군중(Crowd of People)에 뒤섞였으니, 이제는 내가 붙잡힐 가능성이 없었다.[20]

숨 가쁘게 몰려있는 런던 지명들 사이에서 '군중'이 하나의 인물처럼 등장한다. 익명의 불특정 다수들의 일시적인 집합인 이 군중이 이미 18세

19) Tim Hitchcock, *Down and Out in Eighteenth-Century London* (London: Hambledon, 2004) 12.

20) Daniel Defoe, *Moll Flanders*, ed. G. A. Starr (Oxford: Oxford University Press, 1981) 194.

기 런던의 고정적인 요소가 되었음을 작가는 증언한다.

몰이 도피처로 삼은 런던 군중은 18세기 내내 계속 불어났다. 18세기 내내 인구유입은 계속 되었고 교통은 더 혼잡해져서, 1700년에 50만 명 수준이었던 런던 인구는 1801년에는 96만 명에 육박한다. 다시 또 100년이 지난 1901년에 런던 인구는 무려 6,586,000으로 팽창했고 런던은 주변 녹지들을 대거 삼켜버린 채 "런던 광역시"(Greater London)로 변하게 된다. 1901년 런던인구는 잉글랜드와 웨일스 총 인구의 1/5에 해당된다. 또한 런던의 지리적 팽창도 엄청났다. 디포 시대인 1720년대 런던은 동에서 서로 약 4 마일 정도 되는 단출한 규모였으나, 1900년에는 동서 거리가 18마일에 걸쳐 펼쳐져 있는 거대한 공룡도시로 변했다.[21] 이전 시대도 그랬듯이 19세기 런던 인구가 이토록 급속히 증가한 데는 외부에서 들어온 전입자들이 큰 역할을 했다. 1851년 공식적 인구조사에서 런던사람의 약 38%는 타지에서 태어나서 이주한 사람들이었고, 1891년에도 다소 줄기는 했으나 여전히 34%가 전입자들이었다. 이들 중 약 63%는 런던에서 가까운 남부, 남서, 남동쪽 지역에서 온 사람들이었다. 근대시대 최고의 런던 소설가 디킨스 본인도 런던이 출생지가 아니라 남부 도시 포스머스에서 태어났으니 런던 인근 지방으로부터의 '전입자'에 해당된다. 반면에 시골을 배경으로 한 소설을 썼던 조지 엘리어트도 문필가 및 소설가로 활동하던 30대부터는 런던에 살았다. 조지 엘리어트(본명은 "마리앤 에번스/Mary Ann Evans")처럼 중부지방(Midlands) 출신이거나 기타 북부 지역이나 토마스 칼라일(Thomas Carlyle)처럼 스코틀랜드 출신인 런던 거주자들도 약 22%를 차지했다. 게다가 이전 시대와는 달리 아예 영국 밖에서 태어난 사람들도 적지 않았다. 약 15%의 런던 거주민들은 바다를 건너온 사람들이었는데 이중 다수는 아일랜드 출신들이었다.[22] 그 이전 시대

21) Inwood, *A History of London,* 411.

에도 소호(Soho) 같은 동네에서는 유럽에서 온 외국인 이민자와 종교 박해를 피해서 온 프랑스인 개신교도 등 망명객들이 몰려 살았었다.[23] 디킨스의 『두 도시 이야기』(*A Tale of Two Cities*)의 프랑스인 의사 마네트와 딸 루시, 프랑스 귀족 다네이가 사는 곳이 바로 소호이다. 그러나 19세기의 대표적인 '외국' 출신 런던인들은 아일랜드섬에서 순전히 먹고 살려고 넘어온 생계형 이민자들이었다. 이들 런던 아일랜드인들("London Irish") 대부분은 벽돌공 등 단순노동에 종사하는 최하층에 편입되었다. 이들은 최초에는 도심 한가운데 있던 빈민가 세인 자일스(St Giles)에 몰려 살았으나 점차 런던 전역에 퍼지게 되었다. 이들은 아일랜드인이라는 정체성을 가톨릭 신앙으로 표현하며 조국의 독립운동에 동조했기에 정치적으로도 문제거리가 되곤 했다. 또한 아일랜드출신들이 극빈층들이 야기하는 각종 위생, 사회, 치안 문제 및 피해의 당사자들인 경우가 비일비재했다.[24] 아일랜드인들을 포함한 빈민들이 야기하는 '공중위생'(public sanitation)은 19세기에 새로 부상한 개념이다. 18세기까지는 상하수도를 포함한 위생문제는 각자 소유한 돈에 맞춰 해결하는 '사적인' 문제로 인식되었다. 위생이 공적인 개념으로 변하게 된 배경에는 가난한 서민들에 대한 인도주의적 관심이 아니라 이들 거주지에서 발생해서 부자들 동네까지 퍼질 수 있는 콜레라라는 신종 전염병에 대한 공포가 깔려있었다. 1832년에 런던에서만 5천명의 콜레라 사망자를 내자, 그 위험성에 대한 경각심이 고조되었고 공중위생의 중요성에 대한 여론이 형성되기 시작했다.[25] 디킨스의 『블리크 하우스』(*Bleak House*)에서 길거리 청소부 조

22) 같은 책, 412-13.

23) Maureen Waller, *1700: Scenes from London Life* (New York: Four Walls Eight Windows, 2000) 271.

24) George, *London Life in the Eighteenth Century,* 120-25.

25) Inwood, *A History of London,* 420-21.

(Jo)가 주인공 에스더에게 병을 옮겨서 그녀가 사경을 헤매다가 얼굴을 망치게 된다는 이야기는 콜레라 공포를 작품의 소재로 사용한 대표적인 예이다.

19세기 영국소설을 공부하다보면, 가령 중부지방 공장도시를 풍자한 디킨스의 『어려운 시절』(*Hard Times*)을 교수가 교재로 채택하는 경우가 종종 있을 것이다. 『위대한 유산』, 『두 도시 이야기』 같이 런던이 작품의 주요 무대가 되는 소설들을 읽히는 경우에도 이들 작품들에서는 사무직 서기, 법률가, 은행가 등이 런던사람을 대표하기에, 대부분의 제조업이나 생산시설들은 중부나 북부 공장지대에 몰려있고 런던은 상대적으로 서비스업과 소비 위주의 도시였으리라고 생각할 수 있다. 하지만 실제 현실은 그렇지 않았다. 1851년에 인구조사를 해보니, 런던은 영국 내에서 가장 큰 제조업 도시로 집계되었다. 남성 노동인구의 1/3이 런던에서 일하고 있는 것으로 나타난 것이다.[26] 런던에 거주하는 제조업 노동자들은 373,000명이었는데, 이는 대표적인 공장도시 맨체스터나 글라스고의 전체 인구보다 많은 숫자였다. 이들 제조업 종사자들은 런던의 노동인구의 1/3을 차지했다. 이는 국가 전체의 제조업 인구의 13.5%에 해당되는 숫자였다. 다시 말해서 1851년 만국박람회 당시 런던은 당시 세계에서 가장 큰 제조업 도시였다. 주요 산업 부문들로는 의류, 가구, 마차, 시계, 피혁, 인쇄 및 제본, 제화(製靴), 조선 등이었다. 이들은 소규모 가내 하청 업소의 형태를 띠는 경우가 많았다.[27] 중북부 공장 도시들에서 대규모 사업장에 노동자들을 모아놓고 일을 시킨 것과는 달리, 런던에서는 비싼 부동산 임대료에도 대응하며 런던이 제공하는 풍부한 노동력을 이용하기 위해,

---

26) L. D. Schwarz, *London in the Age of Industrialisation: Entrepreneurs, Labour Force and Living Conditions, 1700-1850* (Cambridge: Cambridge University Press, 1992) 11, 23.

27) Schwarz, *London in the Age of Industrialisation,* 445-46

업자들은 공정을 여러 단계로 나누어 하청과 외주를 주었다. 공정이 단순할수록 소규모 업체나 자택근무자들에게 외부 하청을 줬고 최종 정밀 작업만 공장에서 하는 형태가 런던에서 발전했다.[28] 19세기 중반부터는 여기에 덧붙여 해머스미스(Hammersmith), 램버스(Lambeth), 원스워스(Wandsworth) 지역에 가스 공장이나 정밀기계공장 등의 대규모 사업소들도 등장했다.[29] 디킨스의 『막내 도릿』(*Little Dorrit*)의 '엔지니어' 도이스(Doyce)가 이러한 런던 기계공업을 대변하는 인물이라면 반면에 『우리 둘다 아는 친구』(*Our Mutual Friend*)의 집에서 인형 옷을 만들며 먹고사는 제니 렌(Jenny Wren)은 런던의 숱한 하청업소 및 자택근무자들을 대변한다. 반면에 가장 다양한 런던 인물들이 등장하는 디킨스 소설에도 등장하지 않지만 런던 노동자들 중 큰 비중을 차지한 사람들이 부두노동자들이다. 영국의 주요 무역항이기도 했던 런던 동쪽 부두들은 약 2만 명의 인력의 삶의 터전이었다.[30]

18세기와 마찬가지로 19세기에도 런던의 인구와 도시 공간 자체가 지속적으로 늘어나고 있었기에, 물류 및 출퇴근을 원활하게 해줄 교통문제 해결이 중요한 과제였다. 1820년대에는 런던과 근교를 연결하는 약 600대의 역마차(stage coach)들이 시티와 웨스트엔드 지역에서 하루 평균 1,800여회 운행을 했다. 이들은 1,265대의 인가받은 영업용 (택시에 해당되는) 해크니(Hackney) 마차와 결코 넓다고 할 수 없는 런던 주요 도로들에서 교통체증을 뚫고 나가느라 서로 다퉈야 했다. 이들 마차들로 교통수요가 해결될 수 없기에, 대규모 마차 안과 마차 위까지 사람을 태우고 '어디든 간다'는 라틴어 표현대로 '옴니버스'(omnibus)로 불리는 대중교

---

28) Michael Ball and David Sunderland, *An Economic History of London, 1800-1914* (London: Routledge, 2001) 294-95.

29) Schwarz, *London in the Age of Industrialisation,* 456-57.

30) 같은 책, 473-75.

통 마차가 1820년대부터 등장하였다. 이들 대형마차들이 1845년에는 런던 시내를 운행하던 역마차들을 대체했을 뿐더러 해크니 마차들의 영업망도 위축시키며, 점차 런던 길거리는 '옴니버스'가 장악하게 된다. 이들 대형마차의 후예가 '옴니버스'란 이름을 축약한 '버스'들이다. 그러나 곧이어 옴니버스의 혁명과는 차원이 다른 교통수단인 철도가 가히 혁명적인 변화를 몰고 왔다. 철도는 런던과 외곽을 연결할 뿐더러, 런던 시내 교통수단으로 부상한다. 1832년, 최초의 출퇴근용 철도가 런던브리지와 뎃퍼드(Deptford)를 연결했고 이 노선은 1838년에 그린위치로 확대되었다. 이후 새로운 노선들이 런던을 연결하는 철도 개발에 뛰어들어 런던과 외곽 지역은 19세기 중반부터 온통 공사판으로 돌변했다.[31)]

파리도 마찬가지지만 런던은 '서울역'에 해당되는 중앙역이 없다. 서부나 중북부, 남부를 연결하는 개별 철도회사들이 각자 따로 런던 역을 지어서 운영했기 때문이다. 1860년대 들어서서 세계 최초의 도시 지하철이 런던에서 운행에 들어가기 시작하며 상업적인 지하철 노선 개발에도 시동이 걸린다. 그 결과 사방이 공사판인 것은 물론이요 기존의 주거지들이 하루아침에 철거되고 사라지게 된다. 주로 런던 외곽의 땅값이 싼 노동자와 서민들 거주 지역으로 철도가 통과했기에, 이들의 주거지가 사라지거나 주거 환경이 악화되는 일들이 다반사였다.[32)] 철도와 옴니버스가 교통난을 해소해주기는 했어도 1865년만 해도 도보로 출퇴근하는 사람도 상당히 많았다. 약 20만 명 정도가 매일 시티로 걸어와서 일하고 걸어서 집으로 갔다고 집계된다. 또한 런던 시내 교통체증은 이전 시대보다 별로 나아진 바도 없었다. 런던브리지 역에서 패딩턴 역까지 동서를 가로 질러가는 시간이 런던브리지에서 남부 해안도시 브라이튼까지 가는 시간보다

---

31) Inwood, *A History of London,* 546-47.

32) Ball and Sunderland, *An Economic History of London,* 215.

더 걸린다고 할 정도였다.[33] 교통체증 외에도 19세기 런던 보행자나 거주자들에게 고통을 주는 요인들은 한두 가지가 아니었다. 증기기차, 공장, 집들의 굴뚝에서 뿜어대는 연기, 마차를 끄는 말들에게서 떨어지는 오물, 포장도로에 마차 바퀴와 말발굽이 충돌하며 내는 소음 등은 오늘날 상상하기 어려울 정도였다. 19세기 대도시 런던이 얼마나 시끄럽고 지저분했으면 20세기 초에 자동차가 마차를 대체하자 도시가 이토록 조용하고 청결해질 수 있다는 데 놀랐다고 했을 정도이다.[34]

이렇듯 런던이 비대해지고 복잡해지고 분주해지는 근대시대에 런던에 거주하는 작가, 독자, 출판업자들이 늘 런던을 소재로 한 작품에 주력하지는 않았다. 오히려 급속히 변하는 시대에 이들이 두고 떠난 '고향', 전통적인 삶의 방식이 남아있는 시골, 지방, 변방을 소재로 삼은 작품들이 더 많았다. 제인 오스틴의 소설들의 배경인 상대적으로 온화한 남쪽 시골지역 저택들에서, 험한 비바람에 늘 노출된 요크셔 평원(『폭풍의 언덕』)이나 조지 엘리어트의 중부지방과 하디의 도셋(Dorset), 심지어 20세기 초 로렌스의 노팅엄 탄광지대까지, 19세기를 대표하는 작가들의 이름을 나열할 때 디킨스를 제외하면 대부분은 대도시 런던에 넘쳐흐르는 다양한 이야기꺼리들을 활용하지 않았다. 그것은 런던 소설이 디킨스의 독보적인 영역으로 굳어질 만큼 디킨스의 재주가 뛰어났기 때문이기도 하지만 급격한 도시화의 고통을 잊게 해주는 대안적 세계에 대한 염원을 독자와 작가가 공유했기 때문이다. 디킨스조차도 런던을 다룰 때 인구 백만의 거대한 대도시의 번잡함과 철도와 기차가 끌고 온 급속한 변화를 대체로 회피하여, 19세기 초 마차 시대 런던으로 배경을 설정하길 즐겼다. 런던은 근대영국소설 출판, 판촉, 배급 본부로서 매우 중요한 '배경'의 한 요소를

---

33) Sheppard, *London: A History,* 265.

34) Matthew, "The Liberal Age (1851-1914)", 476.

이루지만, 주인공으로 등장한 경우는 적은 편이다.

지금까지 런던에 대해 상대적으로 많은 지면을 할애했다. 불가피한 일이다. 런던의 구체적인 모습이 직접 소설에 등장하는 빈도수가 18, 19세기에는 많지 않은 편이긴 하지만, 근대시대로의 변화를 주도하고 이끈 주체이자 소설을 비롯한 출판문화의 중심지가 런던이었기에, 런던에 대한 이해는 필요하다. 하지만 런던은 모든 면에서 비교할 수 없는 특이한 예외였다. 나머지 영국 지역들은 런던처럼 번잡하거나 복잡하거나 혼란스럽거나 바쁘지 않았다. 런던이 예나 지금이나 영국의 대표 도시이긴 하나 영국의 문화나 정서를 대변한다고 할 수는 없다. 앞서 말했듯이 영국인의 근간을 이루는 게르만족 계열 앵글로색슨인들은 지중해 문화권의 도시문화보다는 '자연 속 독립'이 유전자에 베이 있는 이들이다. 오늘날 환경운동과 재생 에너지 개발을 주도하는 나라가 독일이라는 점은 우연이 아니다. 영국의 경우, 도시를 지칭하는 단어가 라틴어에서 파생된 'city'보다 'town'이 훨씬 더 오래되고 친숙한 말이란 점이 이러한 '반도시적 정서'와 맞물려 있다. 이 단어를 우리말로 옮길 마땅한 후보가 없다. '도시'라고 하면 대규모 'city'와 구분하기 어려워진다. 반면에 '읍내'라고 하면 이 말의 도회성이 약화되어 버린다. 이들 타운들은 '읍내'보다는 훨씬 더 자율적이고 뚜렷한 문화적 정체성을 갖고 있다. 이 책에서는 최선의 해결책은 아니지만 이 말을 그냥 '타운'으로 표기하므로 그 특이함과 생소함을 강조하기로 하자.

앵글로 색슨족들이 'town'으로 지칭한 곳들은 도로 연결지점이 되는 집단 주거지들이었다. 이러한 타운들은 로마제국의 국제적인 문화를 재상산하고 전파하는 문화적, 정치적 헤게모니와는 상관없는, 순전히 기능적인 의미에서만 거점 지대였다. 물론 로마인들이 떠난 후 로마에 본부를 둔 기독교가 앵글로 색슨들에게 전파된 후 주요 교회시설들이 들어서 있는 곳들이 타운의 역할을 했다.[35] 특히 교육과 문화의 중심인 수도원 '민스터'(minster)가 있는 곳들의 중요성이 부각되긴 했으나, 타운은 어느 한 곳이 다른 곳 위에 군림하는 수직적 위계질서에 편입되지 않고, 각 지역의 타운들 간의 수평적 연결망을 형성했다는 점을 강조할 필요가 있다. 교통망과 수도원 등 문화의 거점이던 이들 타운들의 역할에는 12세기 르네상스 시대에 와서 상설시장 기능이 첨가되고 상업적 기능이 점차 중요해지게 된다. 이에 시장이 형성되고 사람들이 자주 드나드는 타운들의 부동산의 가치를 인지한 대귀족들은 자신들의 영지 내에 새로운 타운들을 건설하여 임대수입이나 도로 통행료 수입을 올리는 데 적극 나서게 된다. 그리하려 1100년에서 1300년 사이에 140개의 새로운 타운들이 생겨난다.[36] 타운 개발 붐은 계속 이어져서 1350년대에는 천개 이상의 시장 타운들이 잉글랜드와 웨일스 지역 사방에 들어선다. 또한 타운 거주자들이 자신들이 사용하는 부동산을 직접 소유하는 비율도 점차 늘어난다.[37] 근세시대로 진입하면서 이들 타운 간의 교역과 교류는 더욱 더 활발해지어서, 1690년경에 잉글랜드는 유럽에서 가장 큰 자유무역 지구로 부상한다.

잉글랜드의 타운들의 연결망이 만들어낸 국내교역 시장 형성에 있어서 유럽대륙과는 달리 전쟁의 위협에서 상대적으로 자유롭고, 바다와 강을 통한 물류가 용이한 섬나라라는 점이 유리하게 작용했다. 게다가 신대륙 개척의 효과도 가미되었다. 그 결과, 17세기 말에는 근대적인 의미에서의 '가게'들이 등장하였고 그 지역 상품 및 영국 내 다른 지역의 상품은 물론이요 신대륙에서 수입한 담배나 설탕 등을 상시적으로 전시하고 판매하기 시작한다.[38] 이들 타운들은 지역의 상설 시장 기능 외에도 종교, 교육,

35) John Blair, "The Anglo-Saxon Period (c.440-1066)", *The Oxford Illustrated History of Britain,* 71-72.

36) Gillingham, "The Early Middle Ages (1066-1290)", 161.

37) Griffiths, "The Later Middle Ages", 182.

문화 기능으로도 특화되었는데, 대학타운들인 옥스퍼드와 케임브리지, 대성당들이 자리 잡은 캔터버리나 솔스버리(Salisbury) 등이 대표적인 예이다. 뚜렷한 문화적 자랑거리가 없는 타운들도 교통의 요지로서 역마차 정착지인 여관(inn)을 중심으로 발전하는 경우도 허다했다. 16세기부터 19세기까지 마차와 말 여행 시대에 잉글랜드 여관들은 황금시대를 구가했다. 기차와 자동차가 등장한 후 호텔들에게 자리를 내주고 말지만, 주요 간선도로에 위치한 여관들이 북적거리고 그 주변으로 타운이 형성된 소위 '대로변 타운'(thoroughfare town)들도 타운 문화의 한 축을 이루었다. 18세기 중반까지 역마차들이 하루 평균 25-35 마일 이상은 달릴 수 없었기에, 말과 사람이 하루 밤을 묶고 가는 여관들은, 오늘날 고속도로 휴게소와 유사하게, 영국 전국사방에 펼쳐져 있었다.[39] 이들 여관들이 『소셉 앤드루스』처럼 여행이 플롯의 중요한 요소가 되는 영국 소설에서는 늘 등장한다.

근대시대에 들어와 교역, 문화, 교육, 교통 등의 거점 기능을 하는 이들 타운들의 경제력이 무시할 수 없는 수준으로 성장하자, 이들은 자치권을 획득하게 된다. 이들 타운의 '유지'들은 자치기구 위원들로 도시의 지배권을 장악한 사실상의 영속적인 과두체제를 유지하게 된다.[40] 조지 엘리어트의 『미들마치』의 배경이 되는 '미들마치' 타운의 유지들인 빈시와 벌스토로드 가문 등이 전형적인 예이다. 영국 근대사에서 이들 타운 중 일부는 대도시 규모로 팽창한 반면, 다른 타운들은 작은 규모를 그대로 유지한 채 고색창연한 모습으로 오늘날까지 남아있다. 18세기에 대도시급으로 불어난 타운들의 전형적인 예는 리버풀이나 글라스고처럼 미국대

38) Morrrill, "The Stuarts (1603-1688)", 292-93.

39) Alan Everitt, *Landscape and Community in England* (London: Hambledon Press, 1985) 156-59.

40) Morrrill, "The Stuarts (1603-1688)", 301.

륙과 연계되는 국제무역 덕에 성장한 영국 서해안 항구도시들이다.41) 런던과 이들 지방 도시 및 전통적인 타운을 합쳐 '타운' 급 이상 도회지에 사는 영국 전역의 인구는 1801년에는 약 30%에 육박했다. 이것은 북유럽 여타 국가와 비교할 때 월등히 높은 비율이었다.42) 1901년 인구조사에서는 '타운'급 이상 도회지에 사는 인구가 80%에 육박한다. 1911년에 4천 5백만이 살던 런던 말고도 5만 명 이상 인구가 사는 타운들이 74개에 달했다.43) 이렇듯 런던과 지방 대도시, 그리고 중소규모 타운들을 망라한 도회지역에 사는 인구가 압도적인 다수인 것이 근현대 영국의 실정이지만, 예컨대 파리를 배경으로 하는 소설이 절대적으로 많은 프랑스와 비교할 때 영국문학은 시골을 배경으로 한 작품들이 다수를 차지한다. '도시화'를 선도한 문명이면서도 동시에 도시중심 문화에 대한 옛 게르만족 조상들의 거부감을 버리지 못한 문화적 요인에서 그 이유를 찾을 수도 있을 것이다.

41) Harvie, "Revolution and the Rule of Law (1789-1851)", 426.

42) 같은 글, 425.

43) Matthew, "The Liberal Age (1851-1914)", 474.

5장 결혼

『적과 흑』(*Le Rouge et Le Noir*), 『보바리 부인』(*Madame Bovary*), 『안나 카레니나』(*Anna Karenina*), 19세기 유럽 대륙을 대표하는 이 세 명작 소설들의 공통된 소재는 무엇일까? 그것은 결혼한 유부녀와 남편이 아닌 다른 남자 사이의 애정이다. 한국독자들에게 친숙한 19세기 영국을 대표하는 소설들을 꼽으라면 제인 오스틴의 『오만과 편견』, 샬롯 브론테의 『제인 에어』, 디킨스의 『위대한 유산』이 상위권에 오를 법하다. 이 영국 소설들에서 결혼한 유부녀와 금지된 사랑을 즐기는 남성 인물은 찾아볼 수 없다. 대륙 소설들에서 이미 결혼한 여인의 불만과 욕구를 출발점으로 삼는 반면, 『오만과 편견』이나 『제인 에어』는 주인공의 결혼 그 자체가 플롯의 종결지점이다. 『위대한 유산』의 주인공 핍은 자신이 열망하는 여인과 결합하지 못하는 것으로 끝나지만, 이미 결혼한 상태에서 출발하는 것이 아니라 결혼을 지향점으로 삼는다는 점에서는 나머지 두 소설과 크게 다를 바 없다. 불륜과 외도가 대륙 소설에 자주 등장하는 주제라면 종착점으로서 결혼은 근대 영국소설의 전형적인 주제이다. 달리 말하면 결혼은 대륙에서는 당사자의 의지와 판단과 크게 상관이 없는 '정해진' 과정이기에 결혼 이후의 연애가 훨씬 더 이야기 거리가 되는 반면, 영국 문화에서는 결혼이 상당히 가변적인 결정이고 따라서 당사자들의 의지와 판단이 큰 몫을 차지하기에 이야기 거리가 될 여지가 많다고 할 수 있다. 물론 프랑스를 위시한 서유럽의 결혼 제도는 동아시아나 이슬람권과 비교할 때는 상대적으로 자유롭고 신축적인 면이 많았다. 기독교 문화에 기반을 둔 서방 세계에서 여성이 가임 연령이 되면 결혼을 자동으로 하게 되는 비서구 문화권과는 달리 결혼에 있어서 여성 당사자의 선택의 여지를 어느 정도 인정했다. 또한 결혼하지 않는 여성들, 가령 수녀들이나 남자 형제와 같이 사는 '노처녀 이모/고모'의 존재를 받아들였기에 결혼이 전적으로 '필수'는 아니었다. 이런 신축성 덕분에 사회적, 경제적, 문화적 조건에 따라 개별적 결혼의 양태가 다양하게 나타날 수 있었다.[1) 딸들을 가임연령에 진입함과 동시에 결혼으로 내모는 가정과 사회의 강제력이 상대적으로 약하고, 결혼 전 후에도 여성을 집안에 가둬두던 이슬람권과 달리 유럽에서는 결혼한 여성이 상대적으로 자유롭게 행동할 수 있었다. 이러한 가변성은 결혼관련 사건들이 소설 플롯을 구성하기에 알맞은 환경을 조성했다. 영국소설의 경우, 영국의 결혼 문화에 있어서 가변성과 신축성의 폭이 대륙보다 더 컸기에 결혼까지 이어지는 과정을 소설 플롯으로 삼기가 더 용이했다. '소설의 발생기'의 원조 작품 중 하나로 인정되는 리차드슨의 『파멜라』는 이 점에서 전형적인 영국소설이다. 하녀 파멜라가 젊은 주인의 유혹에 끝까지 맞선 덕에 정식 부인이 된다는 설정은 다소 황당해 보이기는 해도, 결혼을 여러 변수들의 신축적이고 예측하기 어려운 조합으로 인식하는 영국적인 문화에서는 불가능하지는 않은 이야기로 독자들이 받아들였던 것이다.

근대 초기인 16-17세기에 영국에서 남녀의 만남이 결혼으로 종결되는 과정은 크게 세 가지 형태였다. 첫번째 유형은 다른 비서구 문화권과 마찬

1) E. A. Wrigley, "Marriage, Fertility and Population Growth in Eighteenth-Century England", *Marriage and Society: Studies in the Social History of Marriage*, ed. R. B. Outhwaite (London: Europa Publications, 1981) 182.

가지로 부모나 친지들이 경제적 조건을 세밀히 고려해 배우자를 물색하는 데서 출발하는 것이다. 단, 신부와 신랑 후보가 대면하고 사귀면서 상대방을 꺼리거나 싫어하지 않는지 확인하는 과정이 중요했다는 점이 양측 부모의 일방적인 결정으로만 이루어지는 동양이나 이슬람권의 결혼과 달랐다. 영국에서는 이들 당사자들의 반응을 지켜본 후 양가 부모 및 이들의 대변자들이 최종적인 결정을 했다. 두 번째는 젊은 남녀가 모이는 교회 예배나 무도회 등에서 눈에 드는 여인이 등장하면 남자가 여자의 부모나 친지에게 정식으로 구애를 하겠다고 청을 하는 유형이다. 이런 요청을 받은 여자 측 어른들은 남자의 경제적, 사회적 형편을 조사한 후 그 청을 들어줄지 여부를 결정한다. 허락이 난 경우에는 여자 집을 남자가 방문하고 여자에게 선물을 주는 등 구애의 과정이 공식적으로 진행된다. 세 번째는 부모의 사전 허락 없이 사교장에서 남녀가 만난 후 은밀히 구애단계로 돌입하는 '자유결혼' 유형이다. 그러나 이 경우에도 지참금 등 재정적인 문제에 대한 협상을 하는 최종적인 단계를 거쳐야 결혼이 성사된다. 이 세 가지 모두 객관적인 조건과 주관적인 선호를 조화시킬 필요성을 반영한 관행이다. 18세기에는 점차 미혼 남녀 당사자들 개인의 판단과 선호가 결혼에 있어서 가장 중요한 요소로 부상했다. 이에 맞서서 부모들은 변호사들을 고용해서 '조건' 을 고려하여 결혼여부 및 상대를 결정하려는 다양한 시도로 맞섰다. 그렇긴 해도 재산문제를 무시할 수 없는 젠트리 계층에서조차 영국의 미혼 여성들은 전문적인 결혼 중개업자들의 역할이 컸던 프랑스 등 대륙 국가들과 비교할 때 결혼에 이르는 구애과정에서 자유의지를 상당히 많이 인정받은 편이었다.[2] 이렇듯 결혼을 두고 경제적 조건과 정서적인 선호가 서로 충돌하기 마련인 영국적 배경에서는 '오만'과

---

2) Lawrence Stone, *Uncertain Unions: Marriage in England 1660-1753* (Oxford: Oxford University Press, 1992) 7-8.

'편견'이 끼어들어 상황을 꼬아놓을 여지가 늘 있었다. 결혼에 이르는 구애과정을 소설가들이 이야기 거리로 삼기는 사뭇 쉬운 일이었다.

영국의 결혼문화가 유럽 대륙과 비교할 때 상대적으로 신축적일 수 있었던 중요한 이유 중 하나는 영국이 근세로 진입하며 종교개혁과 개신교를 받아들였기 때문이다. 종교개혁과 함께 로마에 정점을 둔 거대한 교회조직이 결혼식을 전유하고 결혼을 신성화하는 가톨릭 세력권에서 섬나라 영국은 비교적 수월하게 벗어날 수 있었다. 반면에 영국의 종교개혁은 17세기 청교도 혁명기간을 거치긴 했으나 철저한 개신교 논리를 따르지 않은 '어중간한' 개혁이었다. 그 결과 결혼은 교회의 전결 사항도 아니고 그렇다고 교회의 권한에서 벗어나서 세속 국가권력이 전적으로 책임지는 영역도 아닌 애매한 중간지대에 놓이게 된다. 그러다 보니 결국 교회와 국가, 교회법과 국법이 서로 뒤엉켜 있는 복잡한 구도에서 결혼을 둘러싼 논란과 협상 거리는 늘 넘쳐나기 마련이었다. 결혼예식은 교회에서 집행하지만, 혼인증서는 국가에서 발급하고, 이혼 문제는 중세부터 내려온 교회법을, 재산 문제는 영국 관습법(common law)을, 상속, 신탁, 고아 문제는 형평법(equity)을 따라서 결정되었다. 게다가 하층민들의 출생신고와 친자확인은 치안판사들에게 위임했다. 이렇듯 실제 현실 속 결혼은 소설에서 그리는 것보다 훨씬 더 복잡한 문제였다.[3] 교회에서 결혼식을 올리거나 국가가 발행하는 혼인증서를 살 돈이 없는 가난한 백성들은 소위 '하느님 앞에서 한 결혼식'으로 불린 동거상태로 곧장 들어가서 '관습법상 부부'가 되는 경우도 적지 않았다. 또한 비밀 결혼과 축첩의 사례도 상당히 많았다. 이러한 불법 동거의 산물들은 모두 법적으로는 사생아였다. 이러한 사생아들의 숫자는 18세기에 들어와 현저히 증가한다. 1690년에 첫 아이 해산의 약 6%가 사생아였던데 반해 1790년에는 20%에 이른

---

3) Stone, *Uncertain Unions: Marriage in England 1660-1753,* 13-14.

다. 또한 혼전 관계로 인한 임신도 증가하여, 결혼식에서 혼인서약을 하는 여성의 약 3분의 1은 이미 아이를 밴 상태였다. 이는 임신이 직접적인 결혼의 원인이 된 경우가 많았다는 증거이기도 하다.[4]

근대 영국의 결혼양태가 복잡하긴 했어도 다른 서구 국가와 마찬가지로 영국에서도 혼인 예식과 혼인을 인정하는 절차에 있어서의 교회의 역할은 무시할 수 없었다. 1604년 교회법에 의하면 공식적인 혼인식은 국가교회에 등록된 정식 목사가 국가교회 예배 매뉴얼인 『공통 기도서』(*The Book of Common Prayer*)에 의거하여, 신부나 신랑 중 한 사람이 거주하는 교구 교회에서 정해진 시간대(아침 8시에서 정오 사이)에 진행하도록 명시했다. 이렇게 식을 올리기 전에, 교회에서 3주간에 걸쳐 예배 광고 시간에 모든 교인들 앞에서 결혼예고(banns)를 하거나, 아니면 사전에 교구목사에게 혼인허가서(marriage licence)를 제시해야 합법적인 결혼식으로 인정받을 수 있었다. 결혼예고 제도는 혹시라도 해당 결혼으로 피해를 볼 제 3자, 예컨대 해당 남녀 중 하나와 이미 사실혼 관계에 있는 자가 이의제기를 할 수 있도록 하자는 것이 그 취지였다. 이러한 과정에서 혹시라도 문제가 생길 수 있는 당사자나 아니면 그러한 공공연한 광고를 원치 않는 사람들은 영국 국교의 주교가 발급해주는 혼인 허가서를 구입하면 되었다. 하지만 혼인 허가서 인지대가 3 파운드에서 6 파운드였으니, 18세기에 기준으로 이 금액은 그렇지 않아도 돈이 아쉬울 수밖에 없는 가난한 신혼부부들에게는 상당히 부담스런 액수였다.[5] 같은 이유로, 돈이 크게 문제되지 않은 중류층이나 상류층 가정들은 혼인허가서를 받아와서 제출하는 것으로 결혼예고를 대체하는 관행이 17세기말부터 보편화되었다. 같은 이유에서 혼인허가서 인지대를 감당할 수 없는 서민과 하층민들

4) 같은 책, 16-17.

5) Joan Perkin, *Women and Marriage in Nineteenth-Century England* (London: Routledge, 1989) 21.

은 할 수 없이 3회 결혼예고 절차를 거칠 수밖에 없었다.[6] 또한 결혼이 성립하려면 다른 문화권에서와 마찬가지로, 근친 관계 등의 법적인 걸림돌도 물론 없어야 했다. 교회법의 시각에서 볼 때 이러한 모든 요소들보다도 어떤 면에서는 가장 중요한 것은 해당 결혼이 양측의 자발적인 동의에 의한 것인지 여부를 확인하는 것이었다. 중세 시대부터 교회가 결혼의 정당성을 인정하는 가장 중요한 기준은 당사자들의 자유의지였다. 『공통기도서』의 결혼식 주례 절차에서 첫 번째 물음은 "합법적으로 결혼관계로 결합하지 못할 장애"가 있는지에 대한 것이고, 두 번째는 "그대는 이 여인/이 남자를 결혼한 아내/남편으로 맞이할 의지가 있는가(wilt thou)?"이다. 첫 번째 물음은 침묵으로 대답하면 되지만 두 번째 질문은 신랑, 신부 모두 남들이 들을 수 있게 뚜렷이 "그것이 나의 의지입니다"(I will)를 선언해야 한다.[7] 자발적인 동의, 혼인장소 및 시간, 3회의 결혼 예고, 이 모든 조건 중 하나라도 충족시키지 못했을 경우, 해당 결혼은 법적으로는 '은밀 결혼'(clandestine marriage)으로 분류되었고 그로 인한 (친자 인정 등에 있어서의) 법적인 불이익을 감수해야 했다.[8]

이렇듯 까다로운 조건을 전부 충족시키기 어려운 형편에서 진행된 결혼의 사례들이 적지 않았다. 특히 이런저런 이유로 공개적인 결혼식을 꺼리는 남녀는 런던의 플리트(Fleet) 감옥 안이나 나중에는 감옥 주변에서 결혼식을 올리는 일들이 빈번했다. 이들을 혼인시키는 게 전문인 목사들이나 가짜 목사들은 아예 플리트 감옥 안팎에 상주했다. 플리트 감옥은 교회의 관할지역이 아니었기에, 교회법을 피할 수 있다는 법률적 논리에

---

6) Stone, *Uncertain Unions: Marriage in England 1660-1753,* 22.

7) *The Book of Common Prayer: The Texts of 1549, 1559, and 1662*, ed. Brian Cummings (Oxford: Oxford University Press, 2011) 435-36.

8) Roger Lee Brown, "The Rise and Fall of the Fleet Marriages", *Marriage and Society: Studies in the Social History of Marriage,* 118-19.

편승한 '플리트 결혼식'이 18세기 전반부에 성행했다. 이런 '은밀 결혼'은 결혼당사자들끼리 동거에 들어가는 '사적'인 비밀 결혼이 아니라, 교회가 규정한 결혼의 조건 중 '공개결혼'의 원칙을 어긴 점에서만 '은밀'한 결혼식으로 간주되었다. 즉, 자신의 소속 교구가 아닌 곳에서 3회의 결혼예고나 혼인증서 없이 은밀히 이루어진 것이기에 그 법적인 효력은 늘 문제의 소지가 있었다. 경우에 따라서는 아예 결혼식을 주재한 목사 자체가 가짜일 수도 있었으니 이런 결혼을 법적으로 인정받고 해당 결혼에서 생산된 자녀들이 적자로서 권리를 행사할 수 있는지 여부는 불확실했다.[9] 그러나 이런 위험을 감수하더라도 '플리트 결혼식' 같은 '은밀 결혼'은 일반 민중 들 사이에 매우 인기 있는 대안으로 받아들여졌다. 이러한 '은밀 결혼'을 할 경우 결혼 비용을 대폭 줄일 수 있었다는 것이 그 이유이다. 그러나 이런 '은밀 결혼' 예식을 주재하며 먹고사는 업자들은 결혼예고만 생략한 비교적 멀쩡한 결혼식 외에도, 가짜 결혼식, 등록되지 않은 결혼, 혼인신고서 위조, 이중결혼 등 온갖 불법을 방조하거나 조장했다. 교회와 국가의 노력에도 불구하고, 근대시대 초기의 결혼은 객관적이고 통일된 기준에 의거해 진행되지 않았음을 하나의 '사업'으로 '성장'할 정도로 번성한 '은밀 결혼' 문화가 증언한다.[10] 또한 디포의 『몰 플랜더스』나 『록사나』의 여주인공들이 수차례 결혼 및 결혼에 준하든 동거관계를 이어가며 파트너를 바꾸는 것도 이 소설들이 출간된 시대 배경에서는 그다지 괴상하거나 극단적인 모습은 아니다. 돈벌이가 목적이기에 독자들의 반응에 민감했던 디포가 이렇듯 후대의 기준에서 볼 때는 몹시 부도덕하고

9) Stone, *Uncertain Unions: Marriage in England 1660-1753,* 26-27.

10) Faramerz Dabhoiwala, "The Pattern of Sexual Immorality in Seventeenth- and Eighteenth-century London", *Londinopolis: Essays in the Cultural and Social History of Early Modern London,* ed. Paul Griffiths and Mark S. R. Jenner (Manchester: Manchester University Press, 2000) 92.

신빙성이 떨어져 보이는 여성주인공의 남성편력을 소설 플롯으로 두 번씩이나 사용한 것을 보면, 이러한 비정상적 사실혼과 동거가 1720년대에는 제법 그럴법한 현상으로 독자들에게 다가왔을 것임을 짐작할 수 있다.

1753년, 이러한 혼란에 대처하고 결혼과 자녀 출산의 적법성을 확고히 하려는 근대적인 법령이 의회를 통과해서 제정되었다. 하드윅 경(Lord Hardwicke)의 결혼법(Marriage Act), 또는 축약해서 '하드윅 법'으로 지칭되는 이 법은, 첫째, 3회 결혼예고나 적법한 혼인허가서를 구매하는 것을 절대적인 의무로 못 박았고, 둘째, 모든 혼인식은 영국 국교 교회에서 정식으로 거행되지 않으면 무효로 간주했고, 셋째, 결혼 당사자들이 21세의 나이가 안 된 경우 부모나 보호자의 동의를 얻어야 했으며, 넷째, 결혼 당사자들은 각자 정확한 출생일을 밝히도록 했다. 첫 번째와 두 번째는 플리트 결혼식 등의 은밀 결혼을 분쇄하기 위한 조치였음을 쉽게 파악할 수 있다. 반면에, 세 번째 조항인 부모나 보호자의 동의를 얻어 와야 한다는 규정은 혼인 당사자들의 정서와 애정이라는 주관적 조건과 경제적 조건을 중시하는 부모 측의 입장 가운데 후자의 손을 들어준 것으로, 당연히 기성세대들은 이를 크게 환영했다. 네 번째 조항은 요즘 식으로 말하면 정확한 '신원'을 밝히도록 하자는 것으로, 생년월일을 잘 기억하지 못하는 하층민이나 노동자들은 이 대목에서 몹시 곤란을 겪는 일이 많았다. 하드윅 결혼법이 실행되자, '은밀 결혼' 예식을 올려주는 게 밥벌이였던 사람들이 타격을 입었지만, 국법을 잘 지키는 멀쩡한 시민들 중에서 양심에 따라 영국 국교를 거부하고 장로교, 침례교 등 다른 교단을 따르는 비국교도(Dissenter)들도 피해를 보게 된다. 이들은 각 교회와 교단의 기준에 따라 소신껏 결혼예식을 올릴 자유가 있었으나, 혼인의 적법성에 대해 당사자 및 제 3자가 시비를 걸거나 이들이 자녀를 낳을 경우 법적으로 존비속 관계를 인정받지 못할 위험을 감수해야 했다. 1835년에 가서야 러셀 경(Lord Russell)이 주도한 결혼법 개정이 이루어진다. 그리하여 1836년부터는 비국교도나 가톨릭교도들이 자신들의 교회당이나 성당에서 올린 결혼식도 영국 국교 목사가 주재한 결혼식과 법적으로는 같은 지위를 얻었다.[11] 나아가 애초에 교회를 거치지 않고 등기소로 곧장 가서 혼인신고만 하면 합법적 결혼이 되는 길도 열어놓았기에, 19세기 중반 이후로는 종교적인 결혼식이 강제조항이 아니라 선택의 문제로 그 지위가 위축되었다.[12]

하드윅 결혼법 덕분에 생겨난 새로운 풍조 중 하나는 '도주결혼'(elopement)이다. 『오만과 편견』에서 엘리자베스의 동생 리디아와 위컴과 도주하려 시도한 것을 비롯해서, 영국소설 안팎에서 자주 볼 수 있는 '도주결혼'은 하드윅 결혼법 세 번째 조항에 대한 젊은 남녀들의 창의적인 대응 방식이었다. 부모의 허락을 절대적인 조건으로 만들어놓은 이 법은 부모 쪽에서는 유리하지만 부모의 뜻과 반대해서 결혼을 하고픈 젊은 남녀들에게는 엄청난 족쇄나 마찬가지였다. 이를 해결하는 방식은 부모 몰래 둘이 도주해서 일단 사실혼 관계를 맺은 후 부모의 인정을 기대하거나 아니면, 하드윅 법이 적용되지 않은 스코틀랜드 국경으로 잠시 넘어가서 거기에서 결혼식을 올리고 합법성을 주장하는 것이다. 1707년 잉글랜드와 스코틀랜드의 의회가 통합되어 연합왕국(United Kingdom)이 된 후에도, 스코틀랜드의 종교(장교로)와 법체계, 화폐, 교육은 독립성을 유지했다. 하드윅 법은 교회법과 세속법 두 가지에 모두 연관되기에, 영국 국교(성공회)로부터 독립해 있는 국가교회와 법체계를 유지하던 스코틀랜드에는 적용될 수 없었다. 국가교회의 영향력이 잉글랜드보다 더 강했고 동시에 종교개혁을 잉글랜드보다 여러 단계 더 몰고 갔던 스코틀랜드

11) Maureen Waller, *The English Marriage: Tales of Love, Money and Adultery* (London: John Murray, 2009), 146.

12) Perkin, *Women and Marriage in Nineteenth-Century England,* 22.

에서는 다른 제약조건들은 모두 없애고 교회목사가 주재한 결혼식이면 정식 결혼으로 인정했다. 물론 실제로는 교회를 거치지 않은 '변칙 결혼'(irregular marriage)도 많았고, 이런 결혼도 법원의 시각에서는 효력을 인정해줄 수 있었다. 어떤 경우에도 성직자나 법원이 첫 번째로 확인하는 문제는 자발적인 동의 여부였지, 성직자나 국가 공무원의 인준 여부가 있었다. 교회에서 결혼식을 올리지 않고도 이러한 자발적 결합임을 입증하기 위에 증인들을 고용해서 혼인신고를 하는 것도 한 가지 방법이었다. 바로 이런 점을 이용해서 양가 부모의 반대에 부딪친 잉글랜드 젊은이들이 법이 적용되지 않는 스코틀랜드로 국경을 살짝 넘어가서 스코틀랜드 법에 따른 결혼식을 성직자나 아니면 '증인'을 고용해서 치른 후 다시 돌아오는 '도주결혼'이 18세기 후반부와 19세기 전반부에 성행했다. 스코틀랜드와 가까운 잉글랜드 북부 지방 서민들은 부모의 동의를 얻었다 해도 비용을 절약하기 위해 스코틀랜드 국경을 넘어가서 혼인신고를 받아오는 경우들도 적지 않았다.13)

잉글랜드와 스코틀랜드 결혼식 절차의 이와 같은 특이한 점 외에도, 오늘날 시각에서 볼 때 초혼 신랑과 신부의 나이 차이도 특이한 점이다. 예를 들어 『오만과 편견』에서 엘리자베스와 다시의 현저한 나이 차이(다시는 28세, 엘리자베스는 20세이다)는 당시 기준에서는 별로 이상할 것이 없었다. 엘리자베스가 '바보'이거나 이익에만 눈이 밝은 아가씨가 아닌데 돈만 보고 연상의 남자를 택하도록 작가가 설정했을 리 없다. 제인 에어와 마침내 결혼하는 로체스터와 나이 차이는 후자가 제인의 아버지 급이 될 정도이다. 반면에 필딩의 조셉 앤드류즈와 패니는 어릴 적부터 같이 자란 고향 동무들이니 나이가 큰 차이가 날 리 없다. 소설이 보여주는 이러한

13) T. C. Smout, "Scottish Marriage, Regular and Irregular 1500-1940", *Marriage and Society: Studies in the Social History of Marriage,* 206-9.

모습은 실제 현실을 충실히 반영하고 있는 셈이다. 혼인하는 남녀 간의 연령 차이는 이들의 사회적 지위, 특히 남자 쪽의 사회적 지위와 연계되었던 것이다. 예외가 늘 있기 마련이었지만 대체로 신랑의 경제적 지위가 높고 사회적 위치가 확고할수록 신부와의 나이 차이는 적게는 5년 많게는 10년 이상 나는 경향을 보였다. 이러한 나이 차이는 사회적 계층 사다리 아래쪽으로 내려갈수록 더 좁아져서 조셉 앤드류즈 같은 하인이나 그 급의 노동자 서민들은 신랑과 신부가 동갑이거나 나이 차이가 2년 미만인 경우가 많았다. 이러한 형태는 18, 19세기 내내 발견된다.[14)]

나이차이가 많이 나는 '부자' 신랑일수록 『오만과 편견』이 예시하듯 이런저런 복잡한 객관적 조건들을 고려한 결혼일 가능성이 많고, 나이차이가 거의 없는 노동계층의 결혼은 순전히 자발적인 호감과 애정에 의거한 것이라는 추론은 쉽게 할 수 있다. 이밖에도 계층에 따라 결혼의 양태는 다른 모습을 보여주었다. 귀족이나 젠트리 계층에서는, 이어지는 6장 「재산권」에서 다룰 재산권 설정과 상속의 문제가 결혼의 1차적인 고려사항이었다. 혼인 당사자들이 상대방을 어느 정도 좋아하긴 해야 했지만 결혼은 두 남녀의 애정에 기초한 결합이라기보다는 두 가문의 재산 간의 결합인 면이 더 많았다. 특히 대토지를 상속받을 장남의 결혼은 본인의 의지나 선호만으로 결정될 수 있는 문제가 아니었다. 도시 상인들을 비롯한 중간계층의 결혼은 대토지를 축으로 성립되지는 않았지만 반면에 현찰 자산과 신용이 중요했다. 결혼을 통해 지참금을 가져 와서 사업자금을 마련하거나 늘리고 또한 사돈 측의 신용 네트워크를 이용할 수 있는지 여부가 양가 부모의 주요 관심사였다. 지방도시나 타운들의 유지격인 사업가 집안들이나 런던 사업가 집안에서 결혼은 해당 지역이나 업계에서

---

14) Vivien Brodsky Elliott, "Single Women in the London Marriage Market: Age, Status and Mobility, 1598-1619", *Marriage and Society: Studies in the Social History of Marriage,* 84-85.

인지도와 신용을 증진시키는 요긴한 방법이었다.[15] 물론 궁극적으로는 본인들의 선호도와 의지가 결정적인 요인이 되긴 했지만, 소설들이 보여주듯 부모를 비롯한 주변 사람들의 온갖 압력과 공작과 설득에 맞서서 자신의 호불호만을 고집하기는 쉬운 일이 아니었다. 가장 긴 영국소설이라는 명예를 누리는 리차드슨의 『클라리사』는 아버지와 오빠들이 주선한 결혼을 거부하며 자신의 자유의지를 극단적으로 주장하는 여주인공의 투쟁이 얼마나 힘겹고 또한 얼마나 예외적이었는지를 그 방대한 분량과 비극적인 결말이 증언한다. 클라리사는 집안 남성들이 강권하는 정략결혼에 극렬 반대하다가, 귀족 난봉꾼 러브리스의 유혹에 넘어가 집에서 도망하지만, 러브리스에게 겁탈당한 후 충격에서 헤어나지 못한 채 꽃다운 나이에 죽는다. 리차드슨의 소설 밖 현실역사에서 이러한 과감하고 소신이 분명한 부잣집 딸들을 찾아보기는 쉽기 않았을 것이다.

결혼의 형태 또한 계층과 직종에 따라 상이한 모습을 보여주었다. 예를 들어 근대화가 진행됨에 따라 변호사 등 도시 고급 전문직 종사자의 결혼연령이 점점 더 늦어졌다. 이는 자신의 수준에 맞는 결혼을 위해 충분히 자금을 모으고 해당 분야에서의 안정적인 위치를 마련한 후에 결혼식을 올리는 경향이 우세해졌던 까닭이다. 19세기 말인 1884-1885년대까지도 이들 도시 전문직의 초혼 연령은 31.2세였다.[16] 반면에 근대시대 초기에도 런던의 도제들은 자산축적과 지위확보를 기대할 일이 없는 노동계층에 속함에도 불구하고 대체로 결혼을 늦게 하는 경향이 있었다. 이들은 평균 19.5년이나 되는 도제생활을 끝내야 봉급을 받기 시작했고, 그 이후에도 어느 정도 생활이 안정될 때까지 결혼을 미루다 보니, 대부분의 경우 26세는 되어서야 결혼을 고려할 수 있었다.[17] 재산이 있는 집안의 딸은

15) Daunton, “The Wealth of the Nation”, 145.

16) Daunton, “Society and Economic Life”, 67.

17) Elliott, “Single Women in the London Marriage Market: Age, Status and Mobility,

부모의 의지와 능력에 따라 결혼을 하기 마련이었다. 하지만 지방에서 런던으로 오거나 시골 대저택에서 일하는 젊은 여자들은 부모의 간섭이나 조언으로부터 자유로웠다. 이들은 신랑 선택, 초혼 연령 등에 있어서 상당히 신축적이고 다양한 모습을 보여준다.[18]

영국 및 서구 기독교 문화권에서 결혼은 오랜 세월 교회의 영향권 하에 있었다. 기독교 교회가 규정한 결혼은 철저히 1부1처제였다. 다른 문화권과는 달리 이것은 군주에게도 해당되었기에 아무리 심한 폭군이라고 해도 공식적으로 소실과 첩을 궁궐에 둘 수는 없었다. 또한 교회는 한번 맺은 혼인관계는 평생 가는 것으로 이해했다. 종교개혁을 거친 국가들은, 결혼을 신성한 성례로 보는 중세 가톨릭교회의 시각은 폐기했다. 개신교 문화권에서도 1부1처제는 그대로 유지했지만, 이혼문제에 대해서는 가톨릭 문화권보다는 다소 신축적인 자세를 수용했다. 예를 들어 칼뱅주의 종교개혁을 수용한 스코틀랜드 법에서는 부부 한 쪽의 간통을 증명할 수 있거나, 부부 한 쪽이 일방적으로 상대방을 버리고 떠난 경우에는 합법적인 이혼을 인정했다. 그러나 잉글랜드의 종교개혁은 진행되다만 '어중간한' 성격을 띠었기에 결혼을 신성한 예식으로 보지 않으면서도 이혼 문제에 대해서는 가톨릭교회의 입장을 암묵적으로 따랐다. 그러다 보니 이혼에 대한 명확한 법적인 조항이 마련되지 않았다.[19] 그 결과 이혼을 성사시키려면 복잡하고 값비싼 소송을 거쳐야만 했다. 일단 이혼이나 별거명령 판결을 얻어내려면 외도를 입증해야했다. 상류층의 경우, 결혼 자체가 애정보다는 이해관계에 의한 결합인 경우가 비일비재했기에 외도와 간통사건 역시 흔했다. 상류층 결혼에 있어서 부인이 결혼 당시 처녀이고 재산을 물려받을 아들을 낳아줬고 아들의 아버지가 누구인지 확실할 경우,

1598-1619", 84.

18) 같은 글, 97.

19) Waller, *The English Marriage,* 39.

이 기본 의무를 수행한 후에 본인이 인생을 즐기는 것은 허용할 수 있다는 것이 양자 간의 암무적인 합의였다.[20] 상류사회 계층들보다는 사교 기회가 상대적으로 적고 재산상속 못지않게 애정이 중요한 조건이었던 중류층 결혼이나, 아니면 순전히 호감과 애정에 의거해 결합한 노동계층 결혼에 있어서도 사정은 크게 다를 바 없었다. 디포의 몰 플랜더스나 록사나를 제외하면 거의 대부분 근대 명작 영국소설들만 보면 (프랑스 소설과는 달리) 혼외정사나 간통이 별로 큰 사회문제가 아니었으리라 생각할 수 있지만, 외도와 혼외정사가 매우 빈번했음을 18, 19세기 간통 관련 소송 기록들의 엄청난 숫자가 증언한다.

청교도 종교개혁을 거친 스코틀랜드에서는 간통 그 자체를 형법상의 범죄로 규정했으나 잉글랜드에서의 간통은 형사처벌 대상이 아니라 민법적인 손해배상의 문제로 분류되었다.[21] 완전한 이혼판결을 얻어내려면 교회법정인 '박사법원'(Doctors' Common)의 허락을 받아 남편이나 부인이 상대방을 유혹한 제 3자에게 손해보상 소송을 건 후, 의회에서 이를 건별로 법안을 만들어 통과시켜야 했다. 특히 부인이 남편을 고소해서 이혼하려면 외도 외에도 폭행, 이중결혼, 근친상간 등 다른 위법 사실들이 거기에 첨가되어야 승소의 가능성이 있었다. 법적으로 유리한 입장이라 해도 의회에서 통과될 가능성은 높지 않았다. 1765년부터 1857년 사에 불과 276 건만 의회를 통과했을 뿐이다. 이렇듯 복잡하고 험난하기 이를 데 없는 이혼을 추진하는 데 수백에서 수천 파운드에 이르는 엄청난 비용이 들어가기 마련이었으니, 최상위 계층이 아니면 애초에 이혼을 생각할 수 없었다.[22] 이혼은 아니더라도 손해배상을 받은 후 법적인 별거에 들어가는 경우는 이보다 좀 더 손쉽긴 했다. 오쟁이를 쓴 남편은 아내의 애인

20) Perkin, *Women and Marriage in Nineteenth-Century England,* 90.

21) Waller, *The English Marriage,* 169.

22) Perkin, *Women and Marriage in Nineteenth-Century England* 23.

에게 결투를 신청할 가능성은 근세 시대에는 매우 희박했던 반면, 이들은 흔히 부인의 정부를 상대로 고등법원(King's Bench)에 피해배상금 소송을 제기했다. 영국 관습법 상에서 부인은 남편의 소유이었기에 제 3자가 부인의 몸을 범하는 것은 자신의 소유권에 대한 침해였다. 따라서 이에 대한 손해배상을 요구할 수 있었다. 원고 측인 남편은 피고인 부인의 애인이 가능한 한 거액의 배상금을 지불하도록 소송을 걸었고, 피고 측 변호사들은 부인의 '행실'이 워낙 문제가 있었다는 등의 논리를 펴서 배심원들이 부인의 '가치'에 맞게 보상금 액수를 조종하도록 유도했다.[23] 이런 모든 과정에 상당한 시간과 비용이 들어갔기에 이혼은 소송비용 지불능력과 곧바로 연결되어 있었다. 디킨스의 『어려운 시절』의 공장 노동자 스티븐 블랙풀(Stephen Blackpool)은 자신을 몇 번씩 버리고 간 부인에게 명백히 피해를 입었음에도 불구하고, 이혼소송을 생각할 수도 없는 처지에 빠져있다. 임금노동자로서의 삶보다도 이러한 불행한 결혼이 작가가 보기에는 더 처참하다. 하지만 실제 현실 속에서 스티븐 급 계층의 가난한 서민들은 딱히 논란거리가 될 재산이 없는 터에 굳이 법정에 가서 이혼할 것 없이 사적으로 합의하에 별거상태에 들어가는 것으로 안 맞는 결혼의 고통을 해소했다. 또한 이혼이나 별거가 아니더라도 남편이나 부인 둘 중 하나가 제 명에 못살고 병에 걸려 죽거나, 여자들의 경우 해산 중에 죽는 일 등이 자주 있었다. 법정이 아니라 죽음이 부부 사이를 갈라놓는 경우가 훨씬 많았던 것이다. 18세기 잉글랜드에서의 결혼의 약 1/3은 적어도 부부 한 쪽은 재혼인 경우에 해당되었다. 정식 이혼을 해야 재혼을 할 수 있었고 이것이 매우 극소수의 경우에만 해당되었음을 감안할 때 이러한 재혼의 대부분은 사별로 인한 것이었다고 추정할 수 있다.[24] 물론

23) Waller, *The English Marriage,* 121.
24) 같은 책, 153-55.

부인이나 남편을 사별한 다음 재혼하지 않는 사람들도 상당수였을 것임을 감안하면 실제로 평생을 조강지처와 백년해로 하지 않거나 못하는 경우들이 적지 않았을 것이다.

근대적인 이혼 및 별거 제도가 도입되기 시작한 것은 19세기 후반부이다. 1853년부터는 부인에게 과도한 폭력을 행사한 남편들을 6개월간 구금할 수 있는 권리를 판사들에게 부여했다. 1870년 '결혼여성 재산권법'(Married Women's Property Act) 제정 이후, 결혼한 여성이 독립적인 재산권을 행사할 수 있게 되었다. 1873년 이후로 형평법원(Court of Chancery)에 가면, 16세 이하 자녀에 대한 양육권을 어머니가 행사할 수 있었다. 1857년에는 '이혼 및 결혼관련 분쟁 법원'(Court of Divorce and Matrimonial Causes)이 설립되어서 가정법원의 기능을 수행하기 시작했다.[25] 이러한 분위기에서 J. S. 밀(Mill)이 해리엣 테일러(Harriet Taylor)의 영향 하에 함께 쓴 『여성의 종속에 대하여』(*On the Subjection of Women*, 1869) 같은 저술이 등장한다. 밀은 해리엣과 별거 중인 남편이 죽기까지 기다렸다가 그녀와 결혼했으니, 이혼의 어려움으로 인해 직접적인 피해를 본 사람 중 하나이다. 조지 엘리어트의 '배필'인 조지 헨리 루이스(George Henry Lewes)도 본처와의 법적인 이혼을 하지 못한 상태에서 조지 엘리어트와 동거했다. 밀(과 해리엣)의 기념비적 저서가 나온 같은 해에 케임브리지 대학교 외곽에 여성들을 위한 거튼 칼리지(Girton College)가 세워진다. 그러나 근대영국소설의 세계는 여권신장으로 진입하기 이전 사회를 배경으로 삼고 있다. 또는 시대가 변하는 분위기임에도 법률비용을 지출할 여력이 없는 가난한 이들에게도 결혼과 별거, 재혼이 여전히 해결하기 힘든 고통임을 하디의 『무명의 주드』가 보여준다. 주드는 별 생각 없이 아라벨라와 결혼을 해서 살던 중 그녀는 떠나가 버린다.

---

25) Janet Howarth, "Gender, Domesticity, and Sexual Politics", 181.

한편 주드는 진정으로 자기가 사랑하는 사촌 수는 나이가 한참 위인 주드의 옛 은사 필롯슨과 결혼하지만, 이 결혼도 깨진다. 이에 주드와 수는 사실혼 관계를 맺지만, 앞서 「인구」 장에서 소개했듯이, 극심한 가난에 시달리던 중 큰 아이가 이복동생들을 죽이고 자살하는 처참한 사건이 벌어진다.

『오만과 편견』의 엘리자베스와 다시 커플에서 『무명의 주드』의 주드와 수 커플까지, 연애, 약혼, 결혼, 이혼, 사별 모두 할 것 없이 결혼과 뗄 수 없는 문제가 재산권이다. 같이 살 집이나 공유하는 재산, 또는 헤어질 경우 재산의 분배, 사망 시 재산의 상속 등 문제가 부부 당사자의 행적 못지않게 중차대한 문제이기 마련이고, 이는 근대시대 영국에서는 특히 그러했다. 재산권 문제는 이어지는 장에서 살펴보기로 한다.

6장 재산권

근대영국소설의 전형적인 플롯은 주인공이 의도했건 안했건 거액의 재산에서 이득을 취하거나 취할 위치에 도달하는 과정이나 그런 지향점에 의존한다. 주인공이 젊은 여자인 경우, 재산권의 소유자와 결혼을 하는 것으로 이야기가 종착될 수도 있고(『파멜라』의 파멜라, 『오만과 편견』의 엘라자베스나 『제인 에어』의 제인), 남자인 경우 본인의 노력에 의해서 재산권을 쟁취(『폭풍의 언덕』의 히스클리프) 또는 회복(『플로스강의 물방앗간』의 톰 털리버), 노력과 상관없이 우연히 그러한 위치에 서게 되거나(『위대한 유산』), 출생의 비밀이 밝혀져서 상속자가 되거나(『올리버 트위스트』의 올리버나 『조셉 앤드루스』의 조셉), 여하튼 근대영국소설은 '재산권의 주제에 의한 변주곡'을 들려주며 '재산의 풍경'을 그려주고 있다고 해도 과언이 아니다. 이 모든 경우 재산의 항목은 오늘날 같으면 부동산과 예금, 유가증권 등 동산으로 나뉘어져 있겠지만, 19세기까지 재산(property)이라 하면 대부분의 경우 대토지(estate)를 의미했다. 특히 결혼 및 상속 문제를 중심에 둔 소설들에서는 '재산=부동산'의 공식이 항상 적용된다.

재산권 인정, 보전, 상속은 일차적으로 민법적인 문제들이다. 이들 법률적인 개념들은 근대 이전, 11세기 노르망디 귀족들의 영국 정복으로 그

연원이 추적되는 봉건제에 뿌리를 두고 있다. 노르망디인들 정복 후 이식된, 그리고 이들을 이은 또 다른 프랑스 귀족들인 앙주(Anjou)의 플랑타주네(Plantagenet) 왕들이 가져온 프랑스식 법제도와 이들의 프랑스어 방언이 영국 법률이나 재정관련 용어에 오늘날까지도 남아 있는 것이 한두 가지가 아니다. 사법부의 수장을 지칭하는 'Chancellor', 재무부의 명칭인 'Exchequer'는 모두 노르망디인들과 함께 들어온 중세 프랑스어들이다. 1970년대 초까지도 지방법원은 'Court of Assize'라고 불렸다. 고등법원 판사들이 지방을 순회하며 자리에 '앉으면' 법정이 열린다는 의미로, 프랑스어 'asseoir'에서 온 말이다. 미심쩍은 사망사건이 터지면 사망원인을 판정하는 공직자의 이름이 'coroner'(검시관)인 것도 국왕의 왕관(중세 프랑스어로 'coroune')을 대신해서 사망의 정황을 밝히는 사람이라는 의미이니, 같은 배경에서 형성된 말이다. 영국 법정(및 할리우드 영화에 자주 등장하는 미국법정)의 큰 특징으로 꼽을 수 있는 것이 배심원 심판(trial by jury)이다. 이때 배심원을 뜻하는 'juror'도 올바로 평결하겠다고 '서약한 자'(juré)라는 프랑스어에서 나온 것이다. 우리말로 '관습법'으로 번역되는 'common law'는 말 그대로는 '공통법'이다. 일부는 앵글로 색슨 시대부터 내려오던 법을 수용하고 일부는 프랑스를 비롯한 유럽대륙에 일반적으로 통용되는 법을 도입한 공통의 법이 노르망디인들의 정복 후에 잉글랜드 전역에 적용할 수 있게 되었다는 의미에서 'common law'이다. 이런 면을 부각시키기 위해 이 책에서는 '영국 관습법'으로 이 개념을 번역하여 '국가단위의 공통법'임을 강조할 것이다. 영국 관습법을 정착시킨 왕은 노르망디인이 아닌 플랑타주네 왕 헨리 2세이다. 글을 모르는 무사들이었던 노르망디인(이들은 큰 키와 용맹이 장기인 바이킹의 후예들이었다) 왕실을 계승한 플랑타주네 가문은 고도의 중세봉건 문명이 꽃피었던 프랑스의 중서부 앙주(Aujou)와 아키텐(Aquitaine) 지역의 맹주들이었다. 이들이 주력한 일 중 하나는 (영국과 프랑스 두 지역의 영토를 넓히고 지키는 것 외에도) 체계적인 법질서를 잉글랜드 전역에 정립시키는 것이었다. 이들이 사용하던 모국어가 프랑스였기에, 중세 영국 법률 용어의 뿌리는 중세 프랑스어가 된 것이다. 헨리 2세 때 영국 관습법 정비가 시행된 것은 재산권과 상속 문제를 두고 각종 분란과 소송이 사방에서 들끓었기 때문이었던 것으로 추정된다.[1] 영국 관습법 및 이에 기초한 영국(및 미국)의 법률의 근간이 재산권과 관련된 것임은 이러한 역사적 배경과 관련이 있다. 영국 관습법은 그 출발점부터 재산의 문제와 떼어놓을 수 없었던 것이다.

재산권과 관련해서 특히 혼란스런 중세불어 법률용어는 'fee'이다. 일반 영어에서 이것은 '비용'을 뜻하지만, 영국 관습법에서 'fee'는 부동산 소유권을 지칭한다. 이 말은 'fief'(봉토)의 프랑스식 표기로, 주군의 전투에 동참하는 대가로 받은 무사 및 기사들의 땅을 지칭한다. 직접 이들에게 땅을 나눠줄 수 있는 지주 본인도 'tenant-in-chief'로 지칭된다. 오늘날 영어에서 일반적으로 'tenant'는 '임차인'을 뜻하지만, 중세 법률용어로는 '땅을 받은 사람', 즉, 영국을 정복해서 영토 전체를 소유하게 된 정복자 윌리엄 1세에게 직접 영지를 '받아서 갖고 있는'(tenant) 대토지 소유주라는 의미이다. 이들 최초의 'tenant-in-chief'는 대부분이 윌리엄 옆에 서서 같이 싸워 잉글랜드를 정복시킨 노르망디 및 북부 프랑스 무사들이었다. 윌리엄 1세 시대는 잉글랜드 정복 후, 영토 전체의 약 1/5은 군주 본인이 직접 소유하고, 교회가 약 1/4, 그리고 영토의 반 정도를 이들 'tenant'(영신[領臣]) 들의 몫으로 분배했다.[2] 왕에게 받은 영지들은 일반적으로 'fee simple'이다. 즉, 이 말은 '아무런 제약이 없는 봉토'란 뜻으로, 해당 토지

1) Baker, *An Introduction to English Legal History,* 13.

2) Cannon, *The Oxford Companion to British History,* 912.

에 대한 재산권을 소유자가 자유롭게 행사할 수 있다는 의미에서 그렇게 불린 것이다. 일반적인 용례에서는 이러한 'fee simple'을 'freehold'라고 부른다. 대귀족들인 '영신'들에게 기사들이 받은 땅도 마찬가지로 'fee simple'일 경우, 그 가치가 가장 클 것이다. 반면에 이 재산권에 특정 제약을 달아놓은 소유권은, '잘라놓은(tailler) 반쪽 자리 소유권'이란 의미로 'fee tail' 또는 'entail'로 불린다. 이러한 'entail'은 대개가 상속을 제약하는 조항들로, 『오만과 편견』 등 대표적인 근대영국 소설 플롯의 배경이 되는 제도이므로 잠시 후 자세히 살펴보기로 하자. 이들 'fee'보다 한 단계 아래에 있는 재산권은, 지주가 따로 있는 토지들에 대한 제한적 소유 내지는 점유권으로, 토지 사용의 구체적인 조건과 기간을 문서(copy)에 명문화해 놓았기에 'copyhold'라고도 불린다. 이러한 'copyhold'가 규정한 점유 기간은 점유자가 죽을 때까지 보장받는 등 상당히 길 수도 있으나 영주의 뜻과 의지에 따라 토지를 사용하는 것이었기에 'fee'보다는 소유권의 안정성이 떨어졌다.[3] 오늘날에도 영국 부동산 시장에 나온 매물 물건들은 'freehold'와 'leasehold'로 구별된다. 전자는 토지와 건물 모두를 소유하는 경우이고, 후자는 대체로 건물은 소유하지만 토지는 소유주가 따로 있는 경우들이다. 이들 'leasehold'의 '임대' 기간이 많게는 사오십년에서 구십년까지 다양하지만 수 십년 단위의 장기계약이란 점에서 사실상 '소유권'의 일종으로 인정하여 거래된다. 물론 '임대 기간'이 길수록 해당 부동산의 가격은 높아질 것이다.

부동산을 소유하건 임대하건 간에, 부동산은 결혼과 자녀 출산, 양육과 직접 관련된 문제이기 마련이다. 혼자 살며 즐기다가 책임질 식솔을 전혀 남기지 않고 죽을 것이면 부동산에 돈을 묶어두는 대신 재산을 현찰로 전환해서 소비하는 게 합리적인 선택일 것이다. 하지만 결혼을 해서 부인

3) Baker, *An Introduction to English Legal History,* 307.

을 들여놓고 아이를 낳아 키우려면 집이 있어야 한다. 아울러 부동산을 자식에게 물려주어서 안정된 삶을 살 수 있게 해주려는 것이 부모의 인지상정일 것이다. 부동산 소유 및 상속은 상류층으로 갈수록 그 중요성이 점점 더 커졌다. 앞의 「시골」 장에서 살펴봤듯이 젠트리 급 이상 상류층들은 일을 하지 않고 우아한 생활을 해야만 사회적 지위를 유지할 수 있었기에, 상당 수준의 임대료 수입을 추출해 낼 규모의 대토지를 소유하는 게 결정적인 자격 요건이었다. 따라서 물려받고 물려줄 영지의 규모가 젠트리나 귀족 신분에 맞는 크기를 보존할 수 있도록 귀족층 가문의 가장들은 분할 매각을 방지하는 등, 재산권에 이런저런 제약을 걸어놓곤 했다. 이러한 '재산권 한정'(entail)은 소유자의 신분에 변동이 생길 수 있는 결혼 및 소유자가 사망할 경우 누가 소유권을 승계할 것인지 문제와 밀접히 연관된 경우가 대부분이었다. 이하에서는 소설의 소재로도 자주 등장하는 결혼, 상속 관련 재산권을 주로 살펴보기로 하다.

영국 관습법에 있어서 혼인관계를 맺을 시에 신부 측 가족은 신랑 측 가족에게 지참금(dowry)을 주고, 신랑 측 가족은 두 부부의 현재 및 미래의 생활이 가능하도록 재산권을 보장한다. 이를 법률 용어로는 'settlement'라고 하는데, 마땅한 번역이 없기에 '재산권 조정'으로 옮기기로 한다. 그런데, 신부 측이 갖고 오는 재산은, 미리 제3자에게 신탁(trust)으로 묶어두지 않는 한 모두 남편의 소유로 넘어간다. 남편은 법적으로 유일한 권리자로서 이 재산을 처분할 전적인 권한을 행사하게 된다. 물론 권리와 함께 의무도 승계했기에, 부인이 결혼 전에 갖고 있던 채무도 남편의 책임이 되었다.[4] 하지만 채무가 많은 신부를 데려오는 일은 극히 드물었기에 신랑 측은 '의무'보다는 '이권'을 챙겼다고 하는 게 더 적절하다. 이렇듯 남자 쪽에 일방적으로 유리한 원칙이 적용된 것은 중세봉건 시대

---

4) Stone, *Uncertain Unions,* 15.

의 관행을 그대로 받아들였기 때문이다. 무력을 숭상한 노르망디인들의 관례에 의하면 여자는 전투를 할 수 없기에 소유권을 스스로 지킬 수 없다. 따라서 부인은 남편의 보호를 받아야 하는 수동적인 존재인 바, 결혼과 함께 여자는 남편의 '소유'가 된다는 논리가 성립했다.[5] 상식적으로 부인이 남편의 소유라고 해서 말이나 창, 집, 땅 같은 다른 소유물과 같은 급일 수는 없을 것이다. 결국 부인을 남편의 '소유'로 규정하는 법률적 '허구'는 부인이 독립적으로 재산권을 행사할 수 없도록 하기 위한, 그러나 많은 남자들이 환영하고 믿을만한, 궤변에 불과했다. 이 논리가 아무리 불합리하다고 해도 남자들이 여자를 지배하는 체제에서는 이에 대해 항의하거나 이를 폐기할 방법을 찾기 쉽지 않았다. 이후에 이 '소유' 개념이 여성은 남편에게 '포함된' 내지는 '가려진' 존재란 의미로 'feme covert'라고 개념으로, 즉 법적으로는 결혼과 함께 남편과 '한 존재'가 된다는 논리로 '발전'하기는 하지만, 그 결론과 법적인 효과는 마찬가지였다.[6]

근대시대로 넘어오면서도 이러한 중세봉건적인 법개념이 그대로 유지되었다. 하지만 중세 시대와는 비교할 수 없을 만큼 경제규모나 구조는 훨씬 더 복잡하게 변했다. 18세기에 이르면 결혼 당시의 재산권 조정 대상으로 거론되는 재산의 덩치가 큰 부유층의 결혼일수록 신랑, 신부 양측 변호사들의 복잡한 협상과 '전략'을 수반했다. 신부 측에서 전략적으로 유리한 결혼으로 판단하여 거액의 지참금을 재산권 조정 대상으로 내놓아 사위에게 주는 경우에도, 사위를 전적으로 신뢰할 수 없고 딸을 (아니면 자기 재산을) 아끼는 부친은 별도의 신탁재산을 딸 앞으로 묶어놓으려 할 것이다. 그래서 만약에 결혼에 문제가 생길 경우에도 딸이 기댈 데가 있도록 배려할 것이다. 그러나 부인을 남편의 '포함된 존재'로 보는 영국

5) Waller, *The English Marriage,* 2.

6) Perkin, *Women and Marriage in Nineteenth-Century England,* 2.

관습법의 논리를 등에 업은 신랑 측 변호사들은 가급적 신부가 이러한 '딴 주머니'를 차지 못하도록 압력을 넣으려 할 것이다. 실제로 양측 변호사들의 힘겨루기와 협상은 결혼식 직전까지 가는 경우가 비일비재했다. 경우에 따라서는 남편의 유고시에 부인이 남편의 재산권을 부인 생전에 승계 받을 수 있도록 조치해 놓기도 했다. '과부급여'라고도 불리는 부부공동소유(jointure)를 결혼 당시 재산권 조정에 포함시켜서, 신부 측의 이익을 보호하는 방식이 대표적이다. 반면에 신랑 측에서는 부인의 재산뿐만 아니라 채무도 모두 인수해야 했기에 혹시 숨겨진 빚은 없는지 뒷조사를 철저히 할 필요가 있었다.[7] 결혼관련 재산권 법조항들을 이용해서 돈 많은 신부 측 지참금으로 총각 때 빚을 청산하려는 기회주의자들, 즉 '포춘 헌터'(fortune hunter) 들이 당연히 등장했다. 반대로 법의 맹점을 이용해서 위장결혼을 통해 결혼 전에 진 채무와 각종 경제적 의무에서 벗어나는 여성들도 있었다. 색커리(William Makepeace Thackeray)의 『배리 린든』(*Barry Lyndon*)은 밑천이라고는 잘생긴 외모와 대담한 모험심밖에 없는 아일랜드인 에드먼드 배리가 '과부급여'를 통해 생전에 재산권을 행사하게 된 과부 레이디 린든을 공갈과 회유를 통해 부인으로 만든 후 본인이 레이디 린든의 재산을 맘껏 즐기는 내용을 다룬다. 반면에 본인의 경제적 취약점과 단점을 결혼제도를 통해 슬기롭게 남편에게 전가한 인물은 색커리의 또 다른 소설 『허영의 시장』(*Vanity Fair*)의 베키 샵이다. 여성들의 사회생활 범위나 활동반경이 남성보다 훨씬 더 좁았기에 베키 샵 같은 여성 '사기꾼'보다는 배리 린든 같은 남성 포춘 헌터들이 훨씬 더 많았으리라는 점은 쉽게 추측할 수 있다. 정략결혼으로 팔자를 고쳐보려는 악질 포춘 헌터가 아니더라도, 많은 경우 신랑들에게 결혼은 재정문제와 직결되었다. 신부가 갖고 오는 지참금은 본인이 물려받은 재산을 불리

7) Waller, *The English Marriage,* 108.

는 데 투입되기 보다는 기존 대토지에 걸려있는 담보 대출이나 기타 경제적 의무를 청산하여 재산의 건전성과 수익성을 증진시키는 데 사용되는 사례들이 많았다. 예를 들어 이후에 레스터(Leicester) 백작이 된 토마스 코크(Thomas Coke)는 신부가 갖고 온 15,000 파운드라는 거액의 지참금에서 1만 파운드로 자신의 노포크(Norfolk) 토지 채무를 상환한다. 이렇게 이전 담보에서 벗어나자마자 해당 토지에 새로 담보설정을 해서 부친의 유언장에 따라 여자 형제들에게 줄 지분을 확보했다. 상속자의 누이들은 이 돈을 각자 결혼 시 지참금으로 사용해서 지위에 맞는 결혼을 할 수 있도록 해주도록 유언장이 못 박아 놓았으니 재산권을 승계하려면 이 선친의 유언을 따르지 않을 수 없었던 것이다. 반면에 뉴카슬 공작(Duke of Newcastle)은 신부가 갖고 온 돈으로 자신의 서섹스(Sussex) 지방 내토지 담보 대출금을 갚았다.[8] 두 경우 모두, 결혼 전에 미리 양측 변호사들이 이러한 상황과 가능성을 인지하고 서면으로 또는 암묵적으로 합의했을 것이다.

그런데 혼인 및 가족 관련 재산권 조정은 관습법뿐 아니라 형평법의 힘이 미치는 영역이었다. 영국소설에서 가장 유명한 형평법 사건은 디킨스의 『블리크 하우스』의 배경이 되는 '잔다이스 대 잔다이스 소송', 즉 잔다이스 가문 내의 재산권 상속 분쟁이다. 몇 세대에 걸쳐 여러 친인척들이 이 소송에 개입하는 바람에 결국 원 재산은 소송비용으로 모두 소진되어서 사건이 자동으로 폐기된다는 소설의 설정은 다소 극단적이긴 해도, 이 소설이 형평법 및 형평법원의 위력만큼은 과장한 바 없다. 무자비한 노르망디인 기사들의 문화에 뿌리를 둔 관습법은 결혼과 동시에 부인의 재산권을 박탈했다. 하지만 형평법은 기독교 교회의 '자선'과 '공

8) Lloyd Bonfield, *Marriage Settlements, 1601-1740: The Adoption of the Strict Settlement* (Cambridge: Cambridge University Press, 1983) 99.

평'(equity) 정신에 기초한 교회법에 뿌리를 두었기에 이 문제에 대해서 좀 더 너그러웠다. 제 3자에게 재산의 일부를 수탁하지 않은 경우에도 결혼한 딸에게 토지 등의 재산을 물려준 경우에 형평법은 부인이 이를 남편과 상관없이 독자적으로 사용할 권리를 인정해주었다. 다만 디킨스의 『블리크 하우스』가 극화했듯이 형평법원에 기대려면 상당한 법률비용을 감수했어야 하므로 부유층 부인이 아닌 한 형평법원에 의존하기는 어려웠다. 반면에 부잣집 딸들은 문제가 생길 경우, 일반 고등법원 대신 형평법원으로 사건을 가져가서 유리한 판결을 받을 수 있었다.[9] 또한 수탁재산으로 떼어놓은 부인의 재산 문제도 일반 법원이 아니라 형평법원으로 가져가는 것이 대체로 더 유리했다. 부인들은 신탁을 통해 형평법의 보호를 받으며 재산권을 행사할 수 있었고, 같은 논리로 전 재산을 장남에게 주는 관습법의 경직된 원칙을 우회해서 딸들이나 차남, 삼남의 재산권도 형평법의 원리 보호를 받을 수 있었다.[10] 앞서 「시골」 장에서 일부 논의한 장자상속 문제는 잠시 후 좀 더 상세히 다루기로 하자. 결혼한 여자의 재산권 문제는 형평법의 지원을 받기는 했어도 근대 시대에 들어온 한참 후까지도 근본적으로 영국 관습법의 남성위주 조항에 묶여있었다. 그러다가 위의 「결혼」 장에서 언급한 1870년과 1882년에 결혼여성 재산권 법령이 제정되자, 이후로는 독립적인 소유권 보전 및 행사가 가능해졌다.[11]

결혼과 함께 남자에게 '포함'된 부인이 남편이 죽었을 경우, 이들의 생계를 보호해주는 문제는 '과부와 고아를 돌보라'는 예수 그리스도의 가르침을 무시할 수 없는 기독교 국가에서는 회피할 수 없었다. 교회의 영향권

---

9) Perkin, *Women and Marriage in Nineteenth-Century England,* 17-18.

10) Bonfield, *Marriage Settlements, 1601-1740: The Adoption of the Strict Settlement,* 58, 70.

11) Janet Howarth, "Gender, Domesticity, and Sexual Politics", 181.

하에 있던 형평법원이 아니더라도 노르망디인들의 정복 이전부터 내려온 앵글로 색슨 시대부터 과부에게 지분(dower)을 남편 장례식 때 교회 문 앞에서 떼어주므로 과부를 보호해주는 관습이 있었다. 이 제도는 노르망디인들 정복 이후에 재산조정을 통해 앞서 소개한 '과부급여' 내지는 부부 공동소유 개념으로 정착되었다. 좀 더 자세히 설명하자면, 부부 공동소유란 남편 사망 시 부인은 남편 재산에서 나오는 수입을 본인 생전에 소유할 수 있다. 그러나 부인은 이 재산을 매각할 수는 없다. 부인이 사망하면 재산은 장자나 기타 남성 상속자에게 넘어가야 하기 때문이다. 이러한 부부공동소유 조항으로 묶인 재산은 남편 생전에도 부인의 동의가 있어야만 처분할 수 있었다. 또한 부부공동소유 조정 시에는 상속자에게 물려줄 몫을 명시해 두므로 남편, 부인, 아들의 권리가 골고루 반영되도록 했다.[12] 위에 언급한 색커리의 소설에서 난봉꾼 에드먼드 배리가 거머쥔 레이디 린든의 재산이 바로 이러한 공동소유 조항에 묶여있었기에 애초에 배리가 그 재산을 차지할 수 있었으나 반면에 레이디 린든의 동의 없이는 재산을 처분할 수 없다는 한계에 봉착한다. 에드먼드 배리는 레이디 린든 및 상속자로 지정된 그녀의 원래 남편 아들을 실컷 학대하는 것으로 분풀이를 한다. 이러한 '과부급여' 개념의 부부 공동소유는 재산권 '한정'(entail)의 대표적인 유형에 해당되었다. 실제로는 부부공동 소유 외에도 다양한 제약들이 대개 추가되었다. 예를 들어 미망인이 재산을 이용하긴 해도, 재산권을 처분할 수 없도록 제약을 걸 뿐 아니라 이를 감독할 제 3자(가령 변호사)를 상속자가 성인이 될 때까지 수탁자로 지명해 놓는 등, 재산권이 가장의 사망 후에도 상속자에게 온전히 넘어가도록 하는 것이 관습법 및 관습법 변호사들의 주된 관심사였다.[13] 레이디 린든의

12) Bonfield, *Marriage Settlements, 1601-1740,* 6.
13) 같은 책, 55-56.

첫 남편이 이러한 수탁제도를 이용했다면 에드먼드 배리 같은 불량배가 남편으로 들어앉아 재산을 제 멋대로 주무르며 상속자를 학대하는 것을 예방은 못해도 어느 정도 제어하며 보호할 수 있었을 것이다. 물론 그런 경우 흥미진진한 소설 플롯은 포기해야할 것이다.

잉글랜드 법이 장자상속에 연연하게 된 것은 잉글랜드 지역을 모조리 자신들의 영지로 바꿔놓은 노르망디인들의 정복 이후이다. 앵글로 색슨 시대에는 장남이 모든 유산을 독식하는 법은 거의 없고 나머지 자식들에게도 재산을 나눠주는 분할상속이 관례였다. 노르망디인들이 영국을 정복하기 전, 아니면 정복 이후에도 이들의 지배력이 제대로 미치지 못한 지역에서는 아들이 여럿일 경우, 각자 선친의 땅을 약간씩이라도 물려받는 것이 관례였다. 위의 「결혼」 장에서 논의한 스코틀랜드로의 '도주결혼'(elopement)은 스코틀랜드 결혼법이 잉글랜드보다 더 융통성이 있었기에 번성했다. 스코틀랜드 법에서는 장자상속을 보장하려는 재산권 한정이 잉글랜드보다 덜 중요했기에, 결혼에 대해서도 좀 더 너그러웠다.[14] 그러나 잉글랜드 법에서는 적자 장남이 누구인지 확실해야만 장자상속이 유지될 수 있었기에 재산이 걸려있는 결혼이란 젊은 남녀 간의 자유로운 만남과 결정의 차원을 넘어서는 재산권 보전의 문제였다. 1066년 노르망디인의 영국 정복으로 앵글로 색슨 시대를 종식시키고 곧이어 고도로 발전한 중세 프랑스 문화로 무장한 플랑타주네 왕조가 노르망디인 왕실을 계승한 12세기 중반 이후로 잉글랜드에서는 앞서 「시골」 장에서 소개한 장남 및 장남의 장남의 상속권을 보장하는 장자상속권 법체계가 정착되었다.[15]

장남은 토지 전체를 분할 안 된 상태로 물려받아서 영지의 크기와 품격

---

14) Smout, "Scottish Marriage, Regular and Irregular 1500-1940", 210.

15) Baker, *An Introduction to English Legal History,* 267.

을 보전할 책임을 지고 재산에 대한 권리를 누린다. 차남과 삼남은 집안의 후광을 입고 성직자가 되거나 기사로 떠돌며 자신의 운명을 개척해야 한다는 프랑스 봉건사회의 개념이 영국 땅을 정복한 이들 프랑스 출신 귀족들과 함께 영국에 이식된 것이다. 가장 대표적인 '한정상속'은 바로 장자상속을 보전하는 법적인 조정이다. 「시골」 장에서 설명했듯이, 심지어 상속자가 아들이 없고 딸만 있으면 남자 형제나 부계 사촌의 장자에게 재산이 가도록 재산권을 묶어두는 것이 일반적이었다. 『오만과 편견』의 베넷씨가 처한 상황이 바로 이러하다. 그러나 세기가 바뀌고 시대가 변하면서 영국 관습법이 강력히 보호하는 장자상속은 그대로 따른다 해도 보다 신축적으로 이를 운영할 수 있는 다양한 조치들이 등장한다. 가장 쉬운 해결책은 사촌 간 결혼에 대한 금기가 없었던 서구에서는 재산을 상속받을 친척 총각에게 딸을 주는 것이다. 베넷 씨의 경우, 딸 중 하나를 콜린스씨에게 시집보내면 자신의 사망 후에도 자기 자식이 그 대토지 재산권 향유에 동참할 수 있으니 이 방안에 특별히 매력을 느끼는 게 당연하다. 물론 이렇게 덤덤한 혼사로 소설의 재미를 유지할 수 없는 노릇이기에, 제인 오스틴은 주인공 엘리자베스에게 콜린스보다 더 잘나고 더 부유한 신랑감을 예비해 둔다.

그러나 소설 밖 실제 현실에서는 재산권 한정 자체가 대체로 또 다른 제약으로 한정되어 있었다. 첫 번째 제약은 재산권 조정은 삼대까지만 효력을 발휘하도록 제동을 건 법으로, 할아버지가 손자에게까지만 재산권 상속을 보전할 수 있다는 법적인 제약이 걸려 있는 것으로 영국 관습법 변호사와 판사들은 이해했다. 따라서 해당 손자가 상속을 받은 후 다시 재산권 조정을 새로 설정해야 했다.[16] 만약 그렇게 상속한정을 갱신하지 않은 경우에는, 3세에게까지 내려온 대토지는 자유롭게 처분할 수 있는

16) Bonfield, *Marriage Settlements, 1601-1740,* 101-2.

물건이 되었다. 피상속자는 이 점을 이용해서 한정 제약이 풀리는 토지에 한정을 갱신하지 않고 이를 부분 또는 전부 매각을 할 수 있었다. 실제로 이런 방식으로 주인이 바뀌거나 인수 합병되는 토지들을 근대 시대에 들어오면 빈번히 볼 수 있었다. 둘째, 재산권 조정에는 장남의 상속권 뿐 아니라 딸들의 지참금을 확보해 두려는 부친의 배려가 담겨 있었다. 앞에서 예로 든 토마스 코크 경(Sir Thomas Coke)의 경우처럼, 부친은 장남에게 대토지 전부를 물려주기는 하지만 이 토지에서 딸들에게 줄 지참금을 일정액 범위까지 모기지 담보를 설정해 만들어 주도록 명시해 놓는다. 부동산을 물려받는 장남이 이 조치를 이행하지 않을 경우 소송에 말려들 수 있고, 또한 이러한 소송에서 이길 가능성이 거의 없기에 딸들을 배려하는 재산권 한정은 상당한 구속력을 갖는 법적 장치였다.[17] 이러한 장자상속 그 자체를 제약하게 된 것은 18세기로 넘어오면서 가족 구성원들 간의 애정과 상호존중의 가치가 상류층 가문에도 퍼지기 시작했다는 점과 무관하지 않다. '감성'(sensibility)과 '정'(affection)을 강조하는 시대정신 속에 장자독식의 중세적 엄격함은 상당히 완화되었다. 이제 장자상속의 틀은 유지하되 딸들 뿐 아니라 장자 외에 나머지 아들들에게도 어느 정도 골고루 재산을 물려줄 수 있도록 길을 터놓은 재산권 한정이 지배적인 관행이 된다. 그 결과 상속자는 물려받은 대토지들에 각종 채권과 담보가 설정되어 있음을 인정하고 재산권 행사 및 재산 관리에 있어서 사뭇 복잡한 제약을 감수해야 했다. 이를 청산하려 토지의 일부 또는 전부를 시장에 내 놓는 지주들이 등장하게 되고, 그 덕에 토지거래가 활성화되었다.[18] 딸과 차남에 대한 배려가 보편화됨에 따라 결혼시장도 유동성과 신축성을 얻게 되었다. 상류층은 물론이요 중류층 출신 중에서도 상당히 매력적

17) 같은 책, 106-7.

18) 같은 책, 120; Daunton, "The Wealth of the Nation", 146.

인 규모의 현찰 지참금을 딸들의 몸에 걸고 결혼시장에 내보내는 사람들이 늘어났다. 이들은 재산이 부동산에 묶인 집안의 신랑감에게는 당연히 매력적인 신부감이었다. 동시에 대토지를 상속받지 못하는 둘째, 셋째 아들들도 어느 정도 재산을 현찰로 받을 수 있었기에 이들도 결혼을 통해 번듯한 규모의 부동산 소유주가 될 수 있었다. 장남은 영지를 물려받고 차남은 성직자가 되고 삼남은 떠돌이 기사가 되던 중세와는 상당히 달라진 풍경이 펼쳐졌다. 이러한 추세에 발맞추어 가문끼리 저택으로 상호 방문하는 전통적인 사교 방식 외에도, 런던 '시즌'이나 바스(Bath) 등 휴양지에서 재산이 있는 또는 있는 것처럼 자신을 연출하는 남녀의 활발한 사교가 진행되었다.

구체적인 예를 하나 소개하자면 다음과 같다. 1709년, 로킹햄 경(Lord Rockingham)은 장남 에드워드가 태넛 백작(Earl of Thanet)의 딸 캐서린 터프튼(Catherine Tufton)과 결혼 할 때 재산권 조정을 다음과 같이 했다.

(1) 연소득 2천 파운드 가치의 대토지 전부를 에드워드가 생전에 단독 소유한다.
(2) 이와는 별도로 연소득 1,300 파운드 가치의 부부 공동소유(jointure)가 결혼 이후 여기에 합쳐진다. 이 추가 재산은 에드워드의 외할아버지인 해버샘 백작(Earl of Faversham) 사망 시에 1,600 파운드로 늘어나도록 한다.

두 번째 항목에서 명시한 재산은 아마도 로킹햄의 부인이 결혼 시에 갖고 들어온 공동소유의 몫이 아들에게 가도록 하는 조정일 것이다. 이렇듯 표면적으로는 장남과 큰 며느리에게 모든 재산이 가는 것으로 되어 있으나 거기에서 재산조정이 끝나는 것이 아니다. 이에 덧붙여,

(3) 연 3천 파운드 가치 이상의 로킹행 경 사유 재산에서 15,000 파운드에 해당하는 금액의 지분을 딸들에게 만들어주어야 한다.
(4) 장남 에드워드 부부의 공동재산에서는, 이들이 앞으로 낳을 자녀들 중 차남 이하 아들이나 딸들의 몫으로 15,000 파운드까지 현금 자산을 만들어서 주도록 한다.

따라서 상속을 받은 장남 에드워드는 결혼과 동시에 재산의 일부를 담보를 잡혀서 이 조정에 의거한 현찰을 만들어 여자 형제들에게 주어야 했다. 이를 위해 대토지의 1/2이 담보로 묶였다. 하지만 신부 캐서린도 같은 방식으로 친정 대토지에서 추출한 13,000 파운드의 현찰 자산을 가져왔기에 담보로 손상된 토지 가치는 회복되었다.[19] 장남은 토지, 나머지 형제자매는 토지를 담보로 만든 현찰 자금을 받는 이러한 상속 방식은 장자상속의 봉건적 경직성을 비교적 효과적으로 보완할 수 있었다. 제인 오스틴의 『오만과 편견』에서 베네트 씨는 아들이 없기에 대토지를 그 다음 승계자인 남자 친척 콜린스에게 물려줘야 할 처지라서 딸 결혼 문제에 민감한 것으로 그려지지만, 실제 현실에서는 베네트씨가 재산권 조정을 통해 해당 대토지의 임대수입에서 자신의 사망 시 피상속자가 자기 부인과 딸들에게 일정액의 현찰 연금이 분배되도록 묶어둘 수 있었을 것이다.[20] 『오만과 편견』의 작가는 극적인 효과를 내기 위해 장자상속의 이러한 신축적인 조정 가능성을 의도적으로 축소해 놓았다.

노르망디인 귀족들의 영국 정복 이후 재산권 승계에 관한 영국 관습법의 기본 원리로 행세해온 장자상속은 결혼으로 인한 다 자녀 출산이 야기하는 변수들을 통제하여 장자에게 온전히 대토지가 넘어가도록 하는 것이 목적이었다. 그런데 위에서 살펴보았듯이 시대가 변하면서 장자가 승

---

19) Bonfield, *Marriage Settlements, 1601-1740,* 116-17.
20) Daunton, “The Wealth of the Nation”, 146.

계한 대토지의 일부를 담보로 잡아 추출한 현찰재산이 딸들에게 주어지는 관행으로 발전하면서 결혼이 재산권의 이전 및 분배에 핵심적인 요소로 부상했다. 어차피 장자가 대토지 전부를 물려받는 것이야 정해진 고정적인 변수이었던 반면, 거액의 지참금을 받은 딸들이 누구와 결혼하는가의 여부는 상당히 가변적인 문제였다. 장남의 남동생(들)은 말하자면 장남의 유고시에 재산권을 승계할 '보험용' 예비 상속자로서나 의미가 있었으니, 거기에 맞는 적절한 고등교육을 시키거나 현찰재산을 떼어주면 되었다. 그리고 나면 차남이나 삼남은 결혼상대를 고르는 일부터 시작해서, 모든 것을 알아서 능력껏 인생살이를 꾸려 가면 되었다. 하지만 딸들은 달랐다. 딸들로서는 가급적 유리한 조건을 갖추고 호감이 가는 배우자를 얻는 것이 일생일대의 중차대한 일이었지만, 부모 입장에서도 딸들의 결혼에 따라 가문간의 새로운 연대관계가 성립될 수 있었기에 딸의 결혼은 매우 민감한 관심사일 수밖에 없었다.[21] 리차드슨의 길고 긴 장편소설 『클라리사』는 상당한 지참금과 가문의 후광이 걸려있는 딸 결혼 문제에 부모, 남자 형제, 숙부 등 온 가문이 나서서 개입하는 광경을 장황하게 극화하고 있다. 오늘날 독자들이 보기에는 기괴해 보이는 이런 설정은 당시 시대 배경 속으로 되돌려 놓으면 상당히 그럴듯해 보인다.

21) Perkin, *Women and Marriage in Nineteenth-Century England,* 5-6.

7장 가정

영국소설은 결혼에 관심이 많다. 또한 결혼은 재산권에 연계되어 있다. 그런데 재산은 결국엔 가정에서 소비된다. '경제'(economy)의 그리스어 어원은 '가사규범'(oikos-nomos)이듯이 경제문제인 재산권은 가정살림으로 귀착된다. 가정 살림살이를 먼저 하인을 고용하는 중상층 이상 가정 구성의 측면에서 살펴본 후 별개의 장에서 가정에서 매일 소비하는 음식 문화를 살펴보기로 한다.

가정생활을 논의하기에 앞서 먼저 가정생활의 물질적 토대인 주택에 대해 간략히 살펴보자. 가옥의 실내 구조는 영국소설을 이해하는 데도 그 자체로 유익하다. 결혼과 상속 문제를 즐겨 다루는 영국소설의 상당 부분이 주택 안에서 전개되기에 근대 영국의 주택 구조나 용어와 친숙해질 필요가 있기 때문이다. 먼저 용어들부터 검토해보자면, '집'은 영어로 'house'이다. 그러나 엄밀히 따지면 'house'는 아파트(영국영어에서는 'flat')와는 물론 다를 뿐 아니라 'cottage'와도 다르다. 각종 영한사전을 보면 예외없이 'cottage'는 '시골집'이나 '작은집'이라고 설명하고 있으나, 정확한 의미는 '독채 단층집'이다. 따라서 시골이 아니라 도회지역에도 이러한 'cottage'들이 얼마든지 들어설 수 있다. 예를 들어 디킨스의 『위대한 유산』에서 웨믹이 늙은 아버지를 모시고 사는 남부 런던 월워스

(Walworth) 집은 "자그마한 목조 단층집(a little wooden cottage)"[1]으로 소개된다. 시골이건 도회지건, 단층이 아니라 최소한 2층 이상 되는 집들부터 'house'로 분류된다. 그리고 앞서 「시골」 장에서 지적했듯이 'country house'는 '시골집'이 아니라 대토지의 주인인 젠트리나 귀족이 사는 전원 저택을 지칭한다. 그리고 'cottage'에서 'country house'까지, 시골에 위치한 단독주택이라면 다양한 크기와 급의 정원이 건물에 붙어 있을 것이다. 소박한 농가라면 단순하게는 먹는 채소류를 심는 'kitchen garden'이 있을 것이고, 거창한 젠트리 계층 저택이라면 관상용으로 화려하게 조경을 해 놓은 정원이 집을 에워쌀 것이다.

그러면 이제 이들 집안으로 들어가 보자. 큰 저택으로 들어가면 근세 초기 시대라면 'hall' 또는 'banqueting hall'이 방문객을 맞이할 것이다. 지방 유지들인 젠트리 계층이나 귀족들은 저택의 'hall' 이곳에서 잔치나 파티, 음악회 등을 베풀 것이다. 18, 19세기에는 이들 'hall'이 두 가지로 방향으로 분화된다. 하나는 'dining room'이란 이름으로 바뀌게 된다. 이 공간은 주로 손님을 초대해서 'dinner party'를 하는 과시용 공간으로 상당히 화려하고 멋지게 꾸며놓았을 것이다. 이와 아울러 만찬 장소 기능을 하지 않는 순전히 과시적인 응접실 공간인 'saloon'으로도 'hall'이 진화했다. 이러한 고급 저택들을 포함해서 상대적으로 작은 규모의 시골저택들에는 'hall'과 별도로 'parlour'라고 불리는 가족생활용 거실공간을 마련해 놓았다. 프랑스어 'parler'(말하다)에서 나온 이 말은 사적인 대화를 나누고 평상시 식사를 하는 용도의 공간으로, 웬만한 저택에는 하나 또는 그 이상의 'parlour'가 있을 것이다. 이러한 'parlour'와 유사하게 사적인 아늑함이 주안점인 거실이 'drawing room'이다. 이때 'drawing'은 'withdrawing'의 준말이다. 이 공간은 대개 집주인 가족이 조용한 프라이

1) Dickens, *Great Expectations*, 195 (ch.25).

버시를 즐기는 거실로, 천정이 낮고 아늑한 느낌을 주는 분위기였다. 별도의 과시용 거실이 없는 'cottage'나 중간계층들의 'house'에서도, 원룸식이 아니라 침실이 있는 집이라면 이러한 'drawing room' 공간은 대개 마련되어 있었다. 반면에 큰 저택에서는 이러한 'drawing room'이 안주인의 공간으로, 또는 손님 접대 시 남자 손님들은 'dining room'에 남아서 '2차'로 술을 마시는 동안, 여자 손님들이 식사 후 차를 마시며 수다를 떠는 공간으로 사용될 것이다.2) 이밖에 주인이 학문에 조예가 깊거나 아니면 남들에게 그런 인상을 주고 싶은 경우 'library'(서재)를 별도로 만들어 놓고 거기에 장서를 빼곡히 꽂아 놓았을 것이다. 이러한 'library'는 책을 보거나 집필을 하거나 손님과 대화를 하는 남자주인 전용 '사랑방'의 역할을 했다.3)

단층집이 아니라 2층 이상 되는 집이라면 이러한 1층(영국식으로는 'ground floor', '지층')에는 거실 공간들이 배치되어 있고 2, 3층(영국식으로는 각기 1, 2층)에는 침실이 배치되어 있을 것이다. 대개 저택들이라면 여성용 침실에는 하녀(들)의 도움을 받아 옷을 입고 화장하는 'dressing room'이 붙어 있을 것이며, 남자용 침실에는 같은 기능을 하는 'cabinet'이 붙어 있을 것이다(이 말이 '각료회의'를 지칭하게 된 것은 윌리엄 3세가 최측근 장관들을 자신의 침실 옆 'cabinet'에서 아침에 만났던 데서 연유한다). 18세기에는 프랑스 유행을 따라 여성 주인이 혼자 편안하게 생활하는 사적인 거실인 'boudoir'가 별도로 설치되기도 했다. 프랑스 소설들에서는 이들 'boudoir'가 유부녀의 외도 장소로 사용되는 경우가 종종 있지만, 성 문제에 관한 '점잖은' 영국소설에서 'boudoir'는 그런 목적으로 사용되는 경우가 드물고 애초에 자주 등장하는 공간은 아니다.

---

2) Trevor Yorke, *The Country House Explained* (Newbury: Countryside Books, 2003) 116-18.

3) 같은 책, 123.

침실 전면에 놓여있는 이들 방들과는 별도로 침실 후면에는 'closet'이 설치되어 있을 것이다. 이곳은 근세초기에는 밑에다 요강(chamber pot)을 댄 화장실 의자(stool)를 보관하는 공간이었으나 17세기말부터 이 'closet'은 점차 커지고 화려해져서 침실에 붙어 있는 또 다른 사적인 공간의 기능도 했다. 이 별개 공간은 18세기에는 점차 더 커지고 화려해진다. 리차드슨의 『파멜라』에 자주 나오는 이 'closet'은 파멜라가 편지를 끝없이 써대는 방어적 공간이다. 그녀의 몸을 탐하는 미스터 B는 'closet'까지 쳐들어와 파멜라를 공략한다. 파멜라가 'closet'에 둥지를 틀 수 있었던 것은 그녀가 주인마님의 치장을 거들던 특별한 하녀였기 때문이다. 파멜라와 달리 나머지 하인들은 지하층이나 건물 뒤편 부엌에 배치되어서 거기에서 각종 업무에 투입되었다. 또한 이들은 주인가족이나 손님이 보이지 않는 별도의 거실 공간인 'servants' hall'에서 식사를 하거나 지친 팔다리를 쉴 수 있었다.[4]

영국 살림집의 이렇듯 복잡한 공간분화는 16세기말 잉글랜드 지역에서는 소위 '주택 혁명'으로 불리는 거주공간의 변혁 이후 진행되었다. 1500년대까지만 해도 인구의 큰 비중을 차지하는 자영농들이 사는 집은 방 하나짜리 단층집들이었다. 16세기 중반을 거치면서 이러한 농촌 단층집들의 층수가 올라가기 시작했고, 덩달아 방들의 수도 늘어났다. 중류층 이상 되는 집들은 계단을 설치해서 층수를 늘렸고, 큰 방을 특별 기능에 따라 나누기 시작했다. 또한 나무 창 대신에 유리창을 사용해서 채광을 개선했다. 그리고 무엇보다도 건물 위로 뽑는 굴뚝을 집안에 설치해 실내 공간의 활용도를 높이고 난방문제를 획기적으로 개선했다.[5] 부유층들 집에서는 이후 영국에서 '따듯한 가정'의 상징으로 정착된 벽난로가 처음

---

4) 같은 책, 119-20.

5) Harrison, *The Common People: A History from the Norman Conquest to the Present,* 135.

등장한 것도 이 시기이다. 중세 시대 난방 방식은, 열린 홀 가운데 불을 지펴놓고 위 천정에 구멍을 뚫어 연기가 빠져나가게 하는 것이었다(연기가 나가는 구멍을 “루브르louvre”라고 불렀다).[6] 이것이 열효율은 물론이요 화재의 위험이 클 수밖에 없는 원시적인 난방방식이었음은 두 말할 나위없다. 이제 근세로 넘어오는 튜더 시대에 굴뚝을 붙박이로 실내 공간에 설치하는 기술이 발달하자, 벽난로를 통해 실내 공간을 따듯하게 유지할 수 있었다. 이러한 공간 활용방식의 개선에 맞물려 영국인들은 각종 안락의자, 카펫, 커튼 등을 구입해서 실내에서의 편안하고 아늑한 생활을 추구했다. 부엌을 집안으로 끌어들인 것도 획기적인 변화였다. 중세 시대에 부엌은 화재의 위험 때문에 별채에 설치했던 데 반해, 16세기부터는 본채 안 구석이나 지하에 부엌을 설치하기 시작했다. 지하나 반 지하에서 하인들이 고용주 가족을 위해 음식을 만들고 빨래를 하는 시대가 이때부터 열리기 시작한 것이다.[7] 물론 가난한 농민들은 여전히 부엌을 집안에 설치하지 못해서 밖에서 음식을 만들었고, 단층집의 층수를 올리지 못했지만, 최소한 방의 수는 늘어났다. 남루한 시골 단층집들도 최소한 방 두 개씩은 갖추게 된 것이다.[8]

시골 저택에 사는 젠트리 계층들은, 앞서 「도시」 장에서 지적했듯이, 대개 런던 서부 상류층 지역에 ‘타운 하우스’를 임대하거나 소유했다. 런던에서 사는 사업가나 상인들도 할 수만 있다면 비교적 쾌적한 런던 상류층 동네에서 살려고 했다. 문제는 정원이 꼭 붙어 있는 시골 저택과는 달리 도시에서는 땅을 넉넉히 사용할 수 없다는 것이었다. 그래도 영국 상류층은 가급적 시골 저택의 구조를 도시에서도 유지하려는 욕구가 강했다. 일단 (위의 「도시」 장에서 다룬) ‘스퀘어’ 개발을 통해 입주자 전용

---

6) Yorke, *The Country House Explained,* 104.

7) Guy, “The Tudor Age (1485-1603)”, 275-77.

8) Harrison, *The Common People,* 136.

공원인 '스퀘어'를 가운데 만들어놓았다. 이들 스퀘어를 둘러싼 '타운 하우스'들은 서로 어깨를 맞댄 채, 집 사이 빈 공간을 남겨두지 않았다. 그만큼 런던 땅이 귀한 자원이었던 까닭이다. 그러나 이들 타운 하우스들도 수직으로 좁게 위아래 다층구조로 지어서, 시골 저택의 공간 배치법을 모방했다. 18, 19세기까지 타운하우스의 기본 모델을 제시한 건축양식은 17세기말에 지어진 블룸스버리 스퀘어(Bloomsbury Square)이다. 각 가구는 단순한 직사각형 형태로 각 층이 구성되어있고, 같은 키의 건물들은 반지하 1층, 지상 4층까지 좁고 긴 공간에 산다. 가구와 가구 사이에는 든든한 벽돌로 차단해서 집 사이의 소음 및 화재를 예방했다. 반 지하 1층에는 하인들이 일하는 부엌, 세탁실, 창고 공간이 들어섰다. 1층(영국식으로 말하면 'ground floor', 지층)에는 손님을 맞이하고 식사하는 ('parlour'와 'dining room' 등의) 거실 공간, 2, 3층(영국식으로는 1, 2층)에는 주인가족 구성원들의 침실과 'dressing room', 'library' 등이 자리잡았다. 맨 위 4층 다락방들에는 하인들의 침실이 배치되는 형태였다. 당시로서는 이렇게 길고 좁게 잘라놓은 수직 다층구조의 생활공간은 매우 새로운 건축개념이었다. 그러나 이후 이 형태는 층수나 평수의 변형이 있기는 하나 런던 및 기타 영국 도시의 주택 설계의 기본 형태로 자리잡았다.[9] 이러한 구조의 타운 하우스는 다락방에서 자며 지하 부엌에서 1층 거실이며 2, 3층의 주인 가족들 침실로 하루 종일 계단을 오르락내리락 해야 하는 하인들로서는 무척 불편한 건축양식이었다. 반면에 주인 측에서는 이웃으로부터 또한 가족 간 프라이버시를 보장하는 이상적인 주택 구조였기에, 수직 다층구조 타운하우스는 영국 도시의 주거 건축의 확고한 모델로 군림했다. 도시 인구가 급격히 증가한 19세기까지도 각 가정의 '프라이버시'를 최대한 보장하는 것이 주택 건축의 일차적인 기준

9) Porter, *London: A Social History,* 128-29.

이었다. 위층과 아래층에 다른 가구가 사는 아파트는 영국인들이 극히 꺼려했고 지금까지도 그런 경향이 지배적이다. 집은 가급적 독립된 'house'여야 한다는 신념에 매달려 가정의 사생활 보장의 절대적 중요성을 신봉한 영국인들은 도시화에 역행하는 주거 형태를 선호했다. 긴 출퇴근 시간을 감수하면서도 시내 사무실에서 상당히 떨어진 외곽 지역 교외 'suburb'에서 독채 또는 반독채(semidetached) 형태의 집들에서 살기를 원했고 지금까지도 그러한 성향은 그대로 이어지고 있다.

사업가들의 사무실이 들어선 런던 시티에서는 공간을 최대한 효율적으로 활용하기 위해서 건물들이 다닥다닥 붙어있었다. 그렇긴 해도 비좁은 대도시에서도 프라이버시를 추구하는 영국인들의 습성은 시내 건물들에도 반영되었다. 20세기에 들어와 사업가들의 도시를 대표하게 된 맨해튼이 길거리를 바라보는 건물들이 나란히 옆으로 서 있는 것과는 달리 런던 시티의 건물들은 도로에서 골목으로 벗어나 있는 건물들의 집합이 열린 공간을 둘러싸고 있는 형태가 많다는 점이 특징이다. 이 꽉 막힌 또는 한쪽이 트인 사각형 형태를 이루며 서로 마주보게 지어놓고 가운데 포장해 놓은 '안뜰'(court, courtyard)을 건물들이 공유하도록 지어서, 도로 소음을 차단하고 최소한의 아늑함을 추구했다. 시티의 구두쇠 사업가 스크루지 씨가 사는 곳이 바로 이러하다. 크리스마스 이브에도 늘 그렇듯이 혼자 그는 "늘 가는 우울한 주막에 가서 우울한 식사"를 한 후, 집으로 가는데, "그가 사는 아파트는 마주 보는 건물들 벽 사이 뜰 위로 내려앉을 듯 쌓여 있는 건물"에 속해 있다.[10)]

스크루지는 상주하는 하인을 두지 않고 썰렁한 집에서 혼자 산다. 이런 사실을 포함해서 모든 면에서 스크루지는 예외적이다. 대부분의 사람들은 '가족'과 함께 살 것이다. 하지만 '가족'이 우리가 생각하는 '식구'나

---

10) 디킨스, 『크리스마스 캐럴』, 27.

'피붙이'의 의미와는 다소 차이가 있다. 허구의 요소는 최대한 숨기고 사실성을 최대한 내세우는 디포의 『역병 해 일지』(*A Journal of the Plague Year*)의 서술자 "H. F."는 미혼 독신남성이지만 자신의 '가족'(family)에 대한 언급을 종종 한다. 이 '가족'의 구성원 중에 자신과 친족관계 있는 사람은 단 하나도 없다. "내 가족이라고는 살림을 관장하는 노파 한 명, 하녀 하나, 도제 두 명, 그리고 나, 이게 전부였다"[11]고 그는 자신을 소개한다. 따라서 'family'란 말을 '가족'이라고 번역하는 것 자체가 적절치 않다. '식구'라고 하는 편이 더 낫겠으나, '같은 밥상에서 먹는' 사람들이 식구일진대 하인들과는 같은 상에 앉지 않는다. 이들을 포함한 단위를 '식구'로 옮기는 것도 마땅치 않으니 그냥 '가족'을 고수하는 편이 더 나을 듯 하다. 아무튼 'family'는 한 집에 혈연 또는 경제적인 계약에 의해 동거하는 모든 사람들을 지칭하는 이중적인 개념으로 이해해야 한다. 디포의 H. F.처럼 혈연관계가 있는 동거인이 없는 경우에도 고용 계약에 의해 동거하는 사람들인 하인, 도제 등만으로도 얼마든지 'family'가 구성될 수 있었다.[12] 가정의 구성 양상이 어떠하건 간에 한 가지 고정된 요소가 있었다. 그것은 어떤 가정이나 가족이건 '주인'(master)이 있다는 것이다. 그는 집(house)의 소유주이거나 세입자이고, 피고용인들이 있는 경우 이들의 고용주이며, 부양가족이 있는 경우 이들의 가장이다. '집'을 포함한 부동산 재산권을 한 개인 남성에게 귀속시키는 것이 영국 관습법의 근간이었기에 이러한 '주인' 내지는 '가장'의 법적인 책임 및 권리는 매우 중요했다.[13]

---

11) Daniel Defoe, *A Journal of the Plague Year*, ed. Louis Landa (Oxford: Oxford University Press, 1990) 75-76.

12) Harrison, *The Common People*, 117.

13) Theresa M. McBride, *The Domestic Revolution: The Modernisation of Household Service in England and France 1820-1920* (London: Croom Helm,

그렇긴 해도 남성 주인장이 가정에서 맘껏 폭군으로 군림할 수 있는 것은 아니었다. 당장 혈연 및 고용관계로 묶여있는 다양한 사람들을 관리하는 일이 혼자 감당하기에는 만만치 않았다. 집이 클수록 피고용인들이 많을 터이니 이들을 일일이 감독하다 보면 신사답게 살 여유를 빼앗길 뿐더러 공적인 생활에도 방해를 받을 것이다. 가장의 권리는 다른 권력과 마찬가지로 대리인들에게 위임하고 분산되기 마련이었는데, 가장 중요한 제 2인자는 가장과 평생 혼인관계로 묶여 있는 부인이었다. 이들 부인들의 지위, 생활 및 부부간의 관계는 경제, 사회적 계층에 따라 달랐다. 가장 최상층 부인들은 앞서 「결혼」 장에서 설명했듯이 일단 상속자 아들을 낳아준 다음부터는 상당한 정도의 자유로운 생활을 집 안팎에서 할 수 있었다. 부부가 같은 침대는 고사하고 같은 방을 쓰지도 않았다. 위에서 살펴보았듯이 귀부인들은 별도의 침실과 'dressing room', 'boudoir' 등의 공간에서 하녀들의 시중을 받으며 지냈고 남편과는 아래층 거실 공간들인 'drawing room'이나 'parlour', 'dining room' 등에서 하루 중 몇 시간을 같이 보내면 되었다. 디킨스의 『블리크 하우스』의 레스터 데들록 경과 레이디 데들록 부부의 예를 들자면 데들록 경의 부인에 대한 사랑이 지극하지만, 또한 서로 예의를 갖추며 거실에 함께 있지만, 각자 방은 따로 쓴다. 출신이 불분명한 레이디 데들록은 후계자도 낳아주질 않았는데도 그토록 부인을 사랑하는 점이 다소 예외적이긴 하다. 대저택과 토지를 상속받아 누리고 있는 레스터 경의 부인에 대한 태도에 대해서 레이디 데들록의 시집 친척들도 눈살을 찌푸린다. 하지만 레이디 데들록 같은 귀부인이 혹시 아이를 낳았다 해도 상황은 크게 변할 게 없었다. 육아 또한 피고용인들의 업무로 이관되었다. 아직 젖을 떼지 않은 아이도 유모를 고용해서 아이에게 젖을 먹이도록 하고 온갖 뒤치다꺼리는 하인들에

1976) 26.

게 맡긴 후, 본인은 우아한 모습을 유지하거나 사교에 시간을 보냈다. 한국 어머니들이 그토록 열을 올리는 교육 문제 역시 여자 가정교사(governess)나 남성 튜터(tutor)에게 맡기거나, 아니면 아들인 경우 기숙학교에 보내면 되었기에, 자식들의 교육이 귀부인이 인생을 즐기는 데 큰 장애가 되지 않았다. 물론 음식을 하거나 빨래를 하는 등 손에 물 묻힐 일은 전혀 하지 않았다.[14)]

이렇듯 '가사' 및 육아로부터 근본적으로 '해방'된 상류층 부인들의 생활방식은 그 아래 계층으로 내려가며 조금씩 그 '자유'가 축소되는 형태를 보여준다. 남편의 경제력에 따라, 또한 집의 크기에 따라 고용된 스태프의 수가 달랐다. 남편이나 본인의 사회배경에 따라 부인의 사교 및 사회생활 범위도 달랐다. 그래도 형편이 되건 안 되건 가급적 상류사회의 모델을 따라가려고 모든 가정들은 진력했다. 중산층에 속하는 최소 자격 기준은 직접 본인이 가사 일을 전담하는지, 아니면 하녀가 하나라도 있는지 여부였다. 이 기준에 비춰볼 때 『크리스마스 캐럴』의 봅 크래칫 가문은 가사 도우미가 한 사람도 없기에 중산층에 끼지 못한다. 남루한 집에 오밀조밀 사는 크래칫 네가 가난하긴 해도 부부금실이 좋은 화목한 가정이듯, 경제력과 사회적 지위에 따라, 또한 집의 '평수'에 따라 부부의 관계도 달라졌다. 상류층에 비해 거주 공간이 좁은 중간계층 부부들은 일단 같은 침실 및 같은 침대를 사용했다.[15)] 중간계층은 상류층보다 부부가 잘 때나 깨어 있을 때나 서로 얼굴을 맞댈 일이 더 많았다. 또한 생활방식 및 라이프스타일이 관행대로 정해져 있는 상류층과는 달리 중산층 이하의 부부는 의사결정을 함께 해야 할 일이 많았다. 그만큼 중산층 부부관계는 동반자적인 측면이 더 강했고, 부인의 역할이나 의지, 성향이 가정에 적지 않

---

14) Perkin, *Women and Marriage in Nineteenth-Century England,* 97-98.
15) 같은 책, 281.

은 영향을 미쳤다.[16] 반면에 하위 노동계층은 온 가족이 생계유지 전선에 투입되다 보니 상류층과는 정반대 의미에서 가사로부터 '해방'된 셈이었다. 애초에 '집'이랄 게 없는 남루한 공간에서 잠이나 겨우 자며 집 밖에서 장시간 노동을 하거나 집 안에서도 가내 하청노동을 해야 하는 이들에게 가정은 상류층이나 중산층과는 전혀 다를 의미로 다가올 수밖에 없었으며, 이러한 가정은 손쉽게 '해체'될 위험에 늘 노출되어 있었다.

하위 노동계층 이상 최소한의 '품위'(gentility)를 유지하려는 가정이라면 한두 명의 여자 하인을 두는 것이 필수적인 선택이었다. 소설 밖에서 예를 들자면 『제인 에어』의 작가 샬롯 브론테의 아버지 패트릭 브론테 목사는 1820년에 하워스(Haworth) 목사관으로 부임해 가면서 연봉 200 파운드를 받았다. 그는 별로 큰 수입이 아닌 편인 이 돈을 쪼개서 하녀 둘을 고용했다.[17] 상주 가사노동 고용이 품위유지 비용에 필수적으로 포함되었음을 보여주는 좋은 예이다. '커트라인' 수준인 하녀 둘부터 시작해서 점차 늘어나는 가사노동자들의 숫자는 해당 집안의 사회적 지위를 쉽게 가늠할 수 있는 잣대였다. 중상층으로 인정받으려면 가사노동자 수가 두 자리 수로 올라가야 했고, 상류층 가정들에서는 그 수가 수십 명에 육박했다. 심지어 최상위층 대귀족들인 공작(Duke)들은 무려 300명이 넘는 스태프가 이들의 '살림'(대개는 시골 저택과 런던 타운 하우스 등 복수의 '집'에서)을 관리해주었다.[18] 가사노동자가 두 자리 수에 못 미치는 중간층이라 해도 부인이 얼마나 가사로부터 자유로운지 여부, 얼마나 상류층 귀부인처럼 우아한 모습 유지와 사교에 전념하는지 여부는 남편 및 그 집안의 사회적 지위의 결정적인 지표였다. 18세기말부터 경제가 급속

16) Howarth, "Gender, Domesticity, and Sexual Politics", 165-67.

17) Pamela Horn, *The Rise and Fall of the Victorian Servant* (Dublin: Gill and Macmillan, 1975) 17.

18) 같은 책, 20-21.

히 팽창하던 덕분에 지속적으로 늘어나는 중산층들은 '부르주아적 이념'에 따라 독자적인 생활방식을 추구하기는커녕 상류층의 생활방식을 모방하느라 여념이 없었다. 약간이라도 여유가 생기면 아이들 돌보는 일을 돕는 '유모하녀(nursemaid)'부터 시작해서 부엌일, 청소 담당, 옷치장 도우미 등으로 하녀의 수와 종류를 늘려갔다. 심지어 살림과는 직접 상관이 없고 상류층 저택에서 손님을 맞이할 때 문을 열고 닫아주는 과시적인 역할을 하는 '안내원'(footman)까지 두기 시작했다. 전형적인 중간계층의 상위권에 속하는 한 가정의 예를 들자면 이런 식이다. 런던 패딩튼(Paddington) 하이드 파크 가든스(Hyde Park Gardens)에 사는 유통업자 제임스 블라이스(James Blyth) 씨는 부인과 딸 넷, 아들 하나를 낳았다. 이렇게 일곱 '식구'만이 이 '가정' 구성원의 전부인 것은 절대로 아니었다. 이 7명에 덧붙여서 여자 가정교사, 남자 집사(butler), 안내원, 유모 각 1명, 옷차림 도우미 2명, 부엌담당 여자 하인, 설거지 담당 하녀, 여자 요리사, 집 청소 담당 하녀 각 1명, 총 9명의 스태프를 고용했고, 이들은 이 집에 상주하며 집안일을 돕고 숙식을 해결했다.[19] 19세기 중반에 이르면 가사일에 관여하는 것은 물론이요 어린 자녀의 콧물도 직접 어머니가 닦아주는 것은 '품위'에 어긋난다고 생각할 정도로 부인 겸 어머니의 가사 및 육아에의 참여 여부를 두고 '계급의식'의 가장 민감한 전선이 형성되었다.[20]

근대 영국사회에서 가정의 '품위'와 부인의 여유로운 삶이 직접 맞물려 있던 덕분에 상류층 및 중산층 가정들은 '일자리 창출'의 주역 중 하나였다. 앞서 「시골」 장에서 살펴본대로, '농업혁명'을 거치면서 농촌 노동력이 대거 방출되었고, 가난한 농민의 자립적 생존이 어려워졌다. 이들 '잉여인구'들 중 여성들로서는 가장 손쉽게 일자리를 찾을 수 있는 곳이 유

19) Kathryn Hughes, *The Victorian Governess* (London: The Hambledon Press, 1993) 24-25.

20) 같은 책, 13-14.

한층 가정들이었다. 물론 일이 쉽지는 않았다. 출퇴근이 따로 없이 하루 종일 화장실이나 수도가 없던 시대에 여러 층으로 연결된 집의 계단을 오르내리며 밤늦게까지 수발을 들고 음식 만들고 먹은 것 치우는 등 집안일이 끊이지 않았다. 게다가 '품위'를 과시하는 주인 가족을 보면서 늘 자신의 열등한 처지를 잊지 않을 수 없었으니 이들의 처지는 결코 행복한 편일 수는 없었다.[21] 모든 직장이 그렇듯이 조건이 열악한 곳이 있었고 상대적으로 나은 곳이 있었다. 상류층으로 갈수록 사는 집도 그렇고 대우도 좋았던 반면, 중산층의 경계선에 있는 가정에서의 하녀 생활은 매우 열악할 수밖에 없었다. 그렇긴 해도 아직 여성 일자리가 다양하게 분화되지 않았던 시대에 숙식을 해결해주고 현찰 임금도 쥐어주는 이런 가사노동자 생활은 힘들긴 해도 생계를 해결하는 확실한 방법이기도 했다.[22] 게다가 고용주와 맘이 잘 맞고 큰 사고를 치지 않으면 장기간, 심지어 종신 고용으로 이어지는 경우도 적지 않았다. 영국소설에 종종 등장하는 『폭풍의 언덕』의 주요 서술자인 넬리 딘 같은 '집 관리인'(housekeeper)아주머니들이 그런 경우에 해당한다. 가사노동이 고되긴 했으나 그 대안도 별로 매력적이지 않았다. 공장에 가서 장시간 열악한 조건에서 단순 노동을 하거나 아니면 길거리로 내몰려 행상을 하거나 심지어 몸을 팔아야 하는 상황에 비하면, 남의 집 가정부 생활이 무조건 처량하고 서글픈 것으로 생각될 수는 없었다.

고용주 측에서도 이들 가사노동자들과 한 집에서 생활을 했기에 피차간의 관계는 일방적이기 보다는 상호의존적일 수밖에 없었다. 주인가족이 시골 전원저택에서 런던 타운 하우스로 또는 심지어 휴양지로 여행하는 경우에도 이들 가사 노동자 팀 전부 또는 일부를 대동하고 가는 경우가

21) Horn, *The Rise and Fall of the Victorian Servant,* 20-22.

22) McBride, *The Domestic Revolution,* 34.

많았다. 말하자면 주인마님과 아가씨들이 하인들 없이는 아무것도 못하고 또한 안했기에, 이들은 주인과 같이 움직이는 '식구'나 마찬가지였다.[23] 고용인 측으로서는 가사 관리팀을 상시 운영하는 것이 상당한 고비용 생활방식이었다. 특히 위에서 예로 든 브론테 목사나 사업가 블라이스 씨 같은 중산층 가장들에게 하인 고용은 적지 않은 경제적 부담이었다. 일단 집이 이들을 수용할만한 규모로 커야 하고, 이들에게 옷을 입히고 숙식을 제공하는 비용, 또한 1년 4분기 단위로 계산해 주는 현찰 봉급 등도 마련해야 하는 등, 고용주가 져야 하는 경제적 부담은 결코 가볍지 않았다.

가사노동력을 집안에 상주시키는 것이 상당한 경제적 부담이었음에도 불구하고 도우미들을 집에 데리고 있는 가구들의 수는 19세기에 들어와 꾸준히 증가했다. 19세기 영국사회는 산업혁명을 거치며 다양한 일자리가 만들어져서 젊은 남녀의 노동력을 흡수했다고 생각하기 쉽다. 공장도시들이 몰려있는 중북부지역에서는 어느 정도 해당되는 말이지만 인구의 다수가 살던 런던 및 영국 남부까지 확대해서 보면 실제 역사는 그렇지 않다.[24] 오히려 외형적으로만 보면 전근대적이라고 할 '하인'과 가정부들의 숫자는 산업화가 진행되며 더 늘었다. 경제력에 여유가 생긴 중산층 가정들은 서비스 부분의 여성 일자리 창출의 중심축 중 하나였던 것이다. 산업혁명이 상당한 정도로 이미 진행되었던 1851년에서 1871년 시기에 총 독립 가구 수가 36% 증가한 반면, 여성 도우미의 수는 56%나 증가했다. 1871년 공식 인구조사는 1861년부터 10년간 여성 가사 도우미들의 수가 사상 가장 많이 증가했음을 보여줬다. 이러한 추세는 1890년대 가서야 바뀌기 시작했다. 결정적인 사건은 제 1차 세계대전으로, 이때 젊은

23) Horn, *The Rise and Fall of the Victorian Servant*, 22-23.

24) 같은 책, 27-28.

남성들이 대거 전장에 투입된 후에야 여성들이 본격적인 가정 도우미 외에 다른 일자리로 진출하게 된다.[25]

이들 여성 도우미들을 무조건 '하녀'로 번역하는 것은 적절치 않다. 가사 도우미들 간에 뚜렷한 위계질서와 다양한 역할분화가 있었기 때문이다. 여성 도우미 중 가장 높은 자리는 '집관리인'으로, 본인이 직접 가사를 하는 경우도 있지만 고용인이 많은 집의 경우 자기 밑에 있는 다른 일꾼들을 관리하는 '관리직'이었다. 대개 가사 도우미 경력이 많이 있고 주인의 신망을 받는 중년 여성들이 '집관리인'이었는데, 앞서 예를 든 『폭풍의 언덕』의 넬리 딘이 좋은 예이다. '집관리인'은 남성 관리인이 없는 경우 가정의 제 2인자이자 가사 도우미 팀의 총 관리인으로서 상당한 권력을 행사했다. 그녀가 맡고 있는 열쇠꾸러미는 바로 이러한 권위를 상징했다. 집관리인이 자기 밑에 있는 여성 도우미들을 알아서 고용하거나 해고할 수 있었기에(단, 여주인 담당 하녀와 유모는 주인이 직접 채용하거나 해고했다) 아래 사람들로서는 매우 두려운 존재였다.[26] 디킨스의 『블리크 하우스』에서 에스더에게 잔다이스가 열쇠꾸러미를 '수여'하며 가정관리 담당 역할을 부여하자 에스더가 감동하는 장면이 현대 독자들로서는 이해하기 어렵지만, 당시 기준으로서는 충분히 이해할만한 것이다.

바로 그 밑에 있는 '고급 가사 도우미' 자리는 '여주인 담당 하녀' (lady's maid)로, 여주인과 늘 붙어 있으며 화장과 치장을 돕고 외출 시 수행원 역할도 하는 비교적 안락한 보직이었다. 대개 어느 정도 교육을 받은 용모 단정하고 행실이 바른 젊은 아가씨들이 여주인 담당 하녀로 채용되었다. 또한 여주인이 항상 곁에 달고 다니는 사람인만큼 주인마님이 직접 선발했다. 리차드슨의 파멜라가 바로 이러한 '여주인 담당' 도우

25) 같은 책, 23-25.

26) 같은 책, 53.

미로, '미스터 B'의 모친의 총애를 받으며 '곱게 자란' 몸이라는 자부심이 대단하다. 파멜라가 청소나 빨래를 하는 하녀가 아니라 이러한 고급 도우미였기에 주인 총각의 눈에 들 수 있었던 것이다. 반면에 『블리크 하우스』의 프랑스 아가씨 마드므와젤 오탕스는 레이디 데들록의 수행 하녀로서 독자들로서는 이해하기 어려울 정도로 극심한 원한에 사로잡혀 급기야 변호사 터킹혼을 살해한다. 파멜라나 오탕스는 현실에서 만나보기는 쉽지 않은 극단적인 인물들이겠으나, 이러한 여주인 담당 하녀들이 그만큼 중요한 위치일 수 있음을 방증하는 설정들이긴 하다. 이들 여주인 담당 하녀들이 이렇듯 '고급' 일자리이다 보니 그 아래 있는 다른 하녀들은 늘 이들을 질시하고 미워했다. 그러한 시샘은 주인마님 곁에 있는 한 큰 문제가 안 될 수 있지만 이 자리의 단점이 있다면 '정년'이 있었다는 것이다. 일의 성격상 이 자리는 젊고 청순한 아가씨에게 맞는 것이지 나이가 들기 시작하면 그만 둬야 했기 때문이다. 파멜라는 운 좋게 꽃다운 나이에 곧장 총각 주인의 부인으로 파격적인 승진을 하지만, 이러한 '로또'는 그야말로 로또이고, 오탕스처럼 더 청순하고 젊은 아가씨에게 자리를 내주고 해고되는 쓴 맛을 보는 경우가 훨씬 더 일반적이었다.[27)]

'집관리인'이나 '여주인 담당 하녀'가 고급 일자리라면 그 이하는 본격적으로 '궂은 일'을 하는 자리들이다. 이중에서 그래도 상위권에 속하는 것은 주인집 아이들에게 모유를 먹이고 기저귀를 갈아주는 중요한 역할을 맡은 유모(nurse)이다. 큰 저택이라면 유모 밑에 추가로 유아담당 하녀(nursery maid)들을 둘 것이다. 그 다음 직급은 집안 여기저기를 돌아다니며 청소하고 정돈하는 '집 하녀'(housemaid)들 또는 '팔러 담당'(parlour maid) 들이다. 이들은 주인 측 가족들이나 손님들과 마주칠 수 있는 위치이니 이들을 고용할 때는 근면함뿐 아니라 외모도 기준이 되었다.[28)] 소설

27) 같은 책, 58-59.

에서 큰 역할을 부여받은 집 담당 하녀들은 거의 없다. 한 가지 예외가 있다면 디포의 『록사나』이다. 불미스런 과거를 숨기고 런던 사교계에 데뷔하여 최상위층 남성들을 끌어들이던 '록사나'네 저택에 공교롭게도 자신의 첫 결혼의 산물인 딸 수전이 하녀로 들어온다. 그녀는 여주인이 누군지 모른 채 '집관리인'이 선발해서 집안 청소 및 정리정돈 담당 하녀로 고용된다. 평상시에는 여주인을 볼 일이 거의 없는 보직이지만, 연회를 벌일 당시에 수발을 들다가 록사나를 본 후 주인마님이 자신을 버린 친어머니일지 모른다는 '느낌'을 갖게 된다. 이후 이 아가씨는 이 '느낌'이 확신으로 굳어지자 록사나를 쫓아다니며 친자인정을 받으려 분투하지만 록사나는 양심이 찔리면서도 어떻게 해서든지 아이를 피해보려 노력하는 거북하고 어색한 상황이 소설의 뒷부분을 짓누른다.

'집 담당 하녀'보다 더 아래로 내려가면 그야말로 '아래층'에서만 주로 생활하는 부엌관련 인력들을 만나게 될 것이다. 이들은 남자 또는 여자 요리사(cook)의 통제를 받는데, 요리사의 위치 자체는 '집 관리인' 다음으로 중요했다. 다만 (반)지하 부엌에서 주로 생활하니 주인과 마주칠 일이 없을 뿐이다. 이러한 독립성 덕분에 요리사 나름대로 주인 돈으로 산 재료들을 요령껏 빼돌려 식생활을 즐길 수 있는 여지가 늘 있었다. 소위 '계단 아래의 상류생활'(highlife below stairs)이라는 풍자적인 관용구는 이런 점에 대한 주인 측의 불안감을 요약한다. 요리사 밑으로 '부엌 하녀'(kitchenmaid)와 '설거지 하녀'(scullery-maid)가 배속되어 있을 것이다. 그밖에 '계단 아래' 공간에서 주로 일하는 하위직급 자리들로는 별도의 세탁실에서 하루 종일 일하는 '세탁 하녀'(laundry maid), 그리고 최하위층에 속하는 '잡역 하녀'(maid-of-all-work)이다. 이들 위치는 말 그대로 자기 '위'에 있는 다른 도우미들이 시키는 온갖 잔심부름을 하는 지극히

28) 같은 책, 66, 63.

고단한 일자리였다.[29] 이들 하위직 도우미들은 1년 내내 주인과 마주칠 일이 거의 없었기에 자신들의 운명을 좌우하는 실질적인 상전은 '집 관리인'이나 요리사였다. 다른 모든 직장이 그렇듯이 이러한 가사 도우미들 간에는 봉급의 차이가 경우에 따라서는 상당한 규모로 났지만, 자발적인 퇴직이나 해고뿐만 아니라 승진의 여지도 열려 있었다.[30] 또한 고향집을 떠나 독립적인 생활을 하던 젊은 여성 가사 도우미들은 파멜라처럼 고용주 남성들의 유혹 대상이 되기도 했으나, 나름대로 꾸준히 일해서 모은 돈으로 부모 눈치 보지 않고 자기가 원하는 남성과 결혼을 해서 살림을 차리는 이들도 많았다.[31]

이미 지적했듯이 이렇듯 다양한 직급의 가사 도우미들을 고용하는 데는 적지 않은 비용이 들어갔다. 그래도 '있는 척'하며 '품위'를 유지하려면 가사 도우미, 특히 여성 도우미들을 데리고 살지 않을 수 없었기에, 중산층에 끼어보려는 가정들은 하녀 고용을 회피할 수 없었다. 하녀의 수 및 종류는 그 가정의 '수준'을 그대로 노출시키는 지표였기 때문이다. 합리적인 소비를 한다면, 연봉 200 파운드 수입 당 한 명의 하녀, '잡역 하녀' 하나 정도 고용하는 것이 적절한 규모였다. 연봉 200 파운드에 하녀 둘을 고용한 패트릭 브론테는 말하자면 다소 불합리한 '무리한' 선택을 했던 셈이다.[32] 아마도 자식만 다섯인 런던 사업가 블라이스씨는 9명의 가사 노동자를 데리고 있었으니 연 수입이 2,000은 되었을 것으로 추정할 수 있다. 하한선 연수입 200 파운드에서 그 다음으로 300 파운드로 올라가면 '잡역 하녀'에다 아이 보는 '유아담당 하녀', 이렇게 둘을 둘 수 있을 것이다. 연수입이 500 파운드 수준에 이른다면, 요리사, 청소 담당, 유아

29) 같은 책, 60, 69.

30) 같은 책, 49.

31) Elliott, "Single Women in the London Marriage Market", 97.

32) McBride, *The Domestic Revolution,* 50.

담당, 이렇게 3명의 도우미를 상주시킬 것이다. 연수입이 750 파운드 급으로 올라가면 요리사, 청소 담당, 유아 담당, 남자 심부름꾼 아이까지 넷을 두는 경우가 전형적이었다. 수입이 1,000 파운드 급이 되면, 요리사, 집 청소 담당 2인, 유아 담당, 남자 하인까지 5인 정도의 스태프를 갖출 것이다.[33] 그 이상으로 올라가면 위에서 살펴본 나머지 역할들인 부엌 담당, 설거지 담당, 세탁 담당 하녀들이 포함될 것이고 이들을 총 관리하는 '집 관리인'이 고용인 목록에 포함될 것이다. 상류층으로 올라가면 '집 관리인' 외에도 '과시적'인 기능을 하는 여주인 담당 하녀나 여주인 대신 아이 젖을 먹이는 유모가 있을 것이다. 또한 남성 하인들의 수 및 종류도 다양해질 것이다.

여성 가사 도우미가 품위유지에 필수적인 요소였다면 남성 하인들은 장식적인 면이 강했다. 남성 하인은 중세 봉건맹주들이 기사들을 '사병'(私兵)처럼 성에서 먹여 살리며 데리고 있었던 것이 그 기원이었고, 근세 초기까지도 대저택에 상당수의 남자 하인들을 두는 것이 관례였다. 그러나 18세기에 들어오며 가사 도우미가 여성으로 대체되기 시작했고 남성 역할은 몇 가지 특수한 기능들로 축소되었다. 여성 '집 관리인'에 해당되는 또는 그보다 한 단계 상위 직인 집사(steward, butler)가 이중 하나였다. 화려한 제복을 입고 손님을 맞이하고 문을 지키는 '안내원'(footman)도 부를 과시하려는 집안에서는 뺄 수 없는 요소였다. 18세기 말에는 이러한 풍조가 너무 지나치다고 우려한 정부에서 제복(livery) 입힌 남자 하인에 대한 '특별소비세'를 1777년에 메길 정도로 '상류층 흉내 내기'는 극심했다. 세금의 영향도 있고 남성 노동력 인건비도 올라가자, 19세기 중반이 되면 집안에서 상주하는 성인 남성 하인들은 상류층 저택에서나 찾아볼 수 있었다.[34] 반면에 과시적 가치가 아니라 실용적 기능을 수행하는 성인

33) Horn, *The Rise and Fall of the Victorian Servant*, 26-27.

남성 도우미들도 있었는데, 이들은 집 안이 아니라 밖에서 일하는 역할들로, 마부(coachmen), 말 관리인, 정원사 등이 여기에 해당된다. 상류층이 아니더라도 오늘날의 '자가용'에 해당되는 전용 마차를 둔 가정들이 늘어나면서 말 관련 일자리들도 덩달아 늘어났다. 가정 전용 마차를 몰아주고 관리하는 마부와 말 관리인들은 1851년에는 22,000이었으나 1871년에는 37,000으로, 다시 1901년에는 75,000까지 증가했다. 또한 시골저택 뿐 아니라 도시 교외 지역에서도 제법 큰 규모의 정원을 갖춘 집들이 늘어나면서 정원사(gardener)들의 수도 증가했다. 정원사의 수는 1881년 74,603명에서 1901년에는 87,000으로까지 늘어났다.35)

상류층 가정의 남성 하인들을 위에서 아래로 직급별로 나열한다면, 맨 위에 '관리인'(steward)이나 종자(valet)에서 시작해서 '집사'(butler), '부집사'(under-butler), 남성 요리사(chef), 안내원(footmen), 급사(page-boy) 등으로 내려간다. '관리인'은 말 그대로 집안의 모든 도우미 직원들을 총책임지는 최고 관리직이다. 에지워스의 『카슬 랙렌트』의 서술자 쎄이디 쿼크가 이러한 '관리인'이다. '집사'(butler)는 집안의 접시나 와인 창고 등 물품을 관리하는 관리직이다. 이들 관리직은 제복을 입지 않는다. 제복을 입는 하인 중 가장 높은 자리는 '종자'로 '여주인 담당 하녀'에 해당되며 주인의 치장을 돕고 수행한다. '안내원'은 집 대문을 열어주고 손님을 맞이하는 호텔 '벨보이'의 역할과, 주인 가족이나 손님들이 식사할 때 집사의 지휘 하에 접시를 분배하고 음식과 와인을 배분하는 '웨이터'의 역할이 주된 업무였다. 집 밖에서 근무하는 남성 도우미 중에서 가장 높은 직급은 마부였다. 마차가 한 대 이상일 경우 수석 마부(head coachman)가 다른 마부들을 지휘했다.36)

34) 같은 책, 4-9.

35) 같은 책, 71-72.

36) 같은 책, 76-79, 81-82, 86-87.

이들 가사 도우미들은 집안에 상주했기에 주인집의 대소사에 직간접적으로 관여하지 않을 수 없었다. 영국소설에서 가정사를 소재로 삼는 작품들이 많다 보니 이들의 역할도, 특히 남녀 관리인이나 집사, 여주인 담당 하녀, 종자 등 상위직종 도우미들이 소설의 플롯 전개에 한 몫을 담당하는 경우가 위에서 몇 가지 예를 들었듯이 제법 많다. 소설 밖 현실에서도 마찬가지였다. 특히 흥미로운 것은 외도와 간통 관련 소송 시에 이들 하인들의 증언을 법정에서 채택하는 일이 많았다는 것이다. 늘 하인들을 옆이나 주위에 두고 살던 시대라, 이들은 부인들의 외도를 쉽게 눈치챘다. 문고리에 귀를 대고 엿듣거나 열쇠구멍으로 훔쳐보거나 침대 시트에 이상한 자국을 발견하거나 침실 문이 삐걱거리는 소리를 듣거나 침대가 들썩거리는 소리를 듣는 등, 이들은 주인(들)의 사생활을 예민하게 관찰했다.[37) 『카슬 랙렌트』의 테이디 쿼크가 주인 집안의 역사를 소상히 서술하거나, 『폭풍의 언덕』 사건이 하녀 출신 집관리인 넬리 딘의 서술로 전해지는 것은 이러한 배경을 감안할 때 극히 자연스러운 소설적 장치이다.

영국소설의 소재로 빈번히 등장하는 가정을 다루면서 뺄 수 없는 것이 가정교사(governess)이다. 가장 대표적인 19세기 소설 중 하나인 『제인 에어』의 주인공이자 서술자가 가정교사인 덕에 이 직종은 매우 유명해졌다. 제인 에어와 같은 가정교사가 중산층 출신 직업여성을 객관적으로 대변하는 것은 아니지만, 소설에 등장시키기에는 안성맞춤인 직업이긴 했다. 근대 서구소설의 한 축을 주인공 개인이 사회에서 자신의 위치를 찾아가는 과정을 그리는 '성장소설'이 차지하고 있기에, 독립적인 여성이 자신의 '일터'인 고용주의 가정에서 겪는 어려움과 그 어려움을 극복해나가는 과정은 이야기 거리로 삼기에 사뭇 적절했다.[38) 집안에 가정교사를

37) Waller, *The English Marriage,* 164-65.

38) Hughes, *The Victorian Governess,* 3.

두는 것은 귀족 가문에서는 예전부터 늘 해오던 일로, 아들들에게는 남성 가정교사(tutor)를 붙여주었다. 이러한 일자리는 지식인들로서는 마다할 일이 없는 좋은 직장이었다. 영국의 대표적인 사상가들인 홉스(Thomas Hobbes)나 록크(John Locke), 아담 스미스(Adam Smith) 등도 이러한 대귀족 가문의 튜터 생활을 한 바 있다. 시대가 변하며 점차 아들들은 사립기숙학교('public school', 이 말은 집에서 사적인[private] 교육을 시키는 것과 구분한 표현이다)에 보내는 것이 관행으로 정착되었으나, 딸들의 교육은 여전히 집에서 시켰기에, 이들을 가르칠 여성 가정교사에 대한 수요는 남아있었다. 그러다가 19세기로 들어오며 집안에 각종 가사 도우미를 두는 것이 중산층의 '품위유지' 항목에 포함되기 시작하자, 아이들 돌보는 기능부터 '규수'로서 교양(프랑스어, 피아노 등)을 가르치는 중산층 여성을 상주시키는 집안들이 늘어났다. 부잣집 딸들을 위한 기숙학교들이 없지 않아 있었지만 가정교사를 두는 것보다 그 비용은 훨씬 더 비쌌으니, '있어 보이려는' 중상위권 계층 집안들에서는 가정교사 쪽을 택했다.39) 1861년 인구조사에서 잉글랜드와 웨일스의 가정교사 수는 총 24,779명으로 집계되었는데, 이 중의 약 반은 귀족과 젠트리 집 가정에서 일하고 있었고 나머지는 중산층 중 상위권 집안에 고용되어 있었다.40) 이들 여자 가정교사들은 아래 「직업」 장에서 다룰 중산층 전문직(사업가, 의사, 군대 장교, 공직자, 변호사, 목사)을 아버지로 둔 경우가 많았는데, 사업의 실패로 가문이 기울면 '문화자본'을 어릴 때부터 갖춘 딸들로서 생각할 수 있는 생계수단이 바로 가정교사였다. 조지 엘리어트의 『플로스강의 물방앗간』의 매기 털리버가 바로 여기에 해당한다. 아버지 방앗간 사업이 망하고 게다가 부친이 사망한 후 그녀는 켄박사집에서 가정교사 생활을

39) 같은 책, 18-19.

40) 같은 책, 22.

한다. 매기처럼 부친이 중년을 못 넘기는 사례들은 실제로도 많았다. 중산층 남성들이 대개 30세에 결혼을 해서 50세 전후해서 세상을 떴고 이보다 더 일찍 세상을 떠나는 일도 흔했으니, '고아'가 된 중산층 집 딸들은 가정교사 시장으로 진출하여 본인은 물론이요 집안 식구들을 먹여 살려야 했다.[41] 가정교사가 받는 봉급은 막상 많지 않았지만 일단 '괜찮은 집'에 상주하며 '품위'를 유지할 수 있다는 점이 무시 못 할 매력이었다. 같은 논리로, '돈'은 있으나 '품위'가 모자라는 '졸부' 중산층 가정에 들어간 가정부들은 '문화자본'이 모자라는 고용주, 특히 여주인과 미묘한 갈등을 겪을 수밖에 없었다.[42] 브론테의 『제인 에어』는 극단적으로 고용주의 부인 마님을 다락방에 가둬두고 주인과의 '미묘한' 인간관계가 발전할 수 있도록 설정해놓았으나, 이렇듯 가정교사에게 유리한 상황은 극히 예외적이었다. 19세기의 『제인 에어』의 대중적 성공은 18세기의 『파멜라』가 그랬듯이 사실적인 배경 위에서 전개되는 '환상적'인 예외성과 깊은 상관이 있다.

---

41) 같은 책, 29-30.

42) 같은 책, 37, 22.

8장 음식

영국근대소설의 주류에 속하는 유형은 일상생활을 다루며 일상적 사실을 이야기의 소재로 삼는 사실주의적 작품들이다. 『프랑켄슈타인』이나 『드라큘라』 같은 환상적인 작품들이 19세기 영국에서 나오긴 했으나 이들은 사뭇 예외적인 소설들이다. 제인 오스틴의 『오만과 편견』에서 버지니아 울프의 『등대로』(*To the Lighthouse*)까지 이어지는 영국 고전소설에서 덤덤한 일상사는 갑갑할 정도로 작품을 지배한다. 화끈한 불륜, 살인, 극적인 자살, 전쟁, 모험 등의 '액션'이 초점이 되기보다는, 가족, 친척, 친구 사이의 인간관계, 재산 상속, 결혼 등 일상적인 삶을 다루는 다소 '밋밋한' 플롯들이 영국소설의 특징이라고 해도 과언이 아니다. 일상사에서 뺄 수 없는 일은 먹는 일이다. 『오만과 편견』, 『제인 에어』, 『위대한 유산』에 "dinner", "dine", "dining" 등 식사관련 단어들은 매우 빈번히 등장한다. 예를 들어 (필자의 계산에 의하면) 『위대한 유산』에서 명사 "dinner"는 68회, 동사 "dine"은 24회 사용된다. 무인도 난파 및 생존이라는 극히 이례적인 상황을 다루는 『로빈슨 크루소』에서도 소설의 중심 무대는 그야말로 주인공의 '먹고사는' 일상사가 차지한다. 음식이 영국근대소설의 배경을 다루는 이 책에서 한 장을 차지할만한 이유는 영국소설의 이와 같은 '일상성'에서 찾을 수 있다.

영국인들은 무엇을 먹고 살았던가? 상류 유한층이 아닌 대부분의 서민들은 중세부터 18세기를 거쳐 19세기 중반까지 식단에 큰 변화가 없었다. 민중의 평상시 주식은 빵과 우유 및 치즈, 버터 등 유제품이었다. 예를 들어 16세기 후반부 군주인 엘리자베스 1세 때 병사들에게 일일 식량으로 빵과 버터, 약간의 치즈가 지급되었다.[1] 쌀과 콩, 야채가 한국인들의 전통 식단의 기본 요소라면 영국인들의 기본 먹거리는 다른 북부 유럽인들과 마찬가지로 빵과 우유, 버터나 치즈 등 가공 유제품이었다.

근세초기까지 서민들이 매일 먹던 빵은 호밀을 섞어 만들어서 색깔이 누렇고 뻑뻑했다. 18세기에 들어와서 밀 생산량이 늘어나면서 하얀 빵을 먹는 사람들의 수도 덩달아 늘어났다. 18세기 후반부에는 아예 서민들의 입맛이 흰 빵으로 정착되어서 수요를 따라가기 위해 밀을 외국에서 수입해야 할 정도였다. 또한 빵의 흰색이 워낙 중요해지다 보니 비양심적인 제빵업자들은 백반이나 석회 같은 물질을 집어넣어 희게 만들기도 했다. 이러한 불법 행위는 1872년에 가서야 법으로 금지된다.[2]

빵 다음으로 중요한 주식인 우유가 말 그대로 '소젖'으로 정착된 것은 16세기에 와서이다. 그 전까지는 시골에서는 흔히 염소를 키워서 염소젖을 마시거나 치즈로 만들어 먹었다. 혼자 무인도에서 숙식을 해결하는 로빈슨 크루소가 야생 염소를 길들여서 염소젖을 마시며 사는 모습은 이러한 근대이전 서민들의 식생활 모습을 재현하는 면이 있다. 하지만 17세기말 영국 본토에 살던 크루소의 동시대인들 대부분은 염소 젖 대신 소젖을 마셨다. 위의 「시골」 장에서 살펴본 인클로저로 인해 목축지가 늘어난 덕택에 젖소가 더 많아진 것이 그 배경이다. 젖소가 늘어나니 우유의 공급이 늘어났고, 또한 아울러 우유가 재료인 치즈나 버터 소비도 늘어났다.

1) C. Anne Wilson, *Food and Drink in Britain: From the Stone Age to Recent Times* (London: Constable, 1973) 182.

2) 같은 책, 261-63.

그런데, 젖소 농장이 근거리에 있는 시골이라면 몰라도 이미 번잡한 대도시로 변해버린 런던 등의 도회지의 경우 우유를 공급하는 것은 냉장차가 없던 시대에는 만만치 않은 난제였다. 도시들의 규모가 크기 않았던 중세에는 도시 근교에서 젖소들이 풀을 뜯어먹으며 우유를 제공해줄 수 있었으나, 도시 인구가 늘어난 18세기가 되면 이런 방법으로는 도회지 사람들의 수요를 채워줄 수 없었다. 이에 골목마다 우유 팔이 아가씨(milkmaid)들이 우유 통을 어깨에 메고 집집마다 문을 두드리며 팔거나, 아니면 아예 도시 주택가에서 젖소를 키우며 우유를 파는 가게들이 등장했다. 돈에 눈이 먼 우유장사들이 제공하는 도회지 우유들의 질이 열악하거나 우유에 물을 타서 파는 경우들도 종종 있었다. 이런 틈새를 타서 '순전한 우유'를 판다며 런던 최상류층 거주지인 세인트 제임스 파크(St James's Park)에 젖소들을 풀어놓고 바로 그 자리에서 우유를 짜서 파는 풍경도 볼 수 있었다.3)

영국 영어의 먹거리를 지칭하는 고정적인 표현 중 하나가 '브레드 앤 버터(bread and butter)'이다. 버터가 빵과 늘 함께 먹는 것으로 생각될 만큼 중요한 먹거리로 사용되었던 것은 한편으로는 우유의 생산이 충분했기 때문이기도 하지만 동시에 신선한 우유를 먹기가 그만큼 어렵고 값도 비쌌기에 우유를 버터로 가공한 형태로 소비하는 층들이 많았기 때문이다. 가난한 이들은 버터를 빵과 같이 먹었고 부유층은 버터를 빵에 발라 먹을 뿐 아니라 요리재료로도 다양하게 사용했다. 지중해 연안 남부 유럽에서는 올리브오일이 거의 모든 요리에 들어가지만, 북부 프랑스나 영국, 독일 등에서는 버터가 올리브오일을 대신했다. 음식문화의 중심을 차지했던 버터와 빵이 결합한 '브레드 앤 버터'가 고정적인 아침 식사로 정착된 것은 18세기 후반부이다. 서민들은 아침 또는 저녁에 홍차와 흰 빵

3) 같은 책, 165-67.

한 두 조각을 벽난로 불에 겉을 노릇하게 토스트해서 (전기 토스터가 없던 시절에는 '토스팅 포크'[toasting fork]라는 긴 삼지창을 사용했다) 아직 뜨거울 때 거기에 버터를 바르고 버터가 골고루 녹도록 화로에서 약간 떨어진 데 잠시 놓아둔 후, 먹었다.[4]

이런 식으로 간략히 끼니를 때우는 것이 애처롭게 보일 수 있겠으나 그나마 흰 빵과 버터를 먹는 잉글랜드인들은 연합왕국의 타 지역, 특히 아일랜드인 농민들로서는 부러워할 일이었다. 이들의 주식은 감자였다. 아일랜드는 너무 비가 많이 와서 밀을 키울 수 없는 기후였기에, 이런 환경에도 잘 견디는 감자를 17세기에 신대륙에서 들여오자, 감자는 아일랜드 전역으로 퍼져나갔다. 아일랜드 말고도 잉글랜드나 스코틀랜드 및 유럽 대륙으로 감자농사가 확대되었는데, 감자는 같은 면적의 밭에서 밀보다 훨씬 많이 생산되었기에 가난한 인구들을 먹여 살리는 데 아주 요긴하게 쓰였다.[5] 물론 (앞서 「인구」 장에서 설명한대로) 이렇게 감자에 지나치게 의존한 아일랜드 농촌에서 감자농사로 병충해를 망치자 끔직한 기근 및 기아사태가 벌어지기는 했으나, 대체로 감자는 가난한 이들의 배를 채우는 데 긍정적인 역할을 했다. 같은 논리로 근대 시대 이전이나 근대 시대에도 감자 외에도 각종 채소류를 가난한 이들이 오두막이나 농가 앞에 텃밭을 가꾸어 심어서 캐어먹었으리라고 충분히 추측할 수 있었으나, 영국을 비롯한 북부유럽 사람들의 채소 요리법은 채소류를 다양하게 섭취해온 이탈리아인들과 비교하면 원시적이었다.[6]

육류는 옛 한국에서와 마찬가지로 영국이나 유럽 서민들한테는 가끔 먹는 귀한 음식이었다. 소고기는 거의 먹을 일이 없었다. 반면에 돼지를 마당에서 키우다가 겨울철에 잡아서 햄과 소시지를 만들거나, 아니면 공

4) 같은 책, 182-84.

5) Lamb, *Climate, History and the Modern World,* 245.

6) Jane Grigson, *English Food* (London: Penguin, 1993) 44.

유지에서 야생 토끼나 새를 잡아먹었다. 돼지를 잡아도 좋은 부위는 시장에 내다 팔아서 '돈'을 만들어야 했고, 돼지 잡을 때 나오는 피부터 시작해서 내장 등 찌꺼기 고기도 버릴 수 없었기에 개발된 음식류가 각종 소시지이다. 오늘날에도 영국에 가면 슈퍼마켓 진열대에서 만나볼 수 있는 (순대와 비슷한) '블랙푸딩'(black pudding)이나 '블럿 소시지'(blood sausage)는 근대이전 시대의 영국 및 북유럽 농민들의 육류 소비 방식을 증언한다. 농가에서 키우기 좋은 닭도 계란을 내다 팔아야 하니 함부로 잡아먹지 못했다.[7)]

곡물이나 유제품 다음으로 영국인들이 많이 섭취한 먹거리는 해산물이다. 상식적으로 섬나라 영국으로서는 당연히 영국인들이 해산물을 많이 먹을 것이라고 생각할 수 있다. 그러나 현대 영국인들의 식단은 육류에 많이 의존한다. 이와는 사뭇 대조적으로 다양한 해산물들을 중세와 근세 시대 영국인들, 특히 서민층들이 즐겨 소비했다. 그런데, 우유와 마찬가지로 신선한 상태로 보존하는 기술이 없었던 시대에 해산물을 신선한 상태로 공급하고 소비하는 것은 쉬운 일이 아니었다. 이런 연유로 영국에서는 한편으로는 염장 기술이 발전했지만 일조량이 적은 기후 탓에 실내에서 장작불을 지펴 연기로 생선을 말리는 훈제 기술이 발전했다. 소금에 절인 생선은 오늘날 거의 대가 끊겼지만 각종 훈제 생선은 요즘에도 영국 슈퍼마켓에 가면 늘 만날 수 있다. 훈제연어나 훈제고등어 등은 영국 식단의 한 자리를 오랜 세월 꿋꿋하게 유지하고 있다. 이렇듯 영국인들이 수산물을 즐겨 먹게 된 것은 섬나라라는 특징에도 기인하지만 육류가 그만큼 값이 비쌌기 때문이다. 또한 종교개혁 이전 중세 교회의 풍습과도 상관이 깊었다. 가톨릭교회는 사순절(Lent) 기간에 '금식'(fasting)을 권장했는데, 이때 '금식'이란 육류를 금지하는 것이지 해산물은 먹어도 좋다는 신축적

7) Harrison, *The Common People,* 136.

인 해석을 교회가 용인했다. 그 덕에 생선 소비는 영국을 비롯한 중세 서구에서 늘 일정한 몫을 차지했다.

16세기 종교개혁과 17세기에 청교도 혁명을 거치며 영국에서 이러한 '금식' 관습이 폐기되자, 수산물 산업이 크게 타격을 받는다. 달라진 시장 환경에 대응하느라 해산물 공급 업자들은 '연구개발'에 나섰다. 그리하여 그물로 건져 올린 해산물을 배 안에 물탱크에 넣어서 보관하는 기술을 발전시켰고, 또한 바다가재 등 단가가 비싼 수산물 쪽으로 시장을 고급화했다. 가난한 서민들도 소금에 절인 정어리 같은 전통적인 서민 음식에 대한 입맛이 점차 쇠퇴하게 되면서 이러한 수산업계의 고급화 전략에 가속도가 붙었다. 젓가락을 사용하지 않는 서구인들은 가급적 뼈가 없고 살이 많은 생선을 선호하기 마련이다. 한국인들은 맛이 좋은 조기를 젓가락으로 발라 먹으며 행복해하지만 영국인을 비롯한 서구인들은 조기 같은 잔 생선은 전혀 거들떠보지 않는다. 대신 잔뼈가 없는 연어나 대구를 즐겨 먹는다. 연어는 북해에서 주로 잡히기에, 전통적으로 잉글랜드 북부 항구도시 뉴카슬(Newcastle-upon-Tyne)에서 소금에 절이거나 훈제해서 런던으로 보냈다. 18세기 말에 잡은 물고기를 곧장 얼음에 재여서 운송해 가는 기술이 등장한다. 이제는 신선한 연어가 그대로 런던 식탁에 배달되는 것이 가능해진 것이다. 물론 이런 '생 연어'의 값은 상당히 비쌀 수밖에 없었기에 여전히 훈제 연어에 대한 수요는 수그러들지 않았다. 훈제 연어는 앞서 지적했듯이 오늘날까지도 살아남았지만 19세기에 기차 운송이 개시되면서 생 연어 공급이 원활해지자 소금에 절인 연어는 완전히 자취를 감추고 말았다.[8]

북부 항구에서 런던으로 생 연어를 기차로 실어 날을 정도로 영국 근해 및 원양의 어획량은 산업혁명을 거치며 급속히 증가한다. 1860년대에 이

8) Wilson, *Food and Drink in Britain*, 47-50.

르면 증기 트롤 어선이 등장하고 얼음에 해산물을 보존하는 기술이 보편화되면서도 북해에서 잡은 연어, 대구 등 생선의 총 어획량은 1887년에 이르면 553,000 톤까지 늘어났고, 1911년에는 무려 1,140,000 톤으로 두 배까지 폭증한다.[9] 그런 와중에 태어난 유명한 영국 음식이 '피시 앤드 칩스'(fish and chips)이다. 다시 말해, 이 대중적인 요리의 나이는 증기 트롤 어선이 잡아서 증기기관 기차가 산지에서 소비지역으로 운송하는 테크놀로지 발전 덕에 생겨난 음식이니 그렇게 많지가 않은 편이다. 처음에는 우리식으로 말하면 '구운 만두'와 유사한 각종 파이를 파는 가게들인 '파이 가게'(hot-pie shop)에서 저가에 공급되는 북해 생선살을 튀겨서 팔기 시작했다. 그러나 곧이어 생선튀김만 파는 가게들이 런던 등 대도시에 등장했다. 처음에는 대구살을 튀기고 거기에 빵이나 구운 감자를 곁들여 팔던 것에서 1870년대부터는 프랑스에서 들어온 감자튀김이 가미되었는데, 런던의 서민들이나 영국 북부 산업지대의 노동자들은 이러한 배합에 열광적으로 호응했다. 그 결과 종교개혁 이후 감소세에 들어섰던 생선 소비는 19세기말, 20세기 초에는 급속한 성장세로 돌아선다.[10]

반면에 근대시대 내내 쉽게 볼 수 있었던 수산물 중 지금은 아예 자취를 감춘 것도 있다. 바로 굴이 여기에 해당된다. 굴은 중세와 근세 시대 내내 19세기까지도 익히지 않은 생굴로 또는 피클 상태로 유통되고 소비될 정도로 영국 근해에서 손쉽게 잡히는 해산물이었다. 그러나 인구증가와 산업화로 인한 생활수준 향상으로 수요가 급속히 증가하자, 이를 공급이 따라가지 못했다. 결국 지나친 남획으로 인해 일순간 영국 근해 전역에서 굴이 자취를 감취게 되었다.[11] 원양에서 잡아오는 연어나 대구, 고등

9) John Burnett, *Plenty and Want: A Social History of Food in England from 1815 to the Present Day* (London: Routledge, 1989) 117.

10) Wilson, *Food and Drink in Britain*, 59.

11) 같은 책, 55.

어의 공급이 비교적 안정적이었던 데 반해 근해에서 나오는 굴이 멸종된 데에는 지나친 어획이 주범이겠지만 연안의 오염도 한 몫을 했을 것이다. 시장논리의 '보이지 않는 손'이 얼마나 파괴적일 수 있는지를 보여주는 생생한 역사의 교훈이 아닐 수 없다.

다음으로 육류 소비를 살펴보자. 식용 가축 사육은 로마시대 수준에서 큰 변화 없이 17세기까지 이어졌다. 다시 말해서 생고기로 만든 요리는 귀한 음식으로, 상류층이 아니면 쉽게 즐길 수 없었다. 육류 생산의 변화가 오기 시작한 것은 17세기 중엽이다. 겨울에 순무(turnip)와 네덜란드에서 수입한 신종 풀을 먹이면 가축들이 건강해지고 살이 오르고 빨리 성장하게 된다는 사실을 발견하자, 이런 기술을 축산업자들은 신속히 채택했다. 게다가 「시골」 장에서 다룬 대토지와 인클로저로 인해 목축지가 늘어나고 있었던 것도 유리한 조건으로 작용했다. 이러한 새로운 축산개념에 의지해서 양모와 함께 양질의 고기로 제공하는 양과 소를 방목하는 농사업자들이 늘어났고, 이에 따라 육류의 공급이 현저히 늘어났다. 근대시대에 영국의 육류 소비양은 다른 유럽 국가들보다 상당히 많은 편에 속했다. 다만 고기를 요리하는 방식은 상대적으로 단순했다. 직접 불에 넣어 굽는 로스트가 전형적인 조리법이었다.[12] 잉글랜드의 음식문화를 대변하는 요리 중 하나인 (등심을 통째로 오븐에 넣어 구워먹는) '로스트비프'가 좋은 예이다.

해산물은 바다에서 건져내서 육지 소비자에게 운송해줘야 하지만 소나 양은 제 발로 소비자 곁에서 죽으러 가게 할 수 있다는 이점이 있었다. 인구가 많이 몰려있는 런던을 중심으로 한 남부 잉글랜드 지역에서 육류 소비도 많았지만, 양질의 소고기는 북부 잉글랜드나 스코틀랜드에서 사육하는 소들이 제공했다. 19세기 중반에 철도로 가축을 실어 나르기 전까

---

12) 같은 책, 97-98.

지 소떼나 양떼를 몰고 먼 거리를 이동해서 런던 스미스필드(Smithfield) 등 도시 도축시장까지 날라주는 업자들의 역할이 중요했다. 이들을 '가축 몰이꾼'(drover)들로 불렀다. 월터 스콧(Walter Scott)의 단편 「두 몰이꾼」("The Two Drovers")은 잉글랜드인 몰이꾼과 스코틀랜드 하일랜드인 몰이꾼이 같이 동업을 하는 사이이지만 둘 사이에 방목지를 두고 분란과 오해가 생겨 사이가 틀어지자, 이를 해결하자며 잉글랜드 몰이꾼은 '권투'를 권한다. 잉글랜드 식 해결책인 권투를 받아들이지 않는 스코틀랜드인 몰이꾼은 이를 거부하지만 키가 큰 잉글랜드인에게 한 대 얻어맞고 쓰러진다. 이를 참을 수 없는 스코틀랜드인이 복수심이 발동해서 잉글랜드인 몰이꾼을 칼로 찔러 죽인다. 살인은 살인이지만 '맞고는 못사는' 하일랜드 지방 스코틀랜드인의 자존심을 이해해 달라는 것이 작가의 의도이지만, 이러한 몰이꾼들의 시대는 산업화에 밀려 저물게 된다.13) 게다가 '국내산' 소고기나 양고기 자체가 19세기 후반에 이르면 새로운 도전에 직면한다. 1876년부터 깡통에 소고기를 저장해서 남미 아르헨티나 등 해외에서 수입해 오는 기술이 상용화되기 시작했고, 미국인들은 소고기를 얼음에 쟁여 수출하기 시작했으며, 1880년대에는 냉장시설을 장착한 증기선들이 북미나 남미는 물론이요 멀리 호주에까지 가서 소고기를 수입해 왔다. 이렇게 해서 19세기 말이 되면 영국 내에서 소비되는 육류의 반 이상은 수입 고기였다. 특히 근로 서민계층들이 국내산보다 값이 싼 수입산 소고기의 주요 고객이었다.14)

빵은 우유나 물과 같이 먹으면 소화가 되지만 고기는 아무래도 술을 곁들여야 잘 넘어간다. 게다가 영국 섬의 지하 암반에는 석회질이 많아서 지하수나 샘물을 그대로 마시기에 불편하기도 했으니 이래저래 영국인들

13) 같은 책, 96.

14) Burnett, *Plenty and Want,* 116-17.

은 옛날부터 에일('ale', 색이 짙고 거품이 많지 않은 맥주)을 즐겨 마셨다. 반면에 포도주는 로마제국 시대에는 로마인들, 그리고 노르망디 정복 이후로는 프랑스 지역 출신 귀족들이 즐겨 마시는 수입 음료였다. 와인수입은 로마시대부터 이어진 가장 오래된 영국의 무역업이었다. 로마시대에는 토기 단지에 포도주를 가득 담아 입구를 밀봉해서 들여왔고, 중세와 초기 근세까지는 사각형 유리병이나 키가 작은 둥근 유리병에 담아서 수입했다. 오늘날과 같은 길쭉한 와인병은 1770년대부터 도입되기 시작했는데, 와인을 눕혀서 운반하고 보관하기 용이한 점 때문에 이후 와인병은 이러한 형태로 굳어지게 된다.[15] 영국 상류층들이 즐겨 마시는 포도주는 대부분 프랑스 보르도(Bordeau) 지방에서 수입되었다. 보르도 산 포도주를 지칭하는 '클라렛'(claret) 이란 말이 생겼을 정도로, 보르도 지역은 15세기 중반까지 영국 플랑타주네 왕실의 영토였던 연유로 영국 상류층의 와인 공급지 역할을 해온 것이 그 배경이다.

이후 근세 시대까지도, 마시는 음료가 수입산 포도주냐 토착 에일이냐의 구분은 상류층과 평민층을 구분하는 잣대로 인식되었다. 가령 젠트리 계층이나 부유한 상인 집안에서는 식사 시에 프랑스 와인을 마시지만 농사업자나 중소 상인 집안에서는 밥상에는 와인 병 대신 에일 잔이 올라갔다. 중류 이하 서민층은 물론 전적으로 에일 문화에 귀속되었다. 에일은 토착 음료이긴 했으나 근대시대로 접어들며 맥주 문화도 다소 변한다. 16세기에 플랑드르 지방에서 (우리나라에서 마시는) '맑은 맥주'인 라거(larger)가 개발되었는데, 이러한 '라거'와 대비해 전통적인 영국 에일은 '비터'(bitter)로 불리게 된다.[16]

일상적으로 음료처럼 마시는 에일이나 와인이 아니라, 일상생활에 위

15) Wilson, *Food and Drink in Britain*, 392.

16) 같은 책, 377.

협이 될 수 있는 독주 증류주들도 영국 음료 문화의 한 자리를 차지한다. 오늘날 영국에서 나는 독주를 꼽으라면 가장 먼저 위스키가 떠오를 것이다. 위스키는 잉글랜드와는 상관없는 스코틀랜드 하일랜드 지방 토착주이다. 이 지방의 춥고 습한 날씨를 견디는 일종의 '약'처럼 마시던 술이다. 세기가 몇 번 바뀌고 세상이 변해서 위스키가 대한민국에서는 '폭탄주'에 섞여서 남성들을 대취하게 만드는 주범이 되었지만, 하일랜드 지방에서는 한 모금씩 아껴 마시며 몸을 녹이고 속화를 시키는 '생명수'였다('whiskey'는 하일랜드의 고유어인 게일어로 'uisge beatha', '생명수,', '생기를 주는 물'에서 왔다). 위스키가 영국 전역 및 영국 밖에서 유명해진 것은 킬트(남성용 치마), 백파이프 등 하일랜드 문화의 다른 항목들과 마찬가지로 월터 스콧이 『웨이벌리』(*Waverley*) 등의 역사소설에서 하일랜드의 사람과 지역을 미화한 덕분이다. 스코틀랜드 안에서 위스키가 대중적인 음료로 퍼져나간 것은 영국 정부가 독주를 통제하려고 주세를 올린 것과 밀접한 관련이 있다. 18세기에 스코틀랜드를 잉글랜드에 합병시킨 연합왕국 정부에서 수입 술 및 토착 독주에 높은 세금을 물린다. 이에 대항해 스코틀랜드인들은 각자 집에서 밀주 위스키를 제조해서 마셨고 그러다 보니 생산과 소비가 결과적으로는 더 늘어나고 말았다.[17)]

치마를 입고 산악지방을 누비던 하일랜드인들의 음료가 위스키였다면 배를 타고 전 세계로 돌아다니던 잉글랜드 선원들의 술은 럼주였다. 럼은 사탕수수가 원료이기에 자메이카 등 영국의 카리브해 지역 식민지 개발과 밀접한 인연이 있다. 뜨거운 날씨에도 변하지 않고 고된 항해 중에 뱃사람들의 시름을 잊게 해주는 이 럼주를 싣지 않고 바다로 나서는 배는 없었다. 로빈슨 크루소가 난파선에서 가져오는 물품 중에도 당연히 럼주통이 몇 개 포함된다. 럼주는 선상이나 열대지방 식민지에서뿐만 아니라

17) 같은 책, 403.

영국 본토에서도 마셨던 술로 다양한 칵테일의 재료로 사용되었다. 가장 대표적인 칵테일은 '펀치'(punch)이다. 이 술은 인도의 물품을 수입하는 독점회사 동인도회사 상인들이 17세기말에 영국에 소개했다. '펀치'란 말은 힌디어로 '다섯'이란 뜻으로, 여기에 들어가는 다섯 가지 재료로는, 럼, 설탕, 시트론 주스, 향신료, 물이다. 이것을 큼직한 펀치 사발(punch bowl)에 타서 섞은 후 여럿이 국자로 떠서 마셨기에, 서로 우의를 돈독히 하는 친교 술로 근대 시대에 영국 및 영국 식민지 지역들에서 남성들이 애호하던 주종이었다.[18] 디킨스의 『두 도시 이야기』의 시드니 카튼이 머리에 물수건을 얹고 사생결단으로 마셔대는 칵테일도 펀치이다.

근대영국사에서 유명한 독주 목록에서 빠질 수 없는 것이 네덜란드에서 태어난 진(gin)이다. 윌리엄 호가스(William Hogarth)의 판화 「비어 스트리트와 진 레인」("Beer Street and Gin Lane")은 건강한 토착 에일을 마시지 않고 독주 진에 중독되어 몸과 삶을 망치지 말라는 교훈적 메시지를 선정적인 디테일에 담아놓은 그림이다. 호가스는 이 그림을 그린 의도가, "진 음주의 흉측한 결과가 최고점에 이르렀던 때에 한 작업이다. 진 레인에서는 그 처참한 효과들, 오로지 태만, 가난, 비참함과 패망만이 눈에 들어온다... 비어 스트리트에서는 온통 기쁨과 번성함이 넘치니, 근면과 유쾌함이 손에 손을 잡고 있다"고 해제를 달고 있다.[19] 호가스가 과장하고 있기는 해도 18세기에 런던 등 도시 서민층들의 진 중독은 상당히 심각한 수준이었다. 곡물을 증류해서 주니퍼 향을 가미한 네덜라드 산 진은 18세기 초에 누구나 허가 없이 양조할 수 있게 되자 진 가게들이 서민들 거주지에 우후죽순격으로 생겨났다. 진 소비를 통제하려는 법령들이 1736, 1751에 제정되었으나 별 효과를 보지 못했다. 결국 1783년에

---

18) 같은 책, 400-1.

19) William Hogarth, *Engravings by Hogarth*, ed. Sean Shesgreen (New York: Dover, 1973) 75.

가서 수입 진 관세를 올린 후에야 진 소비가 수그러들게 된다.[20]

〈그림1〉 윌리엄 호가스, 「비어 스트리트와 진 레인」

진 중독이 문제가 된 18세기나 그 이후 시대, 오늘날까지도 영국인들은 프랑스나 이탈리아 인들에 비해 과음을 하는 편이었다. 잉글랜드 젠트리나 상류층들은 프랑스 산 와인을 곁들인 식사를 한 후 시가를 피며 프랑스 산 브랜디나 꼬냑, 도수를 높인 와인인 '포트'(port)나 브랜디로 '2차'를 하며 술기운을 돋우었다. '포트'는 '포르투갈'에서 나온 이름으로, 포르투갈에서 포도주를 영국까지 운반해오는 과정에서 와인의 품질이 악화되는 경향이 있었기에 이를 방지하기 위해 약간의 브랜디를 타서 산화 속도를 줄이고 장기간 보존할 수 있도록 한 것이 '포트'의 탄생 배경이다. 말하자면 이 술은 포르투갈 현지에서는 마시지 않는 영국수출용 주종이었다. '포트'는 프랑스와 지속적으로 전쟁을 벌이던 18세기에는 프랑스 와인을 대신하는 '애국적' 술로 부상했다. 정부는 포트 수입 관세를 낮춰주었고 애국적인 소비자들이라면 보르도 와인 대신 포트를 마시는 게 당연하다

20) Wilson, *Food and Drink in Britain*, 399.

는 것이 당시의 시대 분위기였다. 18세기 잉글랜드 중상층은 그 결과 프랑스 와인보다 포트를 식사 반주 및 식사 후에도 즐겨 마셨다.21) 물론 애국심은 명분이고 포트가 클라렛보다 도수가 높다는 점도 애주가들로서는 매력적인 요소였음이 분명하다. 대체로 18세기 영국인들은 지위고하를 막론하고 주량이 만만치 않았다. 상류층들이 프랑스와 이탈리아 등 유럽 '문명'의 본류를 탐사하는 '연수'에 해당되는 그랜드 투어(Grand Tour)를 하며, 이탈리아 사람들이 술을 취하지 않을 정도로 적당히 마신다는 점에 놀랐다. 1749년에 나온 그랜드 투어 안내서 한 대목을 보면 이들이 이탈리아인들을 "유럽에서 가장 술을 적게 마시는 사람들"로 소개한다.22) 늘 와인과 음식을 같이 배합해서 즐기는 지중해 지역 유럽인들과 달리 영국인들 식사를 하며 와인을 마시지만 나머지 경우 술만 마시지 안주를 곁들이지 않는다. 그러다보니 술에 더 빨리 취할 수밖에 없었다.

이 모든 주류 중에서 가장 광범위하게 그리고 가장 줄기차게 소비된 것은 서민들의 술인 맥주였다. 서민들에게 종교개혁 이전시대에는 각종 교회 절기나 결혼식 등은 에일을 마시고 취할 핑계가 되었다. 종교개혁 이후에도 서민들의 에일에 대한 갈증을 '개혁'할 방법은 없었다. 근대시대로 접어든 18세기에는 본격적으로 맥주 회사들이 등장해서 넘치는 수요에 부응했다.23) 또한 런던 길거리 어디에서나 맥주 집들이 들어서지 않은 곳이 없었으니, 1730년대 런던의 서민들은 무려 6천개에 달하는 맥주 집들에 들러서 목을 축이며 갑갑한 현실에서 일시 도피할 수 있었다.24) 이렇듯 맥주 수요가 폭증하자 공급자들은 품목을 다양화하는 쪽으로도

---

21) 같은 책, 392.

22) [Thomas] Nugent. *The Grand Tour: Containing an Exact Description of most of the Cities, Towns, and Remarkable Places of Europe,* (London, 1749) 43.

23) Wilson, *Food and Drink in Britain*, 384.

24) Inwood, *A History of London,* 309.

머리를 썼다. 그래서 1720년대에 런던 맥주 양조업자들은 맥아를 구워서 만든 흑맥주(porter)를 개발했는데, 제품이 나오자마자 반응이 뜨거웠다. 흑맥주를 대변하는 브랜드는 런던 산이 아니라 더블린 산으로, 19세기 말 아일랜드의 수도에서 아서 기네스(Arthur Guinness)가 개발한 흑맥주가 더블린은 물론 런던 시장까지 평정하게 된다.[25] 제임스 조이스(James Joyce)의 「위원회실의 아이비 데이」("Ivy Day in the Committee Room")에서 식민지 수도의 볼품없는 지방정치꾼들을 달래는 (또는 이들이 진정으로 '섬기는') 주요 등장인물은 '위원회실'로 배달된 이 포트 맥주다.

술은 어색함과 시름을 잊게 해주지만 정신을 혼미하게 한다. 따라서 근면과 근로를 장려하는 근대 시대에 일을 방해하는 술을 대체할 음료를 권장하는 분위기가 중산층을 중심으로 급속히 퍼지게 된다. 또한 술은 아무래도 남성들의 음료이다. 여성들끼리 사교하는 데 술병이나 펀치 칵테일 단지가 필수품은 아니었다. 이런 두 가지 사회적 요인에 맞물려 '맑은 정신'으로 생활하고 교류하는 데 일조하는 음료들인 커피와 홍차가 근대 영국에서 술과 맞서는 강력한 경쟁자로 부상했다. 1820년대 말부터 시작된 영국의 금주운동이 '차만 마시기 운동'(teetotalism) 으로 불린 것은 차와 술은 항상 서로 대결하는 '적수'였음을 극명히 말해준다.[26] 이 금주운동의 특이한 슬로건인 '차만 마시며' 충분히 생활할 수 있다는 주장이 설득력을 얻은 것은 그만큼 차가 대중적인 음료로 정착되었기에 가능했다.

차의 역사를 논의하기 전에, 차보다 먼저 술과의 싸움에서 위세를 떨친 커피부터 살펴보자. 커피는 술을 금지하는 이슬람 국가인 터키에서 영국을 비롯한 유럽지역으로 전파되었다. 위르겐 하버마스(Jürgen Habermas)

---

25) Wilson, *Food and Drink in Britain*, 286.

26) Cannon ed., *The Oxford Companion to British History*, 910-11.

는 근대 시민사회의 자율적 여론형성의 공간인 '공공영역'의 상징으로 런던 시티 상인들의 커피숍을 추앙한 바 있다.[27] 하지만 커피를 최초로 소비한 이들은 1630년대 옥스퍼드 밸리올(Balliol) 컬리지의 학자들이었다. 1652년에는 런던 시티 비즈니스 중심가인 콘힐(Cornhill)에 최초의 커피숍이 문을 열었다.[28] 이전까지는 사업상 사교할 일이 있으면 선술집(tavern)에 가는 방법 밖에 몰랐던 런던 비즈니스맨들이 이제 커피숍을 찾기 시작했다. 물론 런던 선술집들은 18세기에도 여전히 성업했다. 심지어 하루 일을 시작하기 전에 선술집에 들러서 맥주 한잔을 마시는 '아침맥주'(morning draught)가 관행일 정도로 맥주는 일상적인 음료였다. 1730년대에도 런던에 무려 500개의 선술집들이 있었으니, 커피숍의 도전을 술집들이 성공적으로 방어한 셈이다.[29] 그렇긴 해도 커피숍들은 단기간에 런던 부르주아 문화로 침투하는 데 성공했다. 이곳에서 신문도 읽고 사업은 물론 정치, 문화 등에 관한 각종 대화도 들으며 시간을 보냈다. 커피숍은 런던 사업가들의 '사랑방' 역할을 했던 것이다.[30] 커피 값은 상당히 비싼 편이었다. 초기에는 커피의 원산지가 에티오피아와 수단에 국한되었던 까닭이다. 커피 시장이 늘어나자 유럽인들은 자바와 콜롬비아 중남미 등지에서 커피를 재배하기 시작했다. 이렇게 커피 생산지역이 '세계화'되기는 했으나 커피는 18, 19세기 내내 대중적인 음료는 아니었다. 커피는 대체로 젠트리 계층이나 중상층 이상에서 마실 수 있는 고급음료였다.[31]

---

27) Jürgen Habermas, *The Structural Transformation of the Public Sphere* (Cambridge: Polity Press, 1989) 32-33.

28) Wilson, *Food and Drink in Britain*, 406.

29) Inwood, *A History of London,* 310.

30) 같은 책, 311.

31) Wilson, *Food and Drink in Britain*, 406-7.

커피와는 달리 홍차는 근대시대에 모든 계층이 광범위하게 즐기는 비알코올 음료로 정착했다. 차가 영국에 들어온 것은 커피의 도래와 비슷한 시기로, 차는 동인도회사가 인도에서 17세기부터 영국 본국에 파는 중요한 사업품목 중 하나였다. 차의 가격은 17세기에는 커피 못지않게 비싼 편이었으나, 동인도 회사가 지배하는 인도 땅이 늘어나며 차 생산지도 함께 늘어나자 점차 값이 내려갔다. 커피숍이 도시 남성 비즈니스맨들의 음료로 출범했던 데 반해, 차는 처음에는 상류층이, 그리고 곧이어 중산층 여성들이 주요 소비자 군으로 등장했다. 18세기를 거치며 차를 마시고 사교하는 데 부수적으로 따라오는 각종 도자기 찻잔 세트도 '필수품'으로 부상했고, 차와 곁들여 먹는 케이크, 과자 등 메뉴가 개발되었다. 이러한 부수 장치들을 거느리고 차는 단란한 가정생활과 여성들의 친교에 핵심적인 요소로 자리 잡는다. 또한 18세기에 아침 식사의 고정 메뉴로 차가 정착된 후로는 여성 뿐 아니라 남편을 포함한 온 식구들도 차를 마시면서 하루를 시작하는 생활방식이 급속히 퍼져나갔다. 19세기로 넘어가면서 차 소비시장은 더 확대되어 근로계층도 차를 마시게 되었다. 1784년에는 곡물가격이 올라가는 통에 맥주 값도 덩달아 뛰자 차 관세를 정부에서 낮출 수밖에 없었고 이를 계기로 일반 대중들도 맥주를 대신하는 음료로 차를 마시게 되었다. 가난한 노동자들이 매일 먹는 뻑뻑한 빵과 딱딱한 치즈를 목구멍으로 넘길 수 있게 해주는 음료는 따듯한 차였다. 심지어 시골 노동자들도 차에 의존하게 되었다. 이들은 농업혁명을 거치면서 텃밭을 가꾸던 조상들의 생활방식과 단절되었기에 각종 야채를 뽑아서 국물을 만드는 법은 쇠퇴했고 게다가 그런 전통적인 국물에 대한 입맛도 바뀌었기에, 이들의 식사 시에 차는 따듯한 온기를 제공하는 유일한 요소였다.[32]

32) 같은 책, 411-17.

지금까지 근대 시대 영국인들은 무엇을 먹고 마셨는가를 살펴보았다. 그 다음으로는 언제, 그리고 하루 몇 번 먹었는가를 알아보기로 하자. 영국인들을 포함해서 세계인들이 오늘날처럼 매일 아침, 점심, 저녁, 이렇게 하루 세끼를 먹기 시작한 것은 비교적 최근이다. 하루 세끼 원칙에 의거해서 아침, 점심, 저녁 식사에 해당하는 영어단어가 각기 'breakfast,' 'lunch', 'dinner'라고 이해하는 것은 근대영국소설에는 꼭 맞지는 않는다. 이들 말들이 특유의 역사를 깔고 있을 뿐더러 시대와 계층에 따라 식사 시간 및 내용이 같지 않았다. 고대 시대부터 근세 초기까지 서양 의학의 최고 권위자로 추앙받던 고대 로마 철학자 겸 의사 갈레노스(Galen)에 의하면 사람에게 가장 적절한 식사 회수는 하루 두 끼이다. 첫 식사는 오전 11시 경에 비교적 가볍게 한 후, 두 번째로 서녁 5시나 6시 경에 좀 더 든든하게 먹는 것이 좋다고 그는 주장했다. 이렇듯 저녁 식사를 더 많이 먹어야 할 이유는 수면 시에 사람의 소화능력이 더 좋고 식사 사이 시간이 더 길 다는 것이 그 논거였다. 그러나 근세 시대 유럽 대부분 지역에서 상류층이 아닌 대부분의 사람들이 갈레노스의 이러한 충고를 따르는 법은 거의 없었다. 오히려 갈레노스의 처방과는 정반대로 아침 늦게 든든한 식사를 한 후 저녁에 가볍게 식사를 하는 두 끼 패턴이 훨씬 더 전형적이었다.[33] 식사의 종류를 구분하는 기준은 식사 시간과 회수 뿐 아니라 매번 새로 불을 지펴 해먹는 식사인지, 아니면 남은 음식이나 저장 음식 등을 데우지 않은 찬 상태로 먹는지의 여부이다. 영어에서 'dinner'는 엄밀히 따지면 전자에만 해당된다. 오늘날도 영국에서는 학교급식이 따듯한 요리를 새로 해서 학생들에게 주는 경우에는 'school dinner'라고 하고 급식담당 아주머니들을 'dinner lady'라고 부른다. 갈레노스는 두 끼 식사

33) Ken Albala, *Food in Early Modern Europe* (Westport: Greenwood Press, 2003) 231-32.

모두 '디너'(이 말을 '저녁식사'로 옮길 수 없기에 그냥 '디너'로 표기한다)로 먹을 것을 권했지만, 실제로 유럽의 서민들은 이중 한번만 '디너'로 먹고 나머지는 남은 음식과 빵, 치즈, 햄 등을 차가운 상태로 먹는 '가벼운 저녁', 즉 'supper'인 경우가 많았다.

중세와 근세 시대에 영국을 포함한 알프스 북부 유럽의 식사 유형은 이러한 두 끼 형태를 유지하되 시간대는 조금씩 변했다. 중세에는 불을 지펴 해먹는 '디너'는 하절기에는 아침 10시 경, 그리고 차가운 음식을 먹는 가벼운 석식은 저녁 5시 경이었다. 동절기에는 전자가 아침 9시, 후자는 4시였다. 겨울에는 해가 그만큼 일찍 지기에 식사 시간도 덩달아 빨라졌던 것이다. 상류층은 아침에 먼저 가벼운 식사를 하고 시작하는 경우도 있긴 했다. 예를 들어 잉글랜드 왕 에드워드 4세는 아침에 눈을 뜨면 에일 한 잔과 빵, 찬 육류 등으로 식사를 했고 이후에 '디너'를 2회 정도 더 먹었다. 제대로 해 먹는 식사인 '디너'의 시간대는 16세기에는 11시, 다시 17세기를 거치며 정오나 오후 1시로 내려왔고, 다시 18세기에는 '디너'가 2시나 3시, 18세기 말에는 4시에서 5시로 내려온다. 마침내 20세기에 이르면 6시 이후 저녁 시간대에 '디너'를 먹는 관행이 정착되고 가벼운 석식인 'supper'가 점차 사라지면서 '디너 = 저녁식사'의 등식이 드디어 성립한다.

이렇게 '디너' 시간이 늦어지는 것과 맞물려 그 전에 먹는 식사의 필요성이 부상하게 된다. '디너'가 저녁 쪽으로 밀리면서 점심(lunch)의 중요성이 커진 것이다. 디너가 늦은 오후로 내려간 18세기 말에는 오전 9시나 10시 경에 빵과 커피를 먹는 '아침'(breakfast)도 등장한다.[34] 하지만 식사 시간과 회수는 직종과 계층에 따라 차이가 있었다. 예를 들어 1626년에 하인들은 새벽 3시에 일어나 따듯한 죽 한 그릇을 먹고 일을 시작했고

34) 같은 책, 233-34.

낮에 주인 가족이 '디너'를 먹은 직후 좀 더 든든한 식사를 한 번 더 했다. 농촌 노동자는 동틀 무렵부터 일을 한 후 8시에 아침 식사를 했다.[35] 반면에 1705년, 최상류층에 속하는 레이디 그리셀 베일리(Lady Grisell Baillie)의 딸은 9시에 아침 식사를 하고 정오에서 2시 사이에 디너를 먹고 잠자리 들기 전 밤 9시에 가벼운 석식을 먹었다. 1786년 또 다른 상류층인 셰필드 경(Lord Sheffield)의 딸은 아침 10시에 아침식사, 4시에 디너, 그리고 밤 10시에 가벼운 석식을 먹었다. 식사 시간이 다소 차이가 있지만 이렇듯 18세기에 세 끼 식사는 요리와 서빙 인력을 데리고 사는 상류층만 누릴 수 있는 '사치'였다.[36] 18세기까지 아침 식사는 전날 디너에서 남은 음식이 다시 등장하는 등 가볍고 부담 없는 식사였으나, 근로시간이 늘어난 19세기에는 아침부터 계란, 베이컨, 소시지 등으로 배를 잔뜩 채우는 '영국식 조찬'(full English breakfast)이 보편화되기 시작한다.[37]

근대시대로 진입하며 점차 '디너' 시간이 늦어지면서 아침식사로 하루를 시작하고 낮에 점심을 먹는 세 끼 식사 형태가 상류층만의 특권이 아니라 일반인들의 보편적인 생활 방식으로 진화한다. 그렇게 된 원인은 복합적이다. 정치인들의 경우 의회 회의시간이 길어지고, 사업가들은 근무 시간이 길어진 것이 큰 이유이었다. 또한 도시가 팽창하며 집과 사무실 거리가 멀어지자 낮에 집에 들러 식사를 하기가 불편해졌던 것도 한 가지 이유이다. 조명의 발전도 한 몫을 했다. 해가 일찍 지는 겨울철에도 가스등을 사용하게 되면서 생활과 활동이 용이해졌기에, 귀가 및 저녁 식사 시간도 늦어졌다. 군주의 생활방식도 기여한 바 있다. 빅토리아 여왕은 밤 8시에

35) Eileen White, "First Things First: The Great British Breakfast", *Luncheon, Nuncheon, and Other Meals: Eating with the Victorians*, ed. Anne C. Wilson (Stroud: Alan Sutton, 1994) 1-2.

36) 같은 글, 3.

37) 같은 글, 4-5.

'디너'를 먹기 즐겼다. 상류사회의 '디너' 시간은 19세기 중반부터는 7시 반이 표준이 되었다.[38] 이미 지적했듯이, 이렇게 정식 식사가 저녁 시간대로 내려가며 그 사이 배를 채워야 할 필요성이 부각되었고 이에 '점심'(luncheon)의 시대가 열린다. 아침 식사는 이전 시대에도 있었지만 점심은 19세기가 물려준 관행이다. 점심의 원조 격으로 농촌 노동자의 새참이라고 할 수 있는 'nuncheon'이 있긴 하나, 이는 국지적인 관습이었다. 시골에서는 아침 노동을 한 후 '디너'를 먹고 한 낮에 'nuncheon'을 먹었는데, 빵이나 치즈의 딱딱한 부분을 'hunk' 또는 'lunch'로 불렀다. 이 'lunch'가 점차 정식 식사 사이에 먹는 중간 간식을 지칭하는 말로 쓰이게 되었다. 이를 따서 중산층과 상류층도 아침과 저녁 정찬 사이 식사를 'luncheon'으로 부르게 된 것이다.[39]

점심의 또 다른 원조는 여행자들이 빵과 치즈를 싸가지고 가다가 여인숙에 들러서 음료를 시켜서 마시며 먹던 관례이다. 19세기에 들어와서 점심은 시골 노동자들이나 여행자들의 임시 식사가 아니라 집안에 있는 여인들의 식사로 발전한다. 점심은 대략 12시 반에서 2시 사이에 부담없이 집에서 간편하게 하는 식사로 자리 잡았다.[40] 점심은 대개 그 전날 디너에서 남은 음식들을 기반으로 만든 가벼운 식사였다.[41] 상류층이라면 남녀가 같이 식사를 했겠으나, 남자들이 낮에는 사무실에 가서 일을 해야 하는 중산층들의 경우 점심식사를 즐기는 것은 집에 있는 여인들의 특권이었다. 남편들은 아침식사를 집에서 먹지만 점심 때 집으로 돌아올

---

38) John Burnett, *Plenty and Want: A Social History of Food in England from 1815 to the Present Day* (London: Routledge, 1989) 68.

39) Anne C. Wilson, "Luncheon, Nuncheon and Related Meals", *Luncheon, Nuncheon, and Other Meals*, 36-37.

40) 같은 글, 41-43.

41) 같은 글, 48.

수는 없었기에, 점심은 여성들의 음식문화로 발전했다.[42] 반면에 전문직이나 사업에 종사하는 중산층 남성들은 '디너' 시간이 저녁 6시나 그 뒤로 미뤄진 후에도 한낮에 점심식사를 하는 관습을 따르기를 꺼려했다. 식사가 업무의 연속성을 깰 수 있기에 이들은 점심에 대한 거부감을 갖고 있었던 것이다.[43] 또한 시골 젠트리 집안에서는 19세기는 물론 20세기 초까지도 정식 '디너'를 낮 시간에 먹는 옛 관행을 고집했다.[44] 그렇긴 해도 19세기에는 저녁에 '디너'를 먹고 그 전에 아침과 점심을 먹는, '하루 세 끼' 식생활 유형으로 변하는 것이 대세였다. 19세기 영국에서는 아침, 점심, 저녁과는 별도의 식사 문화인 '차 간식'(tea)이 부상했다. 18세기 말부터 19세기 초까지 부유층 집안에서는 오후 4시 경에 차와 케이크, 샌드위치, 쿠키 등을 먹는 '오후 차 간식'(afternoon tea)이 유행하기 시작했다.[45] 반면에 '차 간식'의 또 다른 유형은 흔히 '하이 티'(high tea)라고도 불린다. 이는 가족 모두 모여서 5-6시 경에 늦은 오후 내지는 이른 저녁 식사를 하는 것으로, 서민들이나 시골 사람들의 풍습이었다.[46] 이것은 '간식'이 아니라 정식 식사였으니 '오후 티타임'과는 구분해야 한다.

마지막으로 식사방식에 대해서 살펴보기로 하자. 서양 식기 중에서 수프나 죽을 먹는 용도로 쓰는 스푼과 육류나 생선을 자르는 나이프는 일찍부터 사용되었지만, 포크는 상대적으로 늦게 등장했다. 육류는 손으로 직접 먹거나 칼로 찍어서 먹었다. 요즘에도 서구인들이 빵이나 닭다리 등을

42) Lynette Hunter, "Proliferating Publications: The Progress of Victorian Cookery Literature", *Luncheon, Nuncheon, and Other Meals*, 66.

43) Wilson, "Luncheon, Nuncheon and Related Meals", 44-46.

44) Burnett, *Plenty and Want,* 69.

45) Laura Mason, "Everything Stops for Tea", *Luncheon, Nuncheon, and Other Meals*, 85.

46) 같은 글, 72-74.

손으로 직접 잡고 먹는 것은 식기를 별로 사용하지 않던 중세의 식습관의 일면을 보여준다. 영국에서는 17세기에 포크가 주로 젠트리계층 이상 상류층 식탁에서 사용되기 시작했는데, 포크는 살이 쉽게 흐트러지는 생선류를 먹는 데 아주 요긴한 도구였다.[47] 18세기까지는 식사를 즐기는 계층이나 식사의 종류와 상관없이, 모든 음식을 동시에 상에 차려놓는 것이 일반적이었다. 19세기에도 아침, 점심이나 '하이 티'에서는 이러한 18세기 관행을 이어갔다.[48] '상다리 휘게' 풍성하게 차려놓은 것을 바람직하게 생각하던 이러한 전통은 19세기 전반부에 '프랑스식'(à la française)의 도전에 직면한다. 중상층 이상 계층에서 '디너 파티'를 열어서 손님을 초대하는 것이 신분과 지위, 품격, 재력의 상징으로 받아들여지기 시작한 것이 그 배경이다. 이러한 디너 파티에서 하인들이 코스 요리를 한 가지씩 가져다주는 '프랑스식 디너'는 한 상 가득 음식을 진열해 놓는 전통적인 '영국식' 상차림보다 훨씬 더 우아하고 품격 있는 방식으로 통용되기 시작했다.[49] 한편 하인들은 '버틀러'의 지휘 하에 수프 배분부터 시작해서 복잡한 절차에 따라 주인과 손님을 '서빙'했다.[50] 물론 바로 이러한 이유로 고집스럽게 프랑스식을 배격하고 상을 가득 음식으로 채워놓고 손님을 초대하는 시골 젠트리나 도시 사업가들이 있었으나 '프랑스식'의 유행이 퍼지는 대세를 막지는 못했다. 그러다가 다시 19세기 중반을 넘어서면서 '러시아식'(à la Russe) 디너가 유행했다. '러시아식'은 '프랑스식'과 마찬가지로 한 코스씩 차례로 배달되는 것에 덧붙여 닭이나 등 칠면조등 통째로 로스트 한 고기를 그대로 내오지 않고 각자 몫을 잘라서 내오는

47) Wilson, *Food and Drink in Britain*, 53.

48) Mason, "Everything Stops for Tea", 84.

49) Burnett, *Plenty and Want,* 67.

50) Peter Brears, "A La Française: The Waning of a Long Dining Tradition", *Luncheon, Nuncheon, and Other Meals*, 102.

방식이다. 영국식이건 프랑스식이건 주인이 내온 통고기를 잘라서 배분하는 '카빙'(carving)이 '디너'의 중요한 의식 중 하나였으나, 주인이 손수 대접하는 이러한 '정겨운' 풍경은 '러시아식' 디너에서는 사라지고 만다.[51] 러시아식 디너 방식이 유행하기 전에는 주인 남자가 통고기를 자르고 배분하는 것은 해당 남성의 품격과 교양수준을 드러내주는 중요한 '기술' 중 하나로 생각되었었다.[52]

정식 '디너'에서 음식을 차리거나 내주는 방식뿐 아니라 남녀가 각자 따르는 에티켓도 시대에 따라 약간씩 변했다. 18세기 중반부까지 남녀가 긴 식탁에 마주보고 앉는 것이 일반적이었다. 그러나 1780년대부터 여성이 남자 바로 옆에 한 쌍씩 앉는 쪽으로 변하게 된다. 이때부터 남성들은 옆에 앉은 여성에게 원하는 음식을 덜어주는 '서빙' 역할을 했다.[53] 그리고 위의 「가정」 장에서 살펴봤듯이, 식사가 끝나고 나면 여성들은 주인마님의 안내를 받아 '드로잉 룸'으로 가서 차를 마시고, 남성들은 그 자리에 앉아서 시가를 피며 포트와인이나 브랜디를 마신 후 나중에 여성들과 합류했다.[54]

노동계층의 식사 패턴이나 시간대는 직종과 지역에 따라 다양한 양태를 보인다. 예를 들어, 탄광 노동자들은 오후 3시나 5시 사이에 정식 식사를 했는데, 고기, 감자, 야채 등을 나이프와 포크로 먹었던 반면, 시골 농장 노동자들은 국물이 많은 음식을 스푼으로 떠먹었다.[55] 그나마 국물이라도 실컷 먹으면 다행인 계층들도 있었다. 디킨스의 『올리버 트위스트』의 주인공의 구빈원 시절, 매일 배급되는 "묽은 죽"(gruel)을 더 달라

51) 같은 글, 111-12.
52) 같은 글, 105.
53) 같은 글, 94.
54) 같은 글, 96.
55) 같은 글, 113-14.

고 한 사건은 실제 현실을 크게 과장한 바 없다. “비록 어린애였지만 올리버는 배고픔에 시달려 지독해졌고 비참함에 치여서 보이는 것이 없”는 경지에서 “원장 선생님, 조금만 더 주세요”라는 요구를 하자, 그는 체제에 도전한 “반역자”로 몰려 징벌방에 갇힌다.[56] 앞서 「인구」 장에서 논의한 아일랜드 대기근 때, 감자나 파먹고 살던 아일랜드 농민들은 감자가 자라지 않자 이런 ‘묽은 죽’마저도 얻어먹지 못한 채 죽어갔다. 유한층의 ‘디너 파티’와 고아나 식민지 농민들의 주린 배 사이에는 하늘과 땅의 차이가 있었던 것이 근대영국소설의 배경이 되는 시대의 실상이다.

56) 찰스 디킨스, 『올리버 트위스트』 1, 윤혜준 역 (창비, 2007) 33-34.

9장 직업

「가정」 장과 「음식」 장에서 생활공간과 생활방식을 살펴보며 제기될 수 있는 당연한 질문이 하나 있다. 생활비는 어떻게 벌었을까? 하디의 테스나 주드 같은 노동자들의 경우, 그 대답은 간단하다. 품삯으로 산다. 반면에 제인 오스틴의 다시의 경우도 분명하다. 이들은 대토지에서 나오는 임대료로 생활한다. 다시 같은 대지주들은 하원의원이나 치안판사로 국가에 무료봉사를 하기도 하지만, 이것은 이들의 '생업'은 아니다. 비교적 수입원이 명확한 맨 아래 계층과 맨 위 계층과는 달리 중간 단계에 위치한 다양한 계층과 직종들의 수입은 좀 더 구체적으로 살펴볼 필요가 있다. 특수한 역사적 조건을 이해해야만 하는 영국국교 목사직은 후반부에서 집중적으로 다루기로 하고 먼저 일반 직업들을 살펴보기로 하자.

「인구」 장과 「시골」 장에서 논의한 농업혁명으로 인해 인클로저와 대토지 합병 및 장자상속이 고착되자, 젠트리 계층의 하위 경계선에 걸려있는 집안이나, 대토지를 유지하는 상위권 젠트리 집이라고 해도, 상속에서 배제된 둘째, 셋째 아들들은 일 안하는 '젠틀맨' 생활을 할 수 없었다. 따라서 이들은 일을 하며 먹고살 방법을 찾아야 했다. 그러나 부유한 부친으로서는 가급적 편안한 일자리를 아들들에게 마련해주려 하기 마련이다. 이들 상류층 차남이나 삼남이 '일자리'를 얻는 유형은 첫째, 고위공직자

자리(예컨대 세무 관련), 둘째, '커미션'(commission)을 마치 '권리금'처럼 내고 거래되던 군대 장교직, 그리고 셋째로 국가 교회의 목사직을 다양한 연줄을 통해 확보하는 것이 있었다. 숫자로 치면 이러한 정부 고위직이나 군대 장교직, 아니면 조지 엘리어트의 『미들마치』의 야심적인 의사 리드게이트나 디킨스의 『블리크 하우스』의 양심적인 의사 알렌 우드코트처럼 의사로 먹고 사는 이들은 그리 큰 비중을 차지하지는 않았다. 반면에 상류층 자제들이 선택하는 '전문직' 중 압도적인 비중을 차지하는 것은 교회 재산 및 국가의 세금으로 먹고 사는 교회 목사직이었다. 18세기 말에는 영국 전역에서 국가 교회의 안정된 목사직 일자리는 수 만 개에 육박했을 정도이다.[1)]

고급 전문직 일자리를 얻으려면 군 장교는 '커미션'을 사면 바로 될 수가 있었지만, 비군사 전문직은 대학, 즉 잉글랜드와 웨일스에서 19세기 초까지 유일한 대학들이던 옥스퍼드와 케임브리지 대학에서 교육을 받아야 했다. 대학에서 받는 교육은, 심지어 목사직을 고려하는 학생들인 경우에도 '전공'과는 큰 상관이 없었다. 교과과정은 주로 라틴어와 그리스어 고전어문학으로 구성되어 있었으니 어릴 때부터 기숙학교나 가정교사들에게 이들 어려운 언어를 배우지 않은 사람, 또는 그럴 기회가 없었던 계층 출신은 애초에 배제될 수밖에 없었다. 또한 옥스퍼드나 케임브리지에 들어간 젊은이들은 '대학 캠퍼스'를 맘 놓고 거니는 것이 아니라 각자 소속된 '컬리지'(college)에서 숙식을 같이 하며 '신사'다운 품행과 몸가짐, 말씨를 습득하여 '엘리트' 다운 모습을 갖추는 것이 대학을 다니는 '목적'이었다고 해도 과언이 아니다. 이러한 포괄적인 '교양' 내지는 '생활 교육'은 국가 교회 목사직이나 육군 장교 직을 맡는 경우에도 특정 기술이나 업종에 묶이지 않는 '폭넓은' 소양이 더 바람직하거나 아니면

1) Russell, *The Clerical Profession*, 18-19.

더 ‘신사답다’는 통념에 부합되는 것이었다. 또한 적절한 품행의 매너를 갖추는 것은 군주와 군주가 수반인 국가교회를 섬기는 ‘자세’와도 직결된다는 점에서는 그 정치적인 의미가 적지 않았다.[2] 19세기 중반부부터 고위 전문직들에 편입되는 방식이 개혁되기는 했다. 1854년에 노스코트-트레빌리언(Northcote-Trevelyan) 보고서가 제시한 종신 공무원제도 안을 의회에서 받아들였고, 이에 국내근무 공직자 선발은 누구나 지원할 수 있는 임용시험으로 전환하게 되었다. 1871년부터는 육군 장교 직 커미션 거래도 자취를 감추게 된다. 이 무렵부터 육군 및 해군 장교, 의사, 국가교회 목사직에 있어서 ‘레지던트’ 전문훈련이 강조되기 시작했고, 점차 전문적인 업무 능력이 집안 출신 배경보다 더 중요하게 된다.[3] 그렇긴 해도 부유한 집안에 태어나 값비싼 교육을 받고 옥스퍼드나 케임브리지를 나온 사람들이, 그런 조건을 갖추지 못한 사람들에 비해 임용시험을 통해서도 훨씬 쉽게 이들 전문직에 진입할 수 있었다.

대학에서 전문교육을 받은 상류층 자제들이 진출할 일자리는 뒤에서 다룰 성직을 포함해도 그 전체 인구를 감안하면 극히 제한된 수에 불과했다. 근대영국의 시장경제와 자본주의를 선도한 직종이 국교 목사나 군대 장교일 수는 없으리라는 것도 쉽게 추론할 수 있다. 영국을 근대 자본주의의 선두주자로 만든 사람들은 대토지 임대료에 의존한 귀족, 젠트리, 국교 목사들이 아니라 대토지에 기반을 두지 않은 도시 중산층들이다. 이들은 앞서 「도시」에서 다룬 타운이나 대도시 런던을 무대로 금융, 무역, 도소매, 서비스, 제조업 분야에서 이윤추구에 몰두했고, 경제의 역동성과 진취성을 보장하는 성장 동력이었다.[4] 이들은 18세기를 거치며 점차 뚜렷한 계층적 색채를 드러내게 된다. 18세기 중반에 본격적으로 ‘소설의 발생’

---

2) 같은 책, 19-20.

3) 같은 책, 24-26.

4) Langford, “The Eighteenth Century (1688-1789)”, 390-91.

을 가능하게 해준 세력도 이들이었다. 중산층들은 새뮤얼 리차드슨의 도덕적인 사실주의 소설의 소비자층이었다. 당장 리차드슨 본인도 그러한 도시 중산층인 인쇄업자였다. 『파멜라』의 내용이 대토지 소유 젠트리 계층인 '미스터 B'가 상류층의 느슨한 성 관념을 버리고 파멜라의 작가 및 독자들이 수긍할만한 도덕성을 받아들이는 것으로 설정되어 있으니 이 소설은 그 자체가 '중산층 문화혁명'을 선도 내지는 선동하고 있다고 할 만하다. 상류층들이 다소 비아냥거리는 의미로 '가운데 낀 축들'(middling sorts)이라고 부르기 시작한 이 말이 점차 '중산층'(middle classes)이라는 중립적인 표현으로 변하고, 오늘날에는 번듯하게 사는 계층을 아예 'middle class'라고 부르게 된 과정은 근현대 영국역사의 주도세력이 누구였는지를 증언한다. 18세기 말을 기준으로 일반화한다면, 이들 중산층은 젠트리 계층과는 구분되는 종교, 생활방식, 사고방식, 문화를 공유했다. 젠트리 계층에 비해 대체로 복음주의적 비국교도에 호의적이고, 생활방식에 있어서 과시성보다 실리와 편리성을 추구하고, 고전어 인문교양은 없지만 영어전용과 영어문학을 지지하고, 기술발전과 실용주의적 과학에 깊은 관심을 보였고, 무엇보다도 이윤과 영리 추구에 진지하고 열정적으로 매진했다. 이들의 문화생활은 감성적이고 도덕적인 사실주의 소설을 탐독한다든지, 티켓구입을 통해 연주회 등 공연을 보거나, 바스 같은 휴양지에서 휴가를 즐기는 점이 상류층과는 달랐다. 상류층들은 시골 대저택이나 런던 타운하우스에서 서로 초대하여 디너 파티를 열거나 런던에 가서도 몇 년씩 세를 내서 이용하는 전용 박스에 앉아 오페라를 감상하며 서로 교류하던 반면, 이들은 서로 모르는 사이끼리 입장권만을 사서 한 장소에서 문화소비를 함께 한 후 다시 뿔뿔이 흩어졌다.[5)]

도시 중산층의 수입과 생활수준은 산업혁명을 거친 후에 더욱 더 높아

---

5) 같은 책, 390-97.

지게 된다. 앞서 「가정」 장에서 보았듯이 가사도우미들을 하나 이상 두는 가구들이 늘어난 것이 이러한 생활수준 상승의 한 가지 명확한 지표이다. 또한 산업혁명 시대에 계층상승의 문이 넓어지자 중산층에 편입되는 숫자도 더욱 많아진다. 질적, 양적으로 성장한 중산층은 1850년대에 들어오면 그 내부에서 계층분화가 일어나기 시작한다. 도시 중산층의 최상위 그룹에는 변호사, 사업가, 은행가, 대규모 유통업자 등이 포진하게 되는데, 이들은 그야말로 어원적인 의미 그대로 '부르주아'(bourgeois, '도시시민')로서 정치적, 경제적, 문화적으로 무시할 수 없는 세력으로 부상한다. 19세기 영국을 대표하는 정치인들인 로버트 필(Sir Robert Peel), 윌리엄 글래드스턴(William Gladstone), 벤저민 디스랠리(Benjamin Disraeli)는 모두 이러한 '부르주아' 계층이라고 할 수 있다. 필은 랭캐셔(Lancashire) 지방 공장주 집안 출신이고, 글래드스턴과 디스랠리는 무역과 상업으로 돈을 번 부친의 아들들이다. 영국의 수상을 두 번 이상 지낸 이들의 성장배경은 단순히 '부르주아'의 부상을 보여주는 것이 아니라, 오히려 중산층의 최상위 그룹은 점차 젠트리 계층이 주도하는 상류층 문화에 포섭되었음을 증언한다. 필과 글래드스턴은 해로우(Harrow), 이튼(Eton), 옥스퍼드 대학교 크라이스트 처치(Christ Church) 등 상류층 아들들이 가는 값비싼 최고 명문학교를 나왔고, 아버지 또는 할아버지 때부터 '준남작'(baronet)의 명예를 국가로부터 얻어내어 '경'(Sir)을 이름 앞에 붙이는 집안 출신이었다.[6]

이렇듯 중산층의 상위 그룹이 19세기 내내 지속적으로 상류층에 편입되는 '젠트리화'(gentrification)가 진행되었다.[7] 반면에 중산층 하위권에는 옷만 번듯하게 입었지 사실상 임금노동에 전적으로 의존하는 '중하위

---

6) Peel, Gladstone, Disraeli의 가문역사는 Cannon ed., *The Oxford Companion to British History*, 735-36, 415-17, 292-93 참조.

7) Matthew, "The Liberal Age (1851-1914)", 491.

층'(lower middle class), 즉 다수의 소시민들이 우글거렸다. 이들을 대표하는 유형은 런던 시티에서 근무하는 '시티 사무원'(City clerk)들이다. 디킨스의 소설에 자주 등장하는 이들 시티 사무원은 『크리스마스 캐럴』의 봅 크래칫처럼 생활고에 시달리며 근근히 삶을 이어가는 가난한 봉급쟁이부터 『위대한 유산』의 웨믹처럼 비교적 안정된 봉급 덕에 아늑한 사생활을 즐기는 축까지 실제로는 그 지위와 형편이 다양했으나, 이들이 자산소득이나 사업이윤이 아닌 근로소득에 의존한다는 점에 있어서는 사회경제적 위치가 같았다.8) 런던과 같은 도시지역에서 수적으로는 봅 크래칫과 비슷한 형편에서 사는 이들이 압도적으로 많았다. 스크루지 같은 '상위 1%' 시티 부자 1인당 봅 크래칫같은 사무직은 최소한 12명은 되었으리라고 추정할 수 있을 정도이다. 1861년 기준, 런던에서 생활하며 일하는 단순 사무직 종사자의 수는 총 31,000명이었고, 30년 후인 1891년에는 이 숫자가 90,000으로 세 배 늘어난다.9) 이렇듯 숱한 사무직 노동자들이 근무하는 런던 시티를 비롯한 도시 사업장들은 대부분 소규모 개인회사나 합명회사였다. 수 십명씩 근무하는 거대한 '회사조직'은 19세기 영국에서는 특수 법인인 동인도 회사에서나 찾아볼 수 있었다.10) 이들은 봅 크래칫이나 웨믹처럼 각자 사업장에서 '사장님'과의 직접적인 주종관계에 포섭되어 있었기에, 스크루지나 재거스 같은 고용주의 기벽과 못된 성질을 감내해야만 했다. 이들은 모든 면에서 자신들의 고용주인 도시 중산층 상위그룹의 처지와는 대척점에 서 있었다.

19세기에는 근로소득에 의존하긴 하지만 그 소득의 규모나 일의 전문성에 있어서 이들 사무원과는 급이 다른 전문직 도시 중산층들의 입지와 위상이 공고해졌다. 산업혁명과 식민지 팽창, 대중 민주주의의 부상 등의

8) 같은 글, 487-88.

9) Inwood, *A History of London,* 494.

10) Daunton, "Society and Economic Life", 75.

변화와 맞물려, 가장 대표적인 전문직종인 법조계와 영국 교회 성직을 포함해서 고급 전문 서비스업계에서는 출신배경보다는 전문성을 강조하는 분위기가 확산되게 된다.[11] 이에 부응하여 한편으로는 전문직 진입의 문호를 좀 더 넓히는 동시에 다른 한편 기득권을 보호하기 위해 조직화가 진행된다. 이런 과정에서 전문직 종사자는 상당한 규모로 증가했다. 1881년쯤 되면 법정변호사 및 사무변호사(이 양자의 구별은 잠시 후에 설명하기로 하자) 총 숫자가 17,400명, 의사는 15,100명, 치과의사는 3,600 명으로 집계되었다. 제국 경영과 밀접한 관련이 있는 육군 및 해군 장교들도 본국에서 근무하는 인력만 15,000명에 달했다. 다른 한편, 전문직종별 협회들도 속속들이 생겨나게 된다. 가장 먼저 조직화된 것은 변호사들로, 1825년에 변호사 협회(Law Society)가 출범했다. 1834년에는 변호사들의 뒤를 이어 왕립 영국 건축가 협회(Royal Institute of British Architects), 왕립 수의사 협회(Royal College of Veterinary Surgeons)가 1844년, 기계공학자 협회(Institute of Mechanical Engineers)가 1847년, 영국 의사협회(British Medical Association)가 1856년, 공인회계사 협회(Institute of Chartered Accountants)가 1880년에 생긴다. 이들 단체들의 1차적인 목적은 해당 전문직의 위상을 높이고 안정된 수입을 보장하기 위해 전문직 진입 및 활동을 관리하는 것이었다. 아울러 상호 교류와 기관지 발행을 통해 전문지식을 공유하고 발전시키는 것도 이들 단체의 활동에서 큰 몫을 차지했다. 19세기에 등장한 대표적인 전문직 자격 관리 제도들로는 1815년부터 시작된 약사자격 시험, 1806년에 문을 연 식민지 관리직 양성소 동인도회사 컬리지(East India Company College), 1825년부터 시작된 육지 측량부(the Ordnance Survey) 입사시험, 1836년에 시작한 법무사 시험, 1837년부터 개시된 사무변호사 시험, 1858년 법령에 의해 세워진 의

11) Russell, *The Clerical Profession*, 21-22.

료교육 및 면허관리 위원회(General Council of Medical Education and Registration) 등을 들 수 있다.[12]

이와 같은 전문직의 조직화 및 전문직 종사자의 증가에 부응하여 전문직에 진입할 인력을 교육시킨 기관들은 옥스퍼드와 케임브리지 등의 전통적인 대학들이 아니었다. 그 주역은 사립 기숙학교(public school)들이었다. 19세기에 들어와서 이들 사립 기숙학교의 수 및 정원은 꾸준히 늘어났다. 이튼이나 해로우, 윈체스터(Winchester)처럼 수 백년 전통을 자랑하는 기숙학교 외에도 여러 기숙학교들이 19세기에 신설되었고, 이들 기숙학교들은 전통적인 기숙학교들의 교육과정인 서양고전어 인문교육과 아울러 공직자의 정신과 자세, 이념을 가르치는 교양 및 생활교육에 중점을 두었다. 그리하여 19세기 말에 이르면 이들 사립 기숙학교들은 모든 전문직들을 관통하는 공통의 품성, 규범, 기준, 처신, 언어습성을 만들어 내는 데 성공했다. 말하자면 고급전문직에 진입하는 데는 명문 고등학교 졸업이 명문 대학졸업장 보다 더 중요한 잣대였다.[13] 물론 사립 기숙학교를 졸업한 후 옥스퍼드나 케임브리지로 가는 학생들도 적지 않았으나 그것이 출세의 필수 코스는 아니었다. 이튼을 졸업한 조지 오웰(George Orwell)이 곧장 동인도 회사 관리로 보직을 받아 버마(미얀마)로 가서 겪은 이야기를 자전적 단편소설 「코끼리 총살하기」("Shooting an Elephant")에서 다루고 있다. 이튼에서 서양고전 시대의 가치를 숭상하고 엄격한 품행을 유지하도록 교육받은 새파란 젊은이가 식민지 행정책임자로 부임한 버마 지역에서, 발정기 코끼리가 사람들을 해치고 다니는 상황이 발생한다. 식민지 토착민들의 무언의 압력에 밀려 본인의 의지와는 상관없이 코끼리를 사살하고만 주인공은 누가 누구를 '지배'하는 것인지,

12) 같은 책, 23-24.

13) 같은 책, 25.

식민지 지배란 것이 얼마나 공허한지 깨닫는다.

젊은 오웰처럼 사립 기숙학교를 졸업하고 곧장 식민지 관료가 되는 과정은 19세기 후반부에 가서 일반화된 전문직 진출 방식이다. 반면에 근세 초기는 물론이요 중세부터 내려온, 성직 다음으로 오래된 전문직은 변호사이다. 영국은 변호사의 나라라고 할 정도로 소송이 빈번하고 법이 복잡한 배경에는 일거리를 부지런히 만들어내는 이들 변호사들의 이익추구가 한 자리를 차지한다고 할 수 있다. 특히 『블리크 하우스』나 『위대한 유산』 같은 디킨스의 소설을 읽으면 그러한 인상을 지울 수 없다. 전자에서는 소송비용을 버느라 소송을 끝없이 지연시키는 형평법원이 풍자의 매를 맞고, 후자에서는 범죄자들의 운명을 맘대로 주무르는 형사사건 전문변호사 재거스의 비인간성이 선명히 부각된다. 그러나 디킨스의 비판적인 시각에도 불구하고 변호사들이 영국사회에서 수행한 순기능을 무시할 수 없다. 근대 시대 내내 고도로 상업화된 사회로 변화하는 과정에서 신용거래나 앞서 「재산권」에서 다룬 재산권의 보전, 승계, 신탁을 관리하는 데 있어서, 또한 철도 건설이나 국가의 전쟁 등 공공사업 자금을 모으는 데 있어서까지, 변호사들의 역할은 절대적으로 중요했다.[14] 위의 디킨스 소설들도 결국엔 모든 사람들이 법조계에 얼마나 의지하고 있는지를 충분히 인정하고 있다. 대토지 지주 레스터 데들록 경은 변호사 터킹혼에게 집안의 모든 문제를 전적으로 위임하고 지낸다. 핍에게 익명으로 두툼한 용돈을 주는 매그위치도 재거스를 전폭적으로 신임하지 않았다면 재거스에게 자금을 맡겨놓지 않았을 것이다.

변호사들의 부상은 농업혁명이 한참이던 18세기에 이미 상당 정도 진행되었다. 농업혁명으로 대토지의 가치가 중요해짐과 동시에 토지 소유권을 관리해주는 전문 서비스에 대한 수요가 커졌던 것이다. 또한 도시

14) Daunton, “Society and Economic Life”, 46.

사업가들도 18세기에 해외 무역이 증가함에 따라 관세와 자금결제에 있어서 변호사들의 도움을 받지 않을 수 없었다.15) 런던은 상급 법원이 있는 곳일 뿐 아니라 무역금융의 중심지였기에 런던 법조계는 18세기를 거치며 급속히 성장했다. 1729년에는 영국 전체의 변호사의 약 4분의 1이 런던에 사무실을 차리고 있었으나, 1800년에 이르면 그 비중이 3분의 1로 늘어난다. 1790년 자료를 보면, 런던은 나머지 잉글랜드 도시들을 모두 합친 것보다 6배나 많은 법조인들의 일터였다.16) 영국의 변호사들은 크게 두 가지로 나뉜다. 이들은 고등법원에서 소송을 대리하는 법정변호사(barrister)와 법정변호사의 소송을 돕거나 아니면 형평법원 소송을 대리하거나 기타 법원 밖의 법률 서비스를 제공하는 사무 변호사(solicitor)로 구별된다. 전자가 고등법원 소송대리인으로서 특권적 지위이자 고등법원 판사가 될 수 있는 '명예'를 추구하는 위치라면 후자는 각종 재산권과 사업관련 업무에 개입하며 '실리'를 챙기는 위치이다.17) 법정변호사가 되려면 런던의 법학원(Inns of Court)에서 기숙하며 교육을 받아야 하는 등, 교육과정이 비싸고 길기에 집안의 재력과 배경이 전제가 된다. 사무 변호사가 되는 길은 이보다는 개방적인 편이었다. 막강한 권력을 행사하는 터킹혼이나 재거스는 모두 사무변호사들이다. 반면에 디킨스의 『두 도시 이야기』의 우울증에 시달리는 알코올중독자 시드니 카튼은 상류층 집안 출신답게 법정변호사 자격을 갖고 있다. 근대 자본주의사회로 영국이 변모하는 과정에서 중심적인 역할을 한 변호사들이 법정변호사가 아니라 사무 변호사들이었음을 디킨스의 소설에서는 세상 사람들이 두려워하는

---

15) Russell, *The Clerical Profession*, 17.

16) L. D. Schwarz, *London in the Age of Industrialisation: Entrepreneurs, Labour Force and Living Conditions, 1700-1850* (Cambridge: Cambridge University Press, 1992) 27.

17) Baker, *An Introduction to English Legal History,* 162-64.

변호사들로 사무변호사 재거스나 터킹혼을 설정한 반면, 세상과 불화해서 겉도는 영혼을 법정변호사 카튼에게 맞춰놓으므로 증언한다.

근대 시대에 법조인처럼 명예나 권력은 없지만 실리와 이권에 깊이 개입할 수 있는 직종이 금융업이었다. 고리대금업자나 사채업자 수준이 아니라 전문적인 금융서비스 사업자로서 은행가(banker)가 등장하기 시작한 것은 17세기 후반부 왕정복고 시대이다. 런던 보석상들이 상류층의 귀금속을 보관해주고 이들에게 보관증을 써주면 그것이 화폐처럼 유통되기 시작했던 것이다. 이들 보석상들은 거기에서 한걸음 더 나아가 귀금속을 담보로 적절한 금리로 대출을 해주기 시작했다. 1677년에는 이렇게 금융업을 하는 보석상들이 런던에서 무려 37명이나 있었다.[18] 그러나 이들의 금융업은 '파트타임' 사업이었고 본업은 귀금속을 거래하는 것이었다. 그러다가 이들 중 일부가 점차 금융업에만 전념하면서 1700년 무렵에 영국 최초의 은행들이 등장했다.[19] 디킨스의 『두 도시 이야기』에 등장하는 고색창연한 텔슨 은행은 상류층의 주거지 웨스트민스터 곁에 자리 잡은 것을 보면 귀금속 가게가 변신하여 출범한 은행으로 상정한 듯하다. 은행가의 또 다른 유형은 '공증인'(scrivener)들이었다. 어음, 차용증서, 모기지 등 문서의 작성을 돕고 관리해주는 이들 공증인 중 일부가 말하자면 '투자은행'의 기능을 하며 자산을 축적하는 경우들이 있었다. 디포의 『록사나』에 등장해서 록사나에게 투자자문을 해주는 로버트 클레이튼 경(Sir Robert Clayton)은 실존 인물로, 이와 같은 공증인 출신 은행가였다.[20]

지금까지 논의한 직업들은 불가피하게 모두 남성들의 전유물이었다. 여성들로서 할 수 있는 일은 결혼을 하지 않은 한 많지가 않았다. 그 중 한 가지가 위의 「가정」 장에서 살펴본 '가정교사'였으나, 가정교사 고용

---

18) W. J. Loftie, *A History of London* (London: Edward Stanford, 1883) 392.

19) Inwood, *A History of London,* 341-42.

20) Sheppard, *London: A History,* 138.

은 19세기 중반에 와서야 확산되었다. 18세기를 기준으로 논의한다면, 일을 안 해도 되는 상류층이 아닌 중간층 여성들이 할 수 있는 경제활동으로는 가게운영을 제일 먼저 꼽을 수 있다. 18세기 초, 디포 시대에 런던의 과부 또는 미혼 노처녀가 주인으로서 참여하고 있던 업종은 한 통계에 의하면 70% 정도가 식음료, 접객업소와 옷가게이고, 나머지는 전당포 및 기타 잡화 가게였다.[21] 이러한 업소들은 전체 런던 사업장의 약 5에서 10 퍼센트 정도로 추정되니 결코 많다고 할 수는 없지만 통계적으로 유의미한 몫을 차지한 것은 인정할 만하다. 남편이 죽은 후 사업이나 자산을 물려받은 과부들은 특히 경제적으로 중요한 인물들이었다. 이들은 자금을 금융시장에 투자할 수도 있고(거액의 금융자산을 투자하는 디포의 화류계 여성 록사나도 일종의 '과부'로 행세한다), 현찰 자산을 갖고 있는 과부는 재혼할 시에 새로운 사업 자금을 제공하는 원천이 되었다.[22]

어느 시대건 여성에게 늘 문호가 열려있던, 직업 아닌 직업 매춘이 돈과 욕망이 맘껏 자유를 누리던 영국 근대 사회에서 번성했으리라는 점은 쉽게 추측할 수 있다. 영국소설에서는 디포의 『몰 플랜더스』나 『록사나』가 몸을 자산으로 굴리는 여성의 삶을 내부의 시각에서 그려주고 있다. 몸을 잘 굴려서 경제적 이득을 챙기는 디포의 여주인공들과 달리 디킨스의 『올리버 트위스트』의 낸시는 몸은 팔지만 사회경제적 족쇄에서 벗어날 수 없는 열악한 처지에 묶여있다. 두 작가 모두 당대의 매춘 세계의 일면을 사실적으로 그리고 있다. 디포의 몰은 도둑질을 하다 뉴게이트 감옥에 갇힌 어머니의 자식으로 뉴게이트 감옥이 출생지이다. 몰의 모친처럼 아이를 밴 덕분에('나온 배를 참작해서'[plead the belly]) 사형을 면한 여성들이 적지 않았다. 다만 몰의 어머니나 나중에 몰처럼 사형 대신

21) Peter Earle, *The Making of the English Middle Class: Business, Society and Family Life in London, 1660-1730* (London: Methuen, 1989) 170.

22) 같은 책, 173-74.

신대륙으로 유배형으로 감형을 받는 경우보다는 아이 해산 후 사형을 집행당하는 경우가 많았다.[23] 고급 정부 생활을 하는 록사나는 이따금 자신이 '창부'(whore)인 처지를 자책하곤 한다. 그러나 당대에 록사나 처럼 '창부'로 분류될 여성이 적지 않았다. 이 'whore'라는 명칭은 적법한 결혼관계가 아닌 성관계를 맺는 여성이면 누구에게나 해당되었던 까닭이다. 같은 논리로 남녀가 불법 성행위를 하는 장소는 개인 집이건 여관이건 모두 '사창가'(bawdy house)로 불리었다.[24] 록사나가 자신을 '창부'로 규정하는 것은 당시 용례에 맞는다. 직접 몸을 팔거나 아니면 그러한 행위를 조장하고 지원하는 역할이거나 전업으로 그 일에만 매달리는 경우들보다도 '파트 타임'으로 수입을 보충하기 위해 매춘을 마다하지 않는 여성들이 18세기에는 훨씬 많았다.[25] 소매치기가 '주업'이면서도 경우에 따라 돈을 목적으로 모르는 남성과 관계를 맺는 것도 주저하지 않는 몰 플랜더스의 모습은 당대 현실을 적절히 반영하고 있다.

반면에 디킨스의 낸시는 매춘 그 자체보다는 사회의 최하층에서 간신히 연명하고 있는 '노동계층' 여성의 면모를 갖추고 있다. 그녀의 순박함은 그러한 '민중적' 미덕의 발로이다. 낸시같은 가난한 (게다가 올리버 트위스트나 조셉 앤드루스처럼 알고 보니 괜찮은 집 자식임도 드러나지 않는) 인물이 근대영국소설에서 주인공으로 대접받은 일은 노동자들이 주인공으로 나오는 19세기 중반의 『매리 바튼』(*Mary Barton*)을 비롯한 '산업소설'들 몇 권을 제외하면 극히 드물다. 19세기 말에 나온 하디의 『더버빌의 테스』와 『무명의 주드』의 주인공들은 하위 노동계층이지만,

---

23) Maureen Waller, *1700: Scenes from London Life* (New York: Four Walls Eight Windows, 2000) 311.

24) Dabhoiwala, "The Pattern of Sexual Immorality in Seventeenth- and Eighteenth-century London", 87.

25) 같은 글, 93-94.

이들은 테스의 경우 시골이 배경이니 목가적인 분위기가 그녀의 기구한 팔자를 다소 보완해준다. 주드의 경우 그의 믿기 어려운 독학 고전지식은 그를 다른 노동자들과 격리시킨다. 영국근대소설에 노동자 주인공은 너무 늦게, 너무 '편집된' 모습으로 등장한 것이다. 그 정도로 대접한 것에도 당대 문단은 극심한 비난을 작가에게 쏟아 부어서 하디는 『무명의 주드』를 끝으로 사실주의 소설에서는 손을 떼고 말았다. 소설 밖에서 이들을 하나의 계층으로 인식하기 시작한 것은 1830년대로, '일하는 계급들'(working classes)로 이들을 부르거나 아니면 보다 일반적으로 '일손들'(hands), 가령 '공장일손'(factory hands)으로 지칭되었다.[26] 이들 '일손들'은 소설을 쓰는 손이나 소설책을 펼쳐든 손이 모두 개별 인격체로 인식하기를 주저했다. 하지만 근대영국소설 밖 역사에서 얼마나 많은 무명의 서민과 노동자들이 농촌의 들판에서, 공장의 기계 곁에서, 가정집의 지하 부엌에서, 열악하고 기구한 삶을 살며 소설소비자를 비롯한 '문화인'들의 삶을 가능하게 해주었던가를 잊으면 안 될 것이다.

이들 전문직 중에서 영국소설에 자주 등장하는 국가교회 목사직이 가장 특이하게 보일 법하다. 목사직은 '소명'을 받아 세속적인 욕심을 희생한 거룩한 성직이라고 생각하는 요즘 시대의 기준으로 보면 평생 '철 밥통'에 해당되는 '봉직'(living)을 받는 자리로 국가교회 성직을 간주했던 근대영국의 관행은 사뭇 기형적으로 보이는 게 사실이다.

영국 국교 목사직을 이해하려면 헨리 8세의 기형적인 '종교개혁'으로 거슬러 올라가야 한다. 종교적인 소신이 아닌 본인의 정략적인 이유에서 교회를 로마 교황에게서 분리시켜 국왕의 수하에 둔 그는 연이어 수도원들을 무참히 해체하고 빼앗아서 일반인들에게 팔아넘기어 거액을 마련한다. 이렇듯 돈과 권력에 깊이 연루된 영국 교회, 'Church of England'의

---

26) Harrison, *The Common People*, 231-34.

일각에서는 진지한 종교개혁을 추진하려는 움직임도 없지 않았고, 청교도적인 개혁 세력이 17세기에는 혁명과 내전에 불을 지피기도 했다. 하지만 영국 교회의 주류는 신학적으로는 소위 '중도'(via media)의 길을 가며 개방성을 유지하지만, 교회의 법적 지위 및 정치적 역할에 대해서는 전혀 개방적인 여지를 남기지 않았다. 종교개혁을 받아들인 국가교회들에는 전통적인 가톨릭 국가 교회보다 훨씬 더 권한과 책임이 집중돼 있었다. 가톨릭 국가의 경우 국가권력뿐 아니라 교황청의 지시를 받아야 했고, 또한 국내에서도 다양한 수도회들과 교구 조직이 공존하는 반면, 개신교 국가교회는 출생 등록, 사망신고, 혼인승인, 빈민구제 등 개인과 공동체의 중요한 문제들에 깊숙이 개입하는 강력한 독점적 국가 권력기관이었다.[27] 그러한 위상과 역할을 부여받은 국교 목사들은 국가의 법에 의해 생활을 보장받도록 하는 것이 영국교회의 대원칙이었다. 목사직이 이렇듯 안정된 수입원이다 보니 영국 국교 초기에는 비성직자가 교구책임목사(rector)의 자리를 차지한 후 실제 목회일은 대리목사(vicar)를 고용해서 맡기는 일도 흔했다. 1603년까지 9,284개의 교구책임목사 자리 중 무려 4,000개가 이러한 비성직자의 수중에 들어가 있었다. 종교개혁 이전에 성직자 임명권은 교회의 주교 및 대주교, 옥스퍼드와 케임브리지 대학교 개별 컬리지들, 그리고 각종 수도회로 분산되어 있었다. 헨리 8세의 종교개혁은 교황으로부터 영국 교회의 독립을 선언할 뿐 아니라, 잉글랜드와 웨일스 땅의 모든 수도회를 '접수'하여 수도원의 토지와 권리를 졸지에 빼앗아 버린 '수도원 해체'(Dissolution of Monasteries)로 즉각 이어졌다. 이때 수도회의 재산을 불하받은 세속 지주들이 수도회에 귀속되어있던 목사 임명권도 같이 승계한 결과, 이와 같이 비성직자가 성직 녹을 받아먹

---

27) David Hempton, "Enlightenment and Faith", *The Eighteenth Century: 1688-1815*, 82.

는 기형적이며 극히 비성서적인 관행이 자리잡았던 것이다. 책임목사자리와 대리목사의 수입의 차이도 현저했다. 17세기에 에섹스(Essex) 카운티의 혼처치(Hornchurch)의 경우, 책임목사직 연봉은 800 파운드였으나 실제 일을 전담하는 대리목사는 55 파운드에 불과했다.[28] 16세기이후로 교구의 운영도 교회조직의 지시를 받는 것보다는 지역 유지들에게 주도권이 넘어갔다. 교회운영비 및 성직자 봉급이 지방세에서 충당되었고, 교구의 중간층에 속하는 농사업자나 타운 상인들이 교구 일을 수행했다.[29]

영국교회의 재정이 상대적으로 건전해지고 목사직의 위상이 높아지게 된 계기는 앤 여왕이 1704년에 교회세가 비성직자들에게 가는 통로를 막고 전액 교회에 귀속시킨 획기적인 조치였다. 말하자면 종교개혁 때 빼앗은 수도원의 재산 중 교회세에 해당되는 부분을 교회에게 양도해 준 것이다. 그 결과 목사들의 생활이 전체적으로 개선되다. 이에 맞추어 대학 교육을 제대로 받은 젊은이들이 성직을 택하는 비율도 높아진다. 달리 말하면, 17세기까지만 해도 성직자들의 교육 수준은 일정치 않았다.[30] 아울러 국교 목사의 수입은 토지 임대료에 연계해서 부과하는 교회세(tithe)에 연계되어 있었기에 교회는 농업혁명과도 밀접한 관련이 있었다. 교회는 대토지의 규모가 커지며 생산력이 증가하고 인클로저로 농경 및 목축지가 늘어나는 18세기 농촌경제 '구조조정'의 수혜자였다. 18세기 후반부에서 19세기 초까지 인클로저 법을 통과시키며 교회세를 조정 및 확보해준 건수가 약 2,220 건에 해당된다. 그 실제 내용은 원래 "tithe"의 의미인 '십일조'보다 훨씬 더 많은 비율인 교구 토지의 7분의 1이나 8분의 1을 교회세로 계산해준 경우가 많았으니, 교회 입장에서는 인클로저와 농업혁명의

28) Russell, *The Clerical Profession*, 29.

29) Innes, "Governing Diverse Societies", 115.

30) Michael Hinton, *The Anglican Parochial Clergy: A Celebration* (London: SCM Press, 1994) 8-9.

폐해를 비판할 이유가 없었다.[31]

요컨대 영국 국가 교회는 한 마디로 대토지 등 재산 소유자들의 세금에 의존했다. 또한 교회는 거대한 자산 소유자이기도 했기에, 교회세를 비롯한 교회의 금융 자산 및 각종 목사관 등 부동산, 심지어 두 세 개 교구의 수입을 한 사람이 챙기는 '성직겸직'(pluralism)마저도 유지하고 지키는 데 매진했다.[32] 국가교회는 외형적으로 거대한 행정조직을 갖추고 막대한 자산을 운영했으니 기독교적 청빈의 정신을 실천하는 자세를 보여줄 겨를이나 이유가 없었다. 교회 밖은 물론이요 안에서도 하느님 앞에 모든 사람이 평등하다는 기독교적 이상이 실현되지 않았다. 교회 안에 부유층을 위한 가구별 전용 좌석(pew)을 마련해 놓고 (마치 오페라 박스처럼) 돈을 받고 임대해주었으니 '가진 자'와 '없는 자'는 하느님 앞에서 예배드리는 공간에서도 확연히 구별되었다. 뿐만 아니라 전용 좌석이 여러 개인 경우 어떤 집 전용 좌석이 가장 '상석'에 위치해야할 것인가를 두고 서로 논란이 벌어지기도 했다. 이러한 전용 좌석 제도는 19세기 말에 가서야 사라졌다. 그 과정에서 전용 좌석을 없애려는 교회 측과 이에 대한 '권리'를 주장하는 신도 사이에 법정소송도 적지 않게 벌어졌다.[33] 이러한 형편에서 성도들이 얼마나 교회의 정통 교리를 따르고 성스런 삶을 사는지 여부는 상대적으로 부차적인 관심사이기 일쑤였다. 18세기까지도 각종 토착 미신을 비롯한 잡다한 풍습들이 서민들에게는 상당한 위력을 발휘했다. 명목상 국가 교회에 소속이 되어있을 뿐이지 예수 그리스도에 대한 확고한 신앙이 없는 사람들도 적지 않았다.[34] 상황이 이러했기에 물질적으로는 번성하지만 영적으로는 피폐한 국가 교회의 한계를 극복하려는

31) Russell, *The Clerical Profession*, 32.

32) Hempton, "Enlightenment and Faith", 84.

33) Hinton, *The Anglican Parochial Clergy*, 146.

34) Hempton, "Enlightenment and Faith", 91.

신앙운동인 감리교운동(Methodism)이 존 웨슬리(John Wesley) 형제 주도하에 18세기 후반에 영국 전역에 급속히 퍼질 수 있었다. 영국소설에서는 조지 엘리어트의 『아담 비드』(*Adam Bede*)의 경건한 여성 평신도 설교자 다이너 모리스가 감리교운동을 대변한다.

감리교가 부상하던 18세기 후반부에도 영국 국교의 외형적 성장은 지속되었다. 앞서 거론한 인클로저와 맞물린 교회세 증가로 목사관을 개축하여 넓히고 교구책임목사들은 젠트리급 생활을 할 수 있게 되었다. 이렇듯 국교 목사직 대우가 좋아지자 국교 목사직은 젠트리 계층의 아들들, 특히 상속에서 제외되는 차남이나 삼남이 택할만한 자리로 받아들여졌다. 체스터필드 경(Lord Chesterfield)이 아들을 여럿 둔 아버지에게 보낸 편지에서 충고한대로, "혈기 왕성한 아이는 육군이나 해군, 총기발랄하고 냉정한 아이는 법조계, 착하지만 덤덤한 아이는 성직을" 고려할 법했다.[35] 물론 육군이나 해군, 법조계와 마찬가지로 국가 교회 성직에도 직급에 따라 누리는 혜택의 편차가 컸다. 가장 최상위권에 속하는 성직자들은 대주교, 주교, 대성당 주임사제(Dean) 등이다. 영문학사의 주요 작가 중 대주교나 주교는 없지만 주임사제는 둘이 있다. 시인 존 던은 런던 세인트폴 대성당 주임사제, 조나단 스위프트는 더블린 세인트패트릭(St Patrick) 대성당 주임사제를 지냈다. 개별 교구에 배속된 목사들 중에서 가장 높은 지위는 교구책임목사(rector)로, 이들은 교회세를 전부 받을 권한이 있을 뿐 아니라 중세 때부터 내려오는 별개의 교회재산을 관리하는 책임자들이다. 영국소설에 나오는 대표적인 책임목사는 『오만과 편견』의 윌리엄 콜린스와 조지 엘리어트의 『미들마치』의 젊은 여주인공 도로시아를 아내로 맞아들이는 캐소본을 들 수 있다. 교구책임목사는 콜린스처럼 대토지 상속자인 경우도 있을 정도로 '집안'이 좋았다. 인간적으로는 전

35) Russell, *The Clerical Profession*, 33-34.

혀 볼품이 없는 콜린스의 예에서 볼 수 있듯이 교구책임목사 자리를 얻는 데는 '배경'과 '연줄'이 결정적이기 때문이다. 콜린스는 자기가 교구책임목사가 된 데 귀족인 레이디 캐서린 드 버가 큰 도움이 되었다고 자랑한다. 교구책임목사는 캐소본의 예에서 볼 수 있듯이 도로시아 같은 젠트리 계층 아버지의 딸이 시집가도 될 만큼 괜찮은 지위일 뿐 아니라, 본인은 '신화연구'로 소일하는 캐소본처럼 막상 교구일이나 성직에는 별로 관심이 없는 한량 생활을 하는 경우도 적지 않았다. 설교를 비롯한 온갖 목회 업무는 교회세 수입에서 일부를 떼어서 '부목사'(curate)를 고용해서 이들에게 전담시키면 되었다.

교구목사들은 지역 사회와 문화의 구심축으로서 중요한 역할을 맡았지만, 겸직을 하거나 박봉의 부목사를 고용해서 '하청'을 주는 관행은 교회 사역의 진정성을 손상시킬 수밖에 없었다. 18세기에 잉글랜드지역 교구 중 반 이상에 담당 교구목사가 상주하지 않거나 부목사를 대신 앉혀놓은 형편이었고, 이러한 편법적인 관행은 19세기 말이나 20세기 초에 와서야 정비되고 개혁되었다.[36] 목사 중 말단에서 온갖 궂은일을 도맡아 하던 이들 부목사들은 교구 목사 중 최상위층에 자리 잡고 있던 교구책임목사와는 출신배경, 성향, 생활수준, 심지어 신학에 있어서도 상당한 차이가 있었다. 영국소설에서 가장 유명한 부목사는 헨리 필딩의 『조셉 앤드루스』의 아담스 목사일 것이다. 학식과 인품이 훌륭하지만 연줄이 닿지 않아 일개 빈한한 부목사로 평생을 보내는 아담스 목사이지만 그의 희극적인 순진무구함과 자기의 '교인'이자 '제자'인 조셉과 패니에 대한 헌신적인 보호와 배려는 그리스도의 사제다운 면모를 충분히 입증하고도 남는다.

교구목사 중 최상위층인 교구책임목사들과 최하위층인 부목사들 사이 중간계층을 이루는 자리는 '교구목사'(vicar)이다. 이들의 명칭인 'vicar'

---

36) Hinton, *The Anglican Parochial Clergy*, 141-42.

를 그대로 옮기자면 '대리 목사'라고 해야겠지만 가장 일반적인 교구목사들이 'vicar'이기에 그냥 '교구목사'라고 해도 무리가 없을 것이다. 이들은 교구세를 전부 받는 것이 아니라 이중 일부만을 받고 나머지는 다른 개인(예컨대 해당 교구의 대토지 지주) 또는 (대성당이나 학교 등) 단체 '수익자'(impropriator)에게 가도록 되어 있는 직책이기에, 부목사보다는 생활수준이 높지만 교구책임목사 수준에는 못 미친다. 이들도 교구의 규모(즉 교구세 수입의 규모)에 따라 부목사를 고용해서 일을 떠맡기고 본인은 유유자적 하는 경우도 있었으나 대체로 직접 목회 업무에 참여했다고 보면 된다. 영국소설에서 교구목사들은 올리버 골드스미스(Oliver Goldsmith)의 『웨이크필드 교구목사』(*The Vicar of Wakefield*)를 비롯해서 비교적 자주 등장하는 편이다. 제인 오스틴의 『맨스필드 파크』(*Mansfield Park*)의 중심인물인 에드먼드 버트럼, 같은 작가의 『에마』(*Emma*)의 필립 엘튼 등이 모두 '교구목사'이다. 작가 중에 유명한 교구목사도 한 사람 있으니, 『트리스트람 섄디』를 지은 로렌스 스턴이 바로 그이다.

누구는 안정된 봉급을 받는 교구책임목사나 대리목사가 되고 누구는 말단 부목사로 평생을 보내게 되는가? 그 잣대는 필딩의 아담스 목사가 예시하듯이 '실력'이 아니라 '연줄'이었다. 교구 목사 임명권은 교회의 상부 조직이나 왕실 및 국가 정부, 옥스퍼드와 케임브리지 대학교의 컬리지들이 행사하는 것이 원칙이었으나, 일단 지역의 대지주가 해당 지역 목사직 임명에 영향력을 발휘하는 경우가 상당히 많았다.[37] 이러한 경우에는 교구목사 임명권은 대토지 상속자나 구매자에게 승계되는 '재산권'에 포함되었다.[38] 교회나 국가나 대학이 관여하건 안 하건, 이 모든 경우에 배

---

37) 같은 책, 149.

38) 같은 책, 7.

경과 연줄이 중요한 요소가 되었을 것임은 쉽게 짐작할 수 있다. 이래저래 운이 없거나 '줄을 잘못 섰거나,' 아담스 목사처럼 소신이 너무 강해서 말단에서 부목사로만 평생을 보내는 사람들은 19세기 전반부까지도 전체 성직자의 약 20%에 달했다.[39] 아담스 목사는 그래도 한 교구 '전임'으로서 한 동네에서 오래 일할 수는 있었으니 그나마 다행이다. 개중에는 아예 이 교구 저 교구에 일당을 받고 일하는 '일용직 목사'(journeyman clergy)들도 있었다.[40] 19세기에 들어와서 각종 의회 입법을 통해 상주하는 부목사들의 수를 늘린 덕에 1850년에는 전체 국가 교회 목사 중에서 '전임'이 아닌 목사는 9.5%로 축소되었다.[41]

국가 교회 성직자들은 필딩이나 조지 엘리어트의 소설에서는 대개 학식이 깊고 신념이 곧은 바람직한 지식인상으로 그려지고 있지만, 예전부터 늘 그랬던 것은 아니었다. 종교개혁 초기인 16세기까지 성직자의 교육은 제대로 이루어지지 않았었다. 국가교회의 『공통 기도서』 등 공식 매뉴얼에 따라 예배의식을 관장하는 수동적인 역할이었으니 사실 지적인 자질이 크게 중요하지 않았다. 17세기에 성직자들의 신학 지식수준이 다소 개선되기는 했으나 안정된 수입이 나오는 자리가 많지 않았기에 유식한 젊은이들이 쉽게 선택할 직업은 아니었다. 그러던 것이, 앞서 말한대로 18세기 초에 앤 여왕의 교회세 양도 이후로 상황이 현저히 달라졌다. 옥스퍼드와 케임브리지 대학교에서 교육받은 젊은이들이 성직을 택하는 일이 훨씬 더 빈번해졌고 주교 책임 하에 목사자격 시험을 실시하여 목사직 진입을 관리했다.[42] 여전히 성직은 안정된 '한직'으로 인식되고 배분되는 경향이 지배적이었긴 해도, 성직의 의미와 교회의 사명에 대한 인식을

39) 같은 책, 168.

40) Russell, *The Clerical Profession*, 35.

41) 같은 책, 37.

42) 같은 책, 46.

현식하려는 운동이 18세기 후반부에 전개되었다. 이미 소개한 감리교 운동 및 복음주의 '대각성'(the Great Awakening)이 대표적인 사례이다.[43) 18세기에는 계몽주의와 정통 교리를 적절히 배합해서 우주와 역사를 주관하는 '섭리'의 질서를 인정하는 입장에서 교회의 전통과 의식을 중시하는 '고교회파'(High Church)와, 교회의 전통보다는 성서와 계시에 의존하는 복음주의적인 '저교회파'(Low Church)의 대립전선이 영국교회 내에 형성되었다.[44)] 19세기에 접어들면 고교회파 내에서 계몽주의를 거부하는 운동이 옥스퍼드 신학자들 사이에서 전개된다. '옥스퍼드 운동'(Oxford Movement)으로 불리는 이들 '중세주의적' 개혁파들은 고색창연한 교구 교회 건물들을 복원하고, 교구 단위를 개혁하고(1850년부터 1900년 사이에 총 교구의 숫자가 2배로 늘어난다), 르네상스 이전 중세 고딕 문명을 예찬했다. 이들 옥스퍼드 대학교의 개혁파들은 그 대표적인 인물 중 하나인 존 헨리 뉴먼(John Henry Newman)은 아예 가톨릭교로 개종하기도 할 정도로, 19세기 산업사회와 세속적 합리주의를 근본적으로 거부했다.[45)] 소설과 연관해서 기억할 점은, 이와 같은 교회 내부의 현식운동은 신학적으로는 서로 같은 입장이 아니라 해도 크게 보면 기독교적인 정신에 입각해서 급변하는 19세기 사회를 비판하는 입장들과 맥을 같이 했다는 것이다. 19세기 중반에 일련의 '기독교 사회주의'(Christian Socialism)적 입장을 취하는 '산업소설'들이 등장한 것은 산업사회에 맞선 교회의 자세와 일맥상통한다. 영국 교회 교구책임목사였던 찰스 킹슬리(Charles Kingsley)의 『앨튼 로크』(*Alton Locke*, 1850)이 좋은 예이다. 산업소설 중에서 가장 작품성이 높은 것으로 인정받는 『매리 바튼』의 작가 엘리자베스 개스킬(Elizabeth Gaskell)은 삼위일체를 인정하지 않은 유니테리언

---

43) Hinton, *The Anglican Parochial Clergy*, 9.

44) Hempton, "Enlightenment and Faith", 76-77.

45) Hinton, *The Anglican Parochial Clergy*, 10-11.

파(Unitarian) 목사의 딸이자 아내이지만, 그녀가 맨체스터 공장지대의 현실을 조명하는 시각은 폭력 혁명을 기대하는 (맨체스터 공장주) 엥겔스의 사회주의와는 거리가 멀다. 이들 산업소설은 영국소설사에서 '사상'이 '문학'에 접맥된 사뭇 예외적인 사례들이다.

숱한 영국 근대소설의 배경이 되는 시골 대토지 교구에서 빼놓을 수 없는 인물들인 교구 목사들은 근대시대가 현대사회로 넘어감에 따라, 또한 대토지에 기반을 둔 시골 지주 세력들이 쇠퇴함에 따라, 그 사회적 중요성도 약화된다. 한편으로 성직자들이 맡았던 역할들이 19세기를 거치며 다른 전문직들의 몫으로 넘어간다. 빈민구제, 지방행정관, 교사의 역할을 해당 관리나 공직자들이 맡게 되는 시대에 국가 교회 성직자들은 예배의식을 관장하는 '종교 기술자'들로 축소된다.[46] 다른 한편으로 1870년대 이후 농촌 경제의 쇠퇴와 맞물려 성직 수입도 축소되게 되는데, 20세기 초가 되면 잉글랜드 교구 전체의 약 1/2은 교인들의 헌금에 일부 의존하지 않을 수 없는 형편이 된다.[47] 영국소설에서도 국가 교회 목사가 주목할 만한 역할을 한 것은 조지 엘리어트의 1871-72년 대작 『미들마치』의 캐소본이 마지막이다. 그나마 캐소본은 대략 소설 중간 지점(제 48장)에서 갑자기 죽어버린다. 게다가 그의 젊은 미망인 도로시아를 비롯해서 소설의 인물이나 독자 그 누구도 그의 죽음을 크게 아쉬워하지 않는다. 캐소본의 매력 없는 성격과 그의 죽음은 성직자의 시대가 이미 쇠퇴하기 시작했음을 예견한다.

하지만 성직자가 떠난 영국소설의 풍경이 더 쾌활하고 편안해지지는 않았다. 토마스 하디의 불운한 주인공들인 테스나 주드의 암울하고 비극적인 결말이나, 자연과 생명과 '섹스'에서 구원을 탐색한 로렌스(D. H.

46) Russell, *The Clerical Profession*, 38-40.
47) 같은 책, 48.

Lawrence)의 소설들이나, 찬사를 보낼 수는 있어도 흥미진진한 읽을거리라고 하기는 어려운 버지니아 울프(Virginia Woolf)의 실험소설들에 깃들인 내세 없는 죽음의 냉기가 독자들을 기다릴 뿐이었다.

10장 출판시장[1)]

지금까지 살펴본 근대영국 소설의 맥락과 배경들은 소설을 낳은 시대의 풍경을 조명해주었다. 그러나 소설은 자연발생적인 산물이 아니다. 소설은 다른 문자 텍스트들과 마찬가지로 공간과 시간, 제도와 행위들이 얽혀있는 출판시장에서 만들어지고 유통된다. 이제 마지막으로 근대영국 소설이 발생 및 발전한 시대의 출판시장을 살펴보자.

이 책을 시작하며 머리말에서 밝혔듯이, 영국에서 "the novel"은 가상의 세계를 지어낸 서사들이긴 하나 실제 현실과 흡사하게 닮아있고, 앞선 장에서 다뤘듯이 현실적인 관심사와 깊이 연관된 주제들을 다루는 책들이었다. 18세기부터 꾸준히 등장하기 시작한 이들 허구 서적들은 대부분 런던에서 출간되고 배포되었다. 영국 근대 소설은 내용이 어떠하건 일단은 '런던 산' 상품이었다. 물론 런던의 출판 시장 및 서적상들은 소설 외에 다른 인쇄물들 출간에도 열심이었다. 학술교재와 종교서적으로 특화된 옥스퍼드 대학 출판부와 케임브리지 대학 출판부를 제외하면 나머지 출판사의 압도적인 다수는 런던에 사무실을 차리고 있었다. 1695년에 인쇄업자 인허가법(Licensing Act)을 의회가 갱신하지 않은 이후로, 사전검열

---

1) 이 장의 내용은 「인문과학」 97집(2013.4)에 게재된 「19세기 런던출판과 영국소설」에 포함되었음.

을 통한 정부의 시장 통제 장치가 무력화된다. 이를 계기로 런던에는 인쇄 자유시장이 형성된다. 검열을 받지 않는 인쇄물의 생산과 유통이 가능해진 현실의 가장 큰 수혜자는 신문을 비롯한 정기간행물 저널리즘이었다. 프랑스에는 18세기 말에 가서야 일간 신문이 등장했던 반면, 런던에서는 1702년에 일간신문이 등장했다. 1709년 기준, 런던에서 정기적으로 발간되던 신문은 다음과 같다.

〈표 11〉 1709년 런던 발간 신문[2)]

발간형태	신문이름
일간:	데일리 커런트(*The Daily Courant*)
월, 수, 금 발간:	서플리먼트(*The Supplement*)
	브리티시 아폴로(*The British Apollo*)
	제너럴 리마크(*The General Remark*)
	피메일 태틀러(*The Female Tatler*)
	제너럴 포스트크립트(*The General Postscript*)
수요일 발간:	옵서버터(*The Observator*)
화, 목, 토 발간:	런던 가제트(*The London Gazette*)
	포스트맨(*The Post Man*)
	포스트보이(*The Postboy*)
	플라잉 포스트(*The Flying Post*)
	리뷰(*The Review*)
	태틀러(*The Tatler*)
	리허설(*The Rehearsal*)
	이브닝 포스트(*The Evening Post*)
	위스퍼러(*The Whisperer*)

2) Keith Williams, *The English Newspaper: An Illustrated History to 1900* (London: Springwood Books, 1977) 19.

포스트보이 주니어(*The Postboy Junior*)
시티 인텔리전서(*The City Intelligencer*)

이렇듯 일간지 1종, 주 3회 발행 신문 16종이던 1709년의 런던 신문들은 이후로 더욱 더 양적으로 증가하여, 1730년대에 이르면 런던 사람들은 주간 3회 발간 신문들 외에도 6개의 일간 신문을 구독하거나 서점에서 구매했다.[3] 인쇄업자 인허가법의 쇠퇴는 역사가 찰스 매콜리(Charles Macaulay)가 영국 역사상 그 어떤 사건보다도 '자유'의 신장에 기여했다고 평가한 바 있다.[4] 이 결정적인 전환점 이후로 번성한 인쇄시장이 낳은 상품에는 '소설'도 포함된다. '소설의 발생' 주역 중 하나로 꼽히는 새뮤얼 리차드슨 본인이 런던 인쇄 사업자 겸 출판업자였다는 점은 영국소설과 책 시장의 밀접한 관련성을 상기시키기에 충분하다.

출판시장이 형성되고 번성하려면 생산자 및 공급자들의 수익이 보장되어야 한다. 18세 전까지는 저작물에 대한 법적인 보호조치가 전혀 없었으니 출판시장에서 돈을 버는 것은 쉬운 일이 아니었다. 1695년에 인허가법이 무력화된 지 14년이 지난 후인 1709년에 14년간 저자의 지적재산권을 인정하는 법이 제정된다. 이를 통해 저자들이 출판시장에 뛰어들어 수익을 올릴 수 있는 제도가 마련되었다. 그 이후 저작권 기간은 점차 늘어난다. 아울러 저작권 보호 소송 판례들이 누적되면서 유능한 개인들이 출판시장에 원고를 내 놓을만한 환경이 만들어졌다. 출판업자 쪽에서도 저작권 소멸 개념이 법적으로 명문화됨에 따라, 저작권 비용을 감안한 기획을 하는 등 보다 계획적인 경영을 시작하게 되었다. 또한 저작권을 걱정하지 않아도 될 원고들을 확보하여 다양한 출판물들을 쏟아냈다. 인쇄업은 상

3) Linda Colley. *Britons: Forging the Nation, 1707-1837* (London: Pimlico, 2003) 41.

4) Cannon, *The Oxford Companion to British History*, 576.

대적으로 시설비용이 많이 드는 사업이고, 출판업은 원고 공급이 원활해야 가능하며, 무엇보다도 안정된 수요가 있어야 번성할 수 있다. 이 모든 점을 런던은 갖추고 있었다. 금융의 중심지인 런던에서 자본을 동원하기에 용이했고, 글로 먹고 살려는 인구가 런던에서는 넘쳐났을 뿐더러, 정부, 행정, 법조계, 비즈니스 중심지인 런던에서 인쇄출판물에 대한 수요는 늘 안정적이었다.[5] 그리하여 18세기 내내 성장한 런던 출판시장은 19세기 초가 되면 런던의 가장 중요한 산업 중 하나로 자리 잡는다. 1826년에서 1827년 사이에 런던에는 약 1,162개의 인쇄 및 출판업자들이 성업 중이었는데, 이 수치는 런던 제조업 업소의 약 8%에 해당되었고, 인쇄 및 출판업자들은 제조업 투자 자본의 약 10%를 흡수했다. 같은 기간에 런던 서적판매 업자는 685명으로 집계되었는데, 18세기 말에 300명에 불과했던 것에 비하면 고속 성장의 사례임이 분명하다. 1770년대에 매년 신간 서적의 수는 600 종이었던 데 반해, 1820년대 전반부에는 990에서 1,000 종으로 증가했다.[6]

문학사가 기억하고 기념하는 소설가들은 당대 출판 시장의 시각에서 보면 육필원고 제작자에 불과하다. 리차드슨처럼 인쇄업자가 소설을 쓴 희귀한 경우도 있고 디킨스처럼 본인이 잡지를 운영하고 출판업에도 관여한 경우가 있기는 하지만, 대부분 소설가들은 원고 생산에 만족했다. 이들의 원고가 책으로 변신하고 이 책들이 시장에서 유통되고 판매되려면 원고 쓰는 재주와는 상관없는 인쇄, 영업, 회계가 장기인 사업자들이 적극 개입하지 않을 수 없다. 런던의 인쇄 및 출판업자, 서적 유통상들은 근대영국소설을 번성하게 한 숨은 '주역'들이다. 그렇긴 해도 소설 발생 '초기'에 해당하는 1730년만 해도 이들 출판물의 한 장르로서 '소설'이

5) Ball and Sunderland, *An Economic History of London, 1800-1914,* 165-66.

6) David Barnett, *London, Hub of the Industrial Revolution: A Revisionary History 1775-1825* (London: Tauris Academic Studies, 1998) 49-50.

자리 잡지는 못했었다. 1731년 1월에 새로 출범한 『젠틀맨스 매거진』(*Gentleman's Magazine*)은 '매거진'이란 이름을 '잡지'의 동의어로 만든 공로가 있는 역사적인 출판물이다. 이 잡지 첫 호에 나오는 "1월의 출판 목록"을 보면 다음과 같다.7)

[1] 사형집행 보도(history)
[2] 문화계의 현 상황 (11월)
[3] 『크래프스맨』에 대한 세 개의 팸플릿
[4] 새 해 국왕 폐하에게 바치는 송시,
[5] 『비국교도 세력의 쇠퇴 원인에 대한 탐구』 저자에게 보내는 편지
[6] 영국의 정치 현황 (12월)
[7] 1730년의 사형집행 보도(history)
[8] 엘리자베스 여왕 재위 기간의 첫 주교 임명 역사(story),
[9] 성직자들에게 충고함, 이신론 문제에 대하여
[10] 코린트의 왕 페리안더 이야기(history)
[11] 케임브리지 숙녀들을 조롱한 데 대한 답변 시
[12] 선동과 중상을 까발리다, 『크래프스맨』의 저자에게 보내는 서한
[13] 젊은 성직자들을 천시하는 문제에 대하여
[14] 현 행정부의 조치들을 변호함
[15] 여러 정황에 맞춰 지은 시들, 케일럽 댄버즈
[16] 성서의 역사, 교훈, 예언을 옹호함
[17] 도덕의무에 대한 에세이
[18] 풍자시, 특히 『던시아드』에 대한 에세이
[19] 최근 사건(history)
[20] 빈정거림에 대하여
[21] 겨울 밤 이야기(tales)

---

7) *Gentleman's Magazine* (1731, 1월) 1권, 45-47.

[22] 스튜어트가 왕 및 왕실에게 내려진 천벌
[23] 영국의 최근 정치 현황
[24] 위기의 상황, 공정한 판단을 제시함
[25] 유럽의 현 정세를 고려함
[26] 고금의 저자들에 대한 견해들
[27] 성서를 옹호함
[28] 『현 행정부의 조치들을 변호함』이란 제목의 팸플릿에 대한 논평
[29] 이교도 신과 영웅들의 신화 이야기(history) 사전
[30] 페리안더, 비극 희곡
[31] 카르타고인들의 고대 역사(history)
[32] 12월의 월간 사건 일지
[33] 스파르타왕 클레오넨스에게 보내는 편지
[34] 현 시대를 개선할 방안을 두 개의 설교에 담음
[35] 위스톤주의자들
[36] 케일럽 댄버즈의 천박한 모함과 명예훼손에 적절히 대응함
[37] 영국 애국자
[38] 지혜 개론
[39] 연인의 참고서
[40] 워터랜드 박사의 편지에 답함
[41] 자의적 권력의 한 사례
[42] 호국경(Lord Protector)의 의회해산 시의 연설문
[43] 문학역사(history)
[44] 포르뱅 백작의 회고록
[45] 낭비벽, 희극 희곡, 매슈 드레이퍼 지음
[46] 정치 상황에 따라 지은 글들 모음
[47] 주 안에서 죽은 자들의 축복, 장례 설교문
[48] 연인들, 희극 희곡, 테오 시버 지음
[49] 문학 잡지

[50] 알제의 완결본 역사(history)
[51] 플로리다와 캐롤라이나 등의 자연환경(natural history)에 대한 에세이
[52] 원뿔 곡선 분석
[53] 런던 주교의 두 번째 회람서한 옹호
[54] 통풍 치료 론
[55] 잉글랜드 역사(histoire)
[56] 동물의 생리에 대한 해부학적 및 수학적 에세이
[57] 지구의와 태양계 모형 해설
[58] 『윈스슬로스』라는 제목의 오페라의 애창곡 모음
[59] 제일 원리에 의거한 항해 실무론 완결본

이상과 같이 『젠틀맨스 매거진』이 나열한 1731년 런던 출판 시장에 나온 최근 저작물들 목록에 대해 먼저 지적할 것은 압도적인 다수가 소책자 팸플릿 형태를 띤 출판물이라는 것이다. 둘째로, 출판물 구매자들이 관심을 갖는 주제나 내용들은 정치, 시사, 종교 등 실제 현실에 직접적인 영향을 주는 문제들임을 알 수 있다. 그리고 무엇보다도, 사실성을 사칭하는 서사로서 '소설'은 이 목록에 들어와 있지 않다는 점을 발견한다. 좁은 의미의 '문학'으로 명시적으로 제시된 장르들은 시나 희곡이지, 아직 '소설'의 시대는 열리지 않았던 것이다. 이와 관련해서 위의 목록이 보여주는 특이한 점은 사실적인 내용을 담은 서사를 지칭하는 개념으로서 'history'가 상당히 광범위하고 다양하고 신축적으로 사용되고 있다는 것이다. 어떤 경우에는 오늘날 이 말의 용례대로 실제 있었던 과거 역사에 대한 서사를 지칭하기도 한다. 위의 목록에서 10, 31, 43, 50, 55번이 여기에 해당된다. 다른 경우에는 '보도'라고 번역해야 더 마땅한 최근 사건에 대한 서사들도 'history'라고 지칭한다. 위의 목록에서 1, 7, 19가 이런 경우들이다. 과거 역사 서사임이 분명한 경우에도 'story'('history'와 'story'

는 둘 다 '서사', '이야기'란 의미의 라틴어 'historia'가 어원이다)로 지칭한 경우가 8번이다. 51번의 'natural history'는 이 당시는 아직까지 지질학과 진화론에 의거한 '자연의 역사'라는 개념이 등장하기 전이기에 '자연환경'으로 옮겼다. '허구'의 요소가 들어가 있는 서사에 'history'를 적용한 경우는 29번, 『이교도 신과 영웅들의 신화 이야기(history) 사전』 정도이다. 하지만 이것도 전승된 신화를 소개하는 것이지 개인 작가가 지어낸 작품은 아니니 '소설'과는 거리가 멀다. 허구적 서사와 가장 근접한 책은 21번의 『겨울 밤 이야기(tales)』정도인데, 'tales'로 분류한 것을 보면 단편 이야기들 모음으로 보이니, 이것 역시 사실적인 장편 소설과는 다르다.

이로부터 한 세기 이후로 내려와서 1830년대의 출판 현황을 살펴보자. 이제는 사실성을 내세우지만 허구적인 설정에 근거해 있는 서사들이 제법 고정적으로 등장하기 시작하던 시대로 변하긴 했다. 게다가 출판물 시장의 규모가 매우 커져서, 월간 출판물을 1731년처럼 한 잡지에 2-3쪽에 나열할 수 없을 정도가 되었다. 이 당시 출판물 시장의 현황을 알아볼 수 있는 한 가지 지표로 1830년대 초기의 대표적인 월간지 하나의 목차구성을 살펴보자. 1817년에 창간한 보수당 계열 월간지 『블랙우즈 에딘버러 매거진』(*Blackwood's Edinburgh Magazine*)의 1831년 7월호의 목차는 다음과 같다.8)

[1] 오두본의 조류학 전기
[2] 하원 개혁과 프랑스 혁명에 대하여, 7부: 세습귀족들은 어떻게 대처해야 하는가?
[3] 비치의 태평양 여행과 베링 해협
[4] 아일랜드와 선거법 개혁안
[5] 부재를 한탄하노라, 델타 지음

8) *Blackwood's Edinburgh Magazine* (1831년 7월) 30권, 목차.

[6] 고인이 된 한 의사의 일기에서 발췌한 대목들, 제 40장
[7] 영국 세습 귀족
[8] 서더비의 호메로스. 비평 3부
[9] 가정용 시, 제 2호
[10] 호레모스스의 송시. 제 1호. 목신(牧神) 송시
[11] 니제르 강, 제임스 맥퀸 자크의 서신

목차 중 1번은 생물학을 다루고 있으나 다수를 차지하는 기고문들은 시사와 정치 관련 글들로, 2, 4, 7이 모두 여기에 해당된다. 이 글들은 당시 최대 논란 거리였던 선거법 개정 문제와 관련해서 개혁에 반대하는 보수당 입장을 여러 각도에서 펼치고 있다. 그밖에 8과 10은 호메로스 번역에 대한 비평과 호메로스 시 번역본으로, 독자들의 '문화적 자본'을 채워주려는 의도의 반영으로 보인다. 희랍어를 모르는 '대중'들도 호메로스라는 고급문화를 향유할 수 있도록 해주고 있기 때문이다. 다른 한편, 시와 희곡이 문학을 대표하던 1731년 『젠틀맨스 매거진』과 비교할 때 1831년 『블랙우즈 에딘버러 매거진』에서는 드디어 '소설의 시대'가 본격적으로 열렸음을 알 수 있다. 창작시가 5와 9에 들어가 있긴 하지만, 6은 연재소설이다. 『고인이 된 한 의사의 일기에서 발췌한 대목들』(*Passages from the Diary of a Late Physician*)은 매번 다른 사건들을 다루고 있기에 본격적인 장편소설은 아니지만 공통의 서사 프레임을 유지하는 시리즈이다. 영국 문학의 중심축이 시에서 산문 내러티브 문학으로 옮겨가는 중임을 보여주는 사례이다.

장편소설이 하나의 명백한 장르로 굳어질 뿐더러 그 사회적 지위도 높아진 것은 19세기 중반, 특히 신문 및 잡지에 대한 인지세가 폐지된 1855년 이후이다. 이 시기부터 정기간행물에 연재되는 소설의 수는 급격히 증가한다.[9] 소설가로서 미리 이름을 날린 윌리엄 메익피스 색커리는 새

로 출범한 월간지 『콘힐 매거진』(*Cornhill Magazine*)의 편집장 직을 맡았다. 그가 편집한 이 잡지의 제 1호 목차는 다음과 같다.[10]

[1] 프램리 목사관, 제1장에서 제3장까지
[2] 중국인들과 '원방 야만인들'
[3] 창문 같은 존재 러블, 제 1장
[4] 생물학 연구, 1장
[5] 프라우트씨의 '허영의 시장' 저자에게 바치는 송시
[6] 우리의 자경단원
[7] 지난 세대의 문인들
[8] 존 프랭클린을 찾아서
[9] 1860년의 첫 아침
[10] 완곡한 문건들, 제 1, '한 게으른 소년'

이 잡지의 첫 호를 이끄는 첫 번째 꼭지는 트롤롭(Anthony Trollope)의 장편 소설 『프램리 목사관』(*Framley Parsonage*)이다. 이는 장편소설이 '부상'하여 중심적인 지위를 차지했음을 입증하는 편집이다. 게다가 3번 『창문 같은 존재 러블』(*Lovel the Windower*)이라는 색커리 본인의 장편 소설 연재를 같이 올려놓았다(10번도 색커리의 에세이 연재 코너이다). 두 개의 장편소설 연재를 가동하므로 새로 등장한 이 잡지의 독자를 확보하려 한 기획이라고 하겠다. 이들 산문 소설들은 과학(4번), 시사(2번, 6번), 지리(8번) 등과 어깨를 나란히 대고 있다는 점도 '픽션'과 '논픽션'을 기계적으로 구분하는 20세기의 관행에 비춰볼 때는 다소 특이하게 보일

9) Simon Eliot, "The Business of Victorian Publishing", *Cambridge Companion to the Victorian Novel,* ed. Deirdre David (Cambridge: Cambridge University Press, 2001) 47.

10) *Cornhill Magazine* (1860년 1월) 1권 목차.

수 있다. 하지만 이 책에서 강조했듯이, 근대영국소설의 근본적인 사실성과 현실성을 감안하면, 이러한 구분의 중요성은 축소될 것이다. 트롤롭의 소설이나 색커리의 소설 모두 현실 사회에서 일어날 법한 사건들과 중산층 이상 독자들이 관심을 가질 법한 재산, 상속, 결혼 등이 플롯의 기본 자료들이다. 반면에 시의 지위는 5번의 다소 희극적인 기념시나 시사적인 내용을 담은 9번등을 볼 때 이 잡지에서의 역할은 부차적이다.

이렇듯 19세기 월간지들은 독자들의 지속적인 관심을 확보할 방편으로 소설 및 기타 장편 서사 연재를 전략으로 택했다. 18세기까지는 『로빈슨 크루소』나 『파멜라』 등은 처음부터 단행본의 형태로 출판시장에 등장했다. 당시 베스트셀러였던 이 책들은 재판, 3판, 4판에 들어가면서 후자의 경우처럼 작가는 일부 표현이나 문체를 수정하기도 했으나, 단행본의 몸을 늘 입고 다녔다는 점에서는 차이가 없다. 19세기 소설시장은 위의 『콘힐』 목차에서 살펴본 잡지 연재물들 외에도 디킨스가 고안해 낸 새로운 장편소설 출간 양식인 '월간분철'(monthly part books) 책이라는 특이한 출판방식이 등장했다. 이는 긴 장편으로 이어지는 40-80쪽 정도 분량을 매달 써서 종이표지에 묶어서 연속 출간한 후, 연재가 끝나면 다시 묶어서 완결본 단행본으로 찍는 방식이었다. 저자로서는 매달 원고를 부지런히 써야 하는 부담이 있었지만, 독자들의 관심을 유지하고 동시에 수입도 늘릴 수 있는(분철본 판매 수입에 덧붙인 완결본 판매 수입) 이점이 있었다. 디킨스의 이러한 연재 전략은 색커리나 조지 엘리어트 같은 다른 작가들도 널리 활용한 새로운 소설 창작 및 판매 형식으로 채택된 바 있다. 잡지 연재나 분철 본 연재 덕분에 오늘날 독자들은 읽기가 무척 부담스러운 긴 장편소설들이 만들어질 수 있었던 반면, 작가로서는 넉넉한 지면에 현실사회의 다양한 모습 및 시사 문제를 포함하여 상당히 풍부한 내용을 집어넣을 수 있었다.

소설이 연재를 마치고 단행본으로 나온 후에는 개인이 소장하여 장서에 포함시키는 경우도 있었지만, 공공도서관 및 상업적 대여서점(circulating libraries)에서 이들 책들을 여러 부 구매한 후 일정한 비용을 받은 후 빌려주었다. 이들 대여서점들의 최초 유형은 바스에서 1725년, 에딘버러에서 1726년에 등장했으니 그 역사가 오래되긴 했으나, 18세기 후반부에서 19세기가 그 전성기였다. 1780년대가 되면 영국 전역 주요 도시 및 지방 도시들에서 이들 대여서점이 없는 곳이 없었다.[11] 이들 대여서점은 단행본 출판을 장려하는 데 적지 않게 기여했다. 특히 소설출판은 대여점 덕을 톡톡히 보았다. 대여서점 운영자들은 소설보다는 다른 '건전한' 책들을 유포하려는 계몽의 의지가 강한 경우가 많았지만, 상업적인 이윤을 추구하지 않을 수 없었기에 불가피하게 이들 대여서점은 독자들, 특히 여성독자들에게 인기 있는 각종 소설류를 대거 비치했다. 상업적인 대여서점 운영의 성공적인 선례를 보여준 것은 18세기 중반의 윌리엄 레인(William Lane)으로, 그를 비난한 사람들도 적지 않았지만, 19세기에는 소설이 이들 대여서점에 고정상품으로 굳어지게 되었다. 다만 무디(Charles Edward Mudie) 대여서점이나 W. H. 스미스(Smith) 대여서점 등은 나름대로 '도덕적 잣대'에 의거해 책을 구매했기에 일정한 '검열관'의 역할도 수행하긴 했으나, 시장논리가 1차적인 요인인 영국 출판시장에서 이들의 '검열' 역할은 과대평가하면 안 될 것이다. 대여서점 대표의 색채가 어떠했건 이들 기관 구매자들을 겨냥해서 출판사들은 3권짜리 비싼 양장본 소설(three-volume novel, 'triple decker')을 찍어내었으니, 19세기 영국소설들의 내용, 형식, 분량 등을 결정하는 데 대여서점이 적지 않게 기여한 점만은 이론의 여지가 없다.[12]

11) Isobel Gruny, "Restoration and Eighteenth Century (1660-1780)", *The Oxford Illustrated History of English Literature,* ed. Pat Rogers (Oxford: Oxford University Press, 1987) 271.

하지만 소설 작가나 출판업자는 독자들의 반응을 알 수 없는 상태에서 단행본을 곧장 출판해서 대여서점에 납품하는 경우는 많지 않았다. 먼저 이들은 월간이나 주간 연재를 통해 독자들의 흥미를 꾸준히 키워놓는 마케팅 전략에 당연히 매력을 느꼈다. 연재소설이 19세기에 얼마나 중요한 소설생산 및 소비 양식이었는지는 다음 표를 보면 알 수 있다.13)

〈표 12〉 19세기 소설 다작 작가(40종 이상)

이름	작품 종수
마가렛 올리펀트(Margaret Oliphant)	100
애니 스완(Annie S. Swan)	70
플로렌스 매리어트(Florence Marryat)	68
매리 브래든(Mary Elizabeth Braddon)	64
G. P. R. 제임스(James)	7
제임스 그란트(James Grant)	52
앤소니 트롤롭(Anthony Trollope)	52
애니 토마스(Annie Thomas)	49
일라이자 부스(Eliza Margaret von Booth)	48
프레드릭 로빈슨(Frederick William Robinson)	48
월터 비전트(Walter Besant)	46
알렉산더 부인(Mrs. Alexander)	45
제임스 패인(James Payn)	41
캐롤라인 캐머런(Caroline Emily Cameron)	40

후대의 문학사에서 높이 평가하는 작가들에는 이중 트롤롭 한 사람 정

12) Drabble, *The Oxford Companion to English Literature*, 594.

13) 이하 통계표들의 출처는 Troy J. Bassett, *At the Circulating Library: A Database of Victorian Fiction, 1837–1901*, http://www.victorianresearch.org/atcl/statistics.php

도만 겨우 포함될까말까 하겠으나, 당대에는 수 십권에서 100권에 이르기까지 엄청난 소설을 지어낸 이들이 인기 작가였음은 이 통계표가 증언한다. 앞서 지적했듯이 별도의 분철본 연재로 장편소설을 시중에 내놓았던 디킨스와는 달리 이들은 거의 모두 월간지에 자신의 작품을 연재했다. <표 12>의 다작 작가 순위에서 최상위권을 차지한 작가들은 아래 잡지 연재소설 다작 작가 순위에서도 상위권을 차지한다.

〈표 13〉 19세기 연재소설 다작 작가 (15종 이상)

이름	작품 종수
마가렛 올리펀트(Margaret Oliphant)	62
매리 브래든(Mary Elizabeth Braddon)	57
월터 비전트(Walter Besant)	42
앤소니 트롤롭(Anthony Trollope)	41
제임스 패인(James Payn)	39
윌리엄 에인스워스(William Harrison Ainsworth)	33
엘렌 우드(Ellen Wood)	27
윌키 콜린스(Wilkie Collins)	25
프레드릭 로빈슨(Frederick William Robinson)	22
아서 코난 도일(Arthur Conan Doyle)	22
윌리엄 노리스(William Edward Norris)	19
글랜트 앨런(Grant Allen)	19
윌리엄 블랙(William Black)	17
J. 세리던 르파너(Sheridan Le Fanu)	17
윌리엄 러셀(William Clark Russell)	16

이 표를 보면 잡지와 소설의 깊은 인연을 실감나게 확인할 수 있다. 이 중에서 후대까지 읽히는 작가들로는 트롤롭 외에도 아서 코난 도일이

눈에 띈다. 코난 도일이 주로 쓴 탐정 단편 소설들은 잡지에 연재하기에 안성맞춤인 장르인 까닭이다. 이는 미국이나 프랑스, 독일 등 다른 문화권에도 늘 해당되는 사실이지만, 19세기 영국 월간잡지들의 특징은 장편소설을 1년 내외에 걸쳐 연재하는 것이 일반화되었다는 점이다.

잡지나 분철본으로 연재된 경우와 그렇지 않고 곧장 단행본으로 나온 경우를 모두 포함해서 19세기에 단행본 소설을 수 백권 씩 출간한 출판사들의 목록은 다음과 같다.

〈표 14〉 19세기 출판사의 소설단행본 출판 (160종 이상)

출판사	작품 종수
허스트와 블랙킷(Hurst and Blackett)	1048
벤틀리(Bentley)	93
틴슬리 브라더스(Tinsley Brothers)	538
채프먼과 홀(Chapman and Hall)	516
T. C. 뉴비(Newby)	473
스미스 엘더(Smith, Elder)	333
샘슨 로우(Sampson Low)	315
채토와 윈더스(Chatto and Windus)	302
F. V. 화이트(White)	301
헨리 콜번(Henry Colburn)	294
손더즈와 오틀리(Saunders and Otley)	217
맥밀런(Macmillan)	212
워드와 다우니(Ward and Downey)	182
새뮤얼 틴슬리(Samuel Tinsley)	178
레밍튼(Remington)	168

이 중 상위권을 차지한 벤틀리, 틴슬리 브라더스, 채프먼과 홀, 스미스

엘더는 정기간행물도 같이 출판했던 출판사들이다. 19세기 중반 영국에서 잡지 연재는 장편소설 생산의 기본 양식이었다고 할 수 있다. 위에 나열한 출판사들은 모두 개인 회사이거나 아니면 합명회사(이들 업체 이름은 'A and B'나 'A Brothers'의 형태를 띤다)로서 그 규모가 오늘날 출판사에 비하면 훨씬 작았다. 이중 맥밀런처럼 20세기에 대형출판사로 성장한 경우도 없지 않아 있지만 대개는 세기가 바뀐 후 점차 쇠퇴했다. 하지만 이렇듯 많은 출판사들이 이렇듯 많은 소설을 출간한 것은 소설출판이 '되는 장사'라는 인식이 있었기 때문이었다. 이들은 초판 양장본 소설들을 비싼 가격에 내놓아서 책가게 및 대여서점에 납품했다. 그리고는 1, 2년 안에 1권짜리 책으로 재판을 찍었는데, 이 때 가격이 점차 떨어졌다. 예를 들어, 1863년 1월, 위의 소설다작 순위에서 2등, 연재소설 다작 순위에서 3등을 한 인기작가 매리 브래든은 『오로라 플로이트』(*Aurora Floyd*)를 출판업자 틴슬리를 통해 3권짜리 초판 양장본을 31 실링 6 펜스에 내놓았다. 출판사는 같은 해 8월에 1권짜리로 다시 묶어서 재판을 6 실링에 내놓았다.[14] 참으로 파격적인 '염가' 마케팅이 아닐 수 없으나 당시 관행에 비춰보면 별로 특이한 점은 없었다.

작은 사무실 하나에서 '구멍가게' 규모로 출범할 수 있는 단행본 출판사와는 달리 월간지를 운영하는 출판사들은 상대적으로 자금이나 기획능력이 있어야했다. 동시에, 인기 연재소설을 잡지에 매달 올리는 것은 잡지 판매를 보장하는 첩경이기도 했다. 이 점에서도 연재소설의 상업적인 가치는 무시할 수 없었다. 가장 많은 연재소설들을 올린 잡지들의 목록은 다음과 같다.

---

14) Eliot, "The Business of Victorian Publishing", 54.

〈표 15〉 19세기 주간지 및 월간지의 소설 연재 (40종 이상)

잡지명	작품 종수
템플 바(*Temple Bar*)	93
올더 이어 라운드(*All the Year Round*)	91
맨체스터 위클리 타임즈(*The Manchester Weekly Times*)	79
콘힐 매거진(*The Cornhill Magazine*)	72
블랙우즈 에딘버러 매거진(*Blackwood's Edinburgh Magazine*)	72
벨그레이비아(*Belgravia*)	69
굿 워즈(*Good Words*)	61
체임버스 에딘버러 저널(*Chambers's Edinburgh Journal*)	56
볼튼 위클리 저널(*The Bolton Weekly Journal*)	53
런던 소사이어티(*London Society*)	53
그래픽(*The Graphic*)	51
파트 이슈(*Part Issue*)	49
맥밀런스 매거진(*Macmillan's Magazine*)	46
틴슬리스 매거진(*Tinsley's Magazine*)	42
아그로시(*Argosy*)	40

이렇듯 소설은 잡지의 지면에 등장하고 고가 및 염가 단행본으로 팔리고 대여서점의 고정 상품으로 행세하며, 19세기에 그 전성시대를 구가했다. 물론 20세기에도 소설은 여전히 잘 팔리는 책 상품으로 살아남긴 했으나 그 위상이나 비중은 19세기와 비교할 수 없었다. 20세기 초에 등장한 영화, 그리고 중반부터 사람들의 여유시간을 독점한 텔레비전, 그리고 20세기 말부터 지금까지 급속히 진화하는 개인용 컴퓨터 등 전자기기는 인쇄물이 문화생활을 지배했던 19세기와는 전혀 다른 환경을 만들어 놓았다. 이러한 시대에도 여전히 강단이나 서점에서 기억되고 유통되는 영국 근대소설들은 그 엄청난 양에 비하면 그야말로 '빙산의 일각'에 불과

한 극소수의 작품들임을 위의 표들을 훑어보면 깨닫게 될 것이다. 근대영국소설은 '재산권의 풍경'을 그려주는 작품들인 경우가 많았을 뿐더러 그 자체가 출판과 인쇄 시장을 통해 부를 축적하는 '재산권의 풍경'을 만들어내는데 적극 기여한 도구였기도 했다. 지금까지 살아남은 극소수의 명작 소설들은 이후에 다른 시대, 다른 나라, 특히 영화 등 다른 매체에 편입되어 새로운 지적 재산권을 만들어내는 데 기여하고 있다. 이러한 재생산 과정에서 매체가 바뀌고 각색이 심하게 될수록 최초 생산관계와 생산조건의 맥락과 배경은 잊혀지기 마련이다. 한국이라는 '다른 나라'에서 21세기라는 '다른 시대'에 근대영국소설을 배우거나 읽거나 영화로 접하는 이들에게 이들 작품을 만들어낸 역사의 실상을 지금까지 조명해보았다.

■ 참고문헌

김영무. 「19세기 영국 소설 개관」. 『19세기 영국소설 강의』. 근대영미소설학회 편. 서울: 신아사, 1999. 7-41.

디킨스, 찰스 (Charles Dickens). 『크리스마스 캐럴』(*A Christmas Carol*). 윤혜준 역. 서울: 현대문학, 2011.

_______. 『올리버 트위스트』(*Oliver Twist*) 1. 윤혜준 역. 서울: 창비, 2007.

디포, 대니얼 (Daniel Defoe). 『로빈슨 크루소』(*Robinson Crusoe*). 윤혜준 역. 서울: 을유문화사, 2008.

Albala, Ken. *Food in Early Modern Europe*. Westport: Greenwood Press, 2003.

Austen, Jane. *Sense and Sensibility,* Ed. James Kinsley. Oxford: Oxford University Press, 1990.

Ball, Michael and David Sunderland. *An Economic History of London, 1800-1914*. London: Routledge, 2001.

Baker, J. H. *An Introduction to English Legal History*. Oxford: Oxford University Press, 2007.

Barnett, David. *London, Hub of the Industrial Revolution: A Revisionary History 1775-1825*. London: Tauris Academic Studies, 1998.

Bassett, Troy J. *At the Circulating Library: A Database of Victorian Fiction, 1837 –1901*. http://www.victorianresearch.org/atcl/statistics.php

Blackwood's Edinburgh Magazine Vol. 30 (1831 July).

Blair, John. "The Anglo-Saxon Period (c.440-1066)." Morgan ed. *The Oxford Illustrated History of Britain*. 52-103.

Bonfield, Lloyd. *Marriage Settlements, 1601-1740: The Adoption of the Strict Settlement*. Cambridge: Cambridge University Press, 1983.

The Book of Common Prayer: The Texts of 1549, 1559, and 1662. Ed. Brian Cummings. Oxford: Oxford University Press, 2011.

Brears, Peter. "A La Française: The Waning of a Long Dining Tradition." Wilson ed. *Luncheon, Nuncheon, and Other Meals*. 91-144.

Brown, Roger Lee. "The Rise and Fall of the Fleet Marriages." Outhwaite ed. *Marriage and Society*. 117-136.

Burnett, John. *Plenty and Want: A Social History of Food in England from 1815 to the Present Day*. London: Routledge, 1989.

Bush, M. L. *The English Aristocracy: A Comparative Synthesis*. Manchester: Manchester University Press, 1984.

Cannon, John ed. *The Oxford Companion to British History*. Oxford: Oxford University Press, 2002.

Clark, Manning. *A Short History of Australia: Illustrated Edition*. Victoria: Penguin Books Australia, 1986.

Colley, Linda. *Britons: Forging the Nation, 1707-1837*. London: Pimlico, 2003.

Cornhill Magazine Vol.1 (Jan. 1860).

Cunliff, Barry et al. *The Penguin Atlas of British and Irish History*. London: Penguin, 2001.

Dabhoiwala, Faramerz. "The Pattern of Sexual Immorality in Seventeenth- and Eighteenth-century London." *Londinopolis: Essays in the Cultural and Social History of Early Modern London*. Ed. Paul Griffiths and Mark S. R. Jenner. Manchester: Manchester University Press, 2000. 86-106.

Daunton, Martin. "The Wealth of the Nation." Langford ed. *The Eighteenth Century*. 141-180.

_______. "Society and Economic Life." Matthew ed. *The Nineteenth Century*. 41-82.

Drabble, Margaret ed. *The Oxford Companion to English Literature*. Oxford: Oxford University Press, 2000.

Defoe, Daniel. *A Journal of the Plague Year*. Ed. Louis Landa. Oxford: Oxford University Press, 1990.

_______. *Moll Flanders*. Ed. G. A. Starr. Oxford: Oxford University Press, 1981.

Dickens, Charles. *Great Expectations*. Oxford: Oxford University Press, 1948.

Earle, Peter. *The Making of the English Middle Class: Business, Society and Family Life in London, 1660-1730*. London: Methuen, 1989.

Eliot, Simon. "The Business of Victorian Publishing". *Cambridge Companion to the Victorian Novel*. Ed. Deirdre David. Cambridge: Cambridge University Press, 2001. 37-60.

Elliott, Vivien Brodsky. "Single Women in the London Marriage Market: Age, Status and Mobility, 1598-1619." Outhwaite ed. *Marriage and Society*. 81-100.

Everitt, Alan. *Landscape and Community in England*. London: Hambledon Press, 1985.

Foster, R. F. *Modern Ireland: 1600-1972*. London: Penguin, 1989.

Gascoigne, Bamber. *Encyclopedia of Britain*. Basingstoke: Macmillan, 1993.

Gentleman's Magazine Vol. 1 (Jan. 1731).

George, M. Dorothy. *London Life in the Eighteenth Century*. Chicago: Academy Chicago Publishers, 1984.

Gillingham, John. "The Early Middle Ages (1066-1290)." Morgan ed. *The Oxford Illustrated History of Britain*. 104-65.

Grigson, Jane. *English Food*. London: Penguin, 1993.

Griffiths, Ralph A. "The Later Middle Ages." Morgan ed. *The Oxford Illustrated History of Britain*. 166-222.

Gruny, Isobel. "Restoration and Eighteenth Century (1660-1780)." *The Oxford Illustrated History of English Literature*. Ed. Pat Rogers. Oxford: Oxford University Press, 1987. 214-73.

Guy, John. "The Tudor Age (1485-1603)." Morgan ed. *The Oxford Illustrated History of Britain*. 223-85.

Habermas, Jürgen. *The Structural Transformation of the Public Sphere*. Trans. Thomas Burger. Cambridge: Polity Press, 1989.

Hardy, Thomas. *Jude the Obscure*. Ed. Patricia Ingham. Oxford: Oxford University Press, 2002.

Harrison, J. F. C. *The Common People: A History from the Norman Conquest to the Present*. London: Croom Helm, 1984.

Harvie, Christopher. "Revolution and the Rule of Law (1789-1851)." Morgan ed. *The Oxford Illustrated History of Britain*. 419-62.

Hayton, David. "Contested Kingdoms, 1688-1756." Langford ed. *The Eighteenth*

Century. 35-68.

Hempton, David. "Enlightenment and Faith." Langford ed. *The Eighteenth Century*. 71-100.

Hibbert, Christopher. *London: The Biography of a City*. London: Penguin, 1977.

Hinton, Michael. *The Anglican Parochial Clergy: A Celebration*. London: SCM Press, 1994.

Hitchcock, Tim. *Down and Out in Eighteenth-Century London*. London: Hambledon, 2004.

Hogarth, William. *Engravings by Hogarth*. Ed. Sean Shesgreen. New York: Dover, 1973.

Horn, Pamela. *The Rise and Fall of the Victorian Servant*. Dublin: Gill and Macmillan, 1975.

Howarth, Janet. "Gender, Domesticity, and Sexual Politics." Matthew ed. *The Nineteenth Century*. 163-93

Hughes, Kathryn. *The Victorian Governess*. London: The Hambledon Press, 1993.

Hunter, Lynette. "Proliferating Publications: The Progress of Victorian Cookery Literature." Wilson ed. *Luncheon, Nuncheon, and Other Meals*. 51-70.

Innes, Joanna. "Governing Diverse Societies." Langford ed. *The Eighteenth Century*. 103-39.

Inwood, Stephen. *A History of London*. London: Macmillan, 1998.

Jones, Colin. *Cambridge Illustrated History of France*. Cambridge: Cambridge University Press, 1994.

Lamb, H. H. *Climate, History and the Modern World*. London: Routledge, 1995.

Langford, Paul. "The Eighteenth Century (1688-1789)." Morgan ed. *The Oxford Illustrated History of Britain*. 352-418.

Langford, Paul ed. *The Eighteenth Century: 1688-1815*. Oxford: Oxford University Press, 2002.

Le Roy Ladurie, Emmanuel. *Times of Feast, Times of Famine: A History of Climate since the Year 1000*. Trans. Barbara Bray. London: George Allen, 1972.

Loftie, W. J. *A History of London*. 2 vols. London: Edward Stanford, 1883.

Mason, Laura. "Everything Stops for Tea." Wilson ed. *Luncheon, Nuncheon, and*

Other Meals. 71-90.

Matthew, Colin. "Introduction: The United Kingdom and the Victorian Century, 1815-1901." Matthew ed. *The Nineteenth Century.* 1-38.

Matthew, Colin ed. *The Nineteenth Century: The British Isles: 1815-1901.* Oxford: Oxford University Press, 2000.

Matthew, H. C. G. "The Liberal Age (1851-1914)." Morgan ed. *The Oxford Illustrated History of Britain.* 463-522.

McBride, Theresa M. *The Domestic Revolution: The Modernisation of Household Service in England and France 1820-1920.* London: Croom Helm, 1976.

McKeon, Michael. *The Origins of the English Novel 1660-1740.* Baltimore: Johns Hopkins University Press, 1987.

More, Thomas. *Utopia.* London: Penguin, 2003.

Morgan, Kenneth O. ed. *The Oxford Illustrated History of Britain.* Oxford: Oxford University Press, 2009.

Morrill, John. "The Stuarts (1603-1688)." Morgan ed. *The Oxford Illustrated History of Britain.* 286-351.

Nugent, [Thomas]. *The Grand Tour: Containing an Exact Description of most of the Cities, Towns, and Remarkable Places of Europe.* London, 1749.

Outhwaite, R. B. ed. *Marriage and Society: Studies in the Social History of Marriage.* London: Europa Publications, 1981.

Perkin, Joan. *Women and Marriage in Nineteenth-Century England.* London: Routledge, 1989.

Poe, Edgar Allan. "The Philosophy of Composition". *The American Tradition in Literature.* Ed. Scully Bradley et al. New York: Random House, 1981. 454-64.

Porter, Roy. *London: A Social History.* London: Penguin, 1996.

Russell, Anthony. *The Clerical Profession.* London: SPCK, 1980.

Salway, Peter. "Roman Britain (c.55 BC-c.AD 440)." Morgan ed. *The Oxford Illustrated History of Britain.* 1-51.

Schwarz, L. D. *London in the Age of Industrialisation: Entrepreneurs, Labour Force and Living Conditions, 1700-1850.* Cambridge: Cambridge

University Press, 1992.

Sheppard, Francis. *London: A History*. Oxford: Oxford University Press, 1998.

Smout, T. C. "Scottish Marriage, Regular and Irregular 1500-1940." Outhwaite ed. *Marriage and Society*. 204-36.

Spence, Craig. *London in the 1690s: A Social Atlas*. London: Centre for Metropolitan History, Institute of Historical Research, 2000.

Stone, Lawrence. *Uncertain Unions: Marriage in England 1660-1753*. Oxford: Oxford University Press, 1992.

Waller, Maureen. *1700: Scenes from London Life*. New York: Four Walls Eight Windows, 2000.

_______. *The English Marriage: Tales of Love, Money and Adultery*. London: John Murray, 2009.

Ward-Perkinis, Bryan. "The Medieval Centuries 400-1250: A Political Outline." *The Oxford Illustrated History of Italy*. Ed. George Holmes. Oxford: Oxford University Press, 1997. 27-56.

Watt, Ian. *The Rise of the Novel: Studies in Defoe, Richardson and Fielding*. London: Pimlico, 2000.

White, Eileen. "First Things First: The Great British Breakfast." Wilson ed. *Luncheon, Nuncheon, and Other Meals*. 1-32.

Williams, Keith. *The English Newspaper: An Illustrated History to 1900*. London: Springwood Books, 1977.

Williams, Raymond. *The Country and the City*. St Albans: Paladin, 1975.

Wilson, C. Anne. *Food and Drink in Britain: From the Stone Age to Recent Times*. London: Constable, 1973.

_______. "Luncheon, Nuncheon and Related Meals", Wilson ed. *Luncheon, Nuncheon, and Other Meals*. 33-50.

Wilson, C. Anne ed. *Luncheon, Nuncheon, and Other Meals: Eating with the Victorians*. Stroud: Alan Sutton, 1994.

Wrigley, E. A. "Marriage, Fertility and Population Growth in Eighteenth-Century England." Outhwaite ed. *Marriage and Society*. 137-85.

Yorke, Trevor. *The Country House Explained*. Newbury: Countryside Books, 2003.

출판물

(ㅈ)

(ㅎ)